어느 끔찍한 남자

어느 끔찍한 남자

마이 셰발, 페르 발뢰 지음 | 김명남 옮김

Martin Beck

엘릭시르

차례

서문

세상의 모든 것에 대해서 그렇듯이, 우리는 국가에 대해서도 고정관념을 품는다. 1960년대와 1970년대에 많은 사람은 스웨덴을 지상낙원으로 여겼다. 사회민주주의가 작동하는 나라, 복지국가가 성공한 나라, 모든 여성이 금발 미녀인 나라, 자연 풍광은 아름답고 집은 반＊목재 건물인 나라, 누구나 솔직하고 자연스러운 성생활을 즐기는 나라라고. 전설적인 수준으로 높은 자살률조차 긍정적으로 해석했다. 스웨덴의 검시관들은 케케묵은 금기에 따라 사건을 쉬쉬 덮지 않고 솔직하게 사실대로 밝히기 때문에 그런 것이며 그런 태도는 바람직하다고.

하지만 그 시절 그곳에 살았던 마이 셰발과 페르 발뢰는 다른 현실을 알았다.

마이 셰발과 페르 발뢰는 보통 부부 작가라고 이야기된다. 하지만 두 사람은 결혼하지 않았다. 또 셰발과 발뢰는 보통 마르크스주의자라고 일컬어진다. 하지만 두 사람은, 더 정확히 말하자면, 자본주의의 무도함에 깊이 회의했던 현대 유럽 사회주의자였다. 그런데 모두가 동의하는 사실, 그리고 우리가 독자로서 감사히 여겨야 할 사실이 하나 있다. 그들이 웬 이름 모를 잡지에 선전문을 쓰는 대신 이 책이 7권에 해당하는 열 권의 범죄소설을 씀으로써 자신들의 견해를 밝혔다는 사실이다. 저자들은 원래 시리즈 전체에 '범죄 이야기'라는 부제를 붙여두었다. 시리즈를 관통하는 주제라고도 볼 수 있는 저 부제에는 이중의 의미가 있다. 일단은 열 권의 소설이 범죄소설이기 때문이고, 시리즈 전체는 힘있는 자들이 힘없는 자들을 대하는 방식 자체를 범죄로 본 저자들의 고발이나 다름없기 때문이다.

이것은 참으로 바람직하고 고상하고 흥미로운 목표였고, 그렇기에 대부분의 여느 바람직하고 고상하고 흥미로운 목표들처럼 역사의 각주로만 남을 수도 있는 운명이었겠지만, 셰발과 발뢰는 예외였다. 그들이 목표를 추구하는 과정에서 새로운 형태의 경찰 수사물을 발명함으로써 이 장르를 영영 바꿔놓고 지금까지도 영향을 미치게 되었기 때문이다.

셰발과 발뢰는 정부를 거침없이 비판한다. "지난 십 년 동

어느 끔찍한 남자

안, 스톡홀름 도심은 대대적이고 폭력적인 변화를 겪었다. 원래 있던 동네는 모조리 철거되고 그 자리에 새 동네가 지어졌다……. 그런 활동을 부추긴 것은 사람들이 어울려서 살기 좋은 환경을 만들겠다는 꿈이 아니라 귀한 땅을 한 뼘도 남기지 않고 최대한 착취하겠다는 욕망이었다." 그 결과는 뻔하다. "여기는 정신 나간 나라의 정신 나간 도시야."

경찰은 셰발과 발뢰가 선택한 서사 도구일 뿐 아니라 그들이 정치적 견해를 밝힐 대상이었다. 이 역시 고정관념이지만, 스웨덴이 2차세계대전에서 중립국이었기 때문에, 또한 스웨덴에서는 모든 여성이 금발 미녀이기 때문에, 우리는 스웨덴을 본질적으로 평화주의적인 국가로 여겼다. 하지만 셰발과 발뢰는 스웨덴 문화의 핵심에 군사주의가 있다는 사실, 경찰도 주로 군대에서 모집된 인력으로 구성되었다는 사실을 알려주려고 애쓴다. 그들은 스웨덴이 1960년대 중순에 자치 경찰을 국영화한 것이 그릇된 결정타였다고 본다. 그때부터 경찰이 스스로에게만 봉사하고 스스로에게만 관심을 쏟는 준군사 조직으로 바뀌었다는 것이다. 그래서 이런 말이 나온다. "만약 당신이 정말로 경찰에 붙잡히고 싶다면 가장 확실한 방법은 경찰관을 죽이는 것이다……. 스웨덴 범죄 역사에는 해결되지 않은 살인 사건이 무수히 많지만 경찰관이 살해된 사건 중에는 미해결 사건이 한 건도 없었다." 이런 말도 나온다. "경찰관을 신고해봐야 아무 소용 없다는 걸 모두가 알기 때문이지. 보통 사람은 경찰에 대해서 아무런 법적 권리를 누리지 못해."

소설 속에서 이런 주장을 한다는 것은 물론 흥미롭고 교훈적이고 귀한 일이다. 하지만 애석하게도 대개는 그런 주장이 독자에게 간과되기 마련인데, 셰발과 발뢰는 이 점에서도 예외다. 그것은 두 저자가 수단으로 활용한 이야기가 희한할 만큼 설득력 있기 때문이었다. 이전 세대의 경찰소설은 대체로 과장되었고 거창했지만, 셰발과 발뢰는 정반대 길을 택했다. 시리즈 전체에서 확연히 드러난 그들의 입장은 이 책에도 간명하게 요약되어 나온다. "경찰의 일은 현실주의, 정해진 절차, 집요함, 체계에 바탕을 두고 이뤄진다."

그리고 그 중심에 마르틴 베크가 있다.

7권인 이 책에서, 마르틴 베크는 이미 인물로서 완전하게 발달되고 구현되어 있다. 시무룩하고, 의지가 굳고, 삶에 불만족하고, 집요하고, 우울증마저 있어 보이는 베크는 당시에는 혁신적인 인물이었다. 베크는 사실상 거의 모든 스칸디나비아 형사들의 원조이고, 심지어 이언 랭킨의 존 리버스나 마틴 크루즈 스미스의 아르카디 렌코 같은 다른 나라 형사들*에게도 그렇다고 할 수 있다. 경이로운 창조물인 베크를 더 돋보이게 하는 것

어느 끔찍한 남자

은 조연으로 등장하는 동료들이다. 그들에 대한 셰발과 발뢰의
묘사는, 예를 들어 에드 맥베인의 '87분서' 시리즈에 맞먹을 만
큼 훌륭하다(베크의 약간 염세적이고 냉소적인 말투를 완벽하
게 옮긴 영어판 번역도 한몫한다는 것을 말해두고 싶다). 단역
으로만 나오는 인물들에 대한 묘사도 빼어나다. 이 책에는 비번
인 날에도 경찰복을 입고 지내는 훌트라는 사람이 나온다. 훌트
는 이렇게 말한다. "저는 거의 늘 제복을 입습니다. 그게 편합
니다." 다른 작가라면 이 인물에 대한 인상을 구축하는 데 일곱
단락을 쓸지도 모르겠지만, 셰발과 발뢰는 그것을 일곱 단어 만
에 해낸다.

그리고 놀랍게도, 시리즈로서 정례적인 형식을 취하고 있음
에도, 플롯 또한 흥미롭다. 작은 반전이 꼬리에 꼬리를 물고 등
장한다. 지금 내가 이 자리에서 이 이야기는 어느 고위 경찰관
이 끔찍하게 살해되는 사건으로 시작된다고 말하더라도, 이 말
이 스포일러가 될 리는 없다. 다만 제목에서 말하는 "어느 끔
찍한 남자"가 살인범이 아니라 피해자라는 사실은 놀라운 정
보일 수도 있겠다. 단서가 속속 나타나서 수사의 방향이 바뀜

---

* 리버스는 스코틀랜드 작가 랭킨이 창조한 스코틀랜드 형사, 렌코는 미국 작가 스미스가 창조한 소련
  형사다.

에 따라, 우리가 이전까지 믿었던 도덕적 판단의 근거가 뒤흔들린다. 셰발과 발뢰의 이 시리즈는 그냥 스릴러로서도 탁월하지만—이 점에는 의문의 여지가 없다—그보다는 범죄소설을 사회적으로 현실화하는 데 성공한 작품으로 더 많이 기억된다. 그런데 혹시 거꾸로일까? 이 시리즈가 사회적 현실을 범죄소설화하는 데 성공했다고 말해야 하는 것은 아닐까?

리 차일드*
2011년 뉴욕에서

---

* 고독하고 터프한 탐정 '잭 리처' 시리즈로 유명한 영국 추리소설가. 데뷔작으로 앤서니상과 배리상을 동시 석권한 이래 이십 년이 넘도록 대중과 평단의 사랑을 받고 있다. 2013년 영국 추리작가협회에서 수여하는 다이아몬드 대거상을 수상했다.

어느 끔찍한 남자

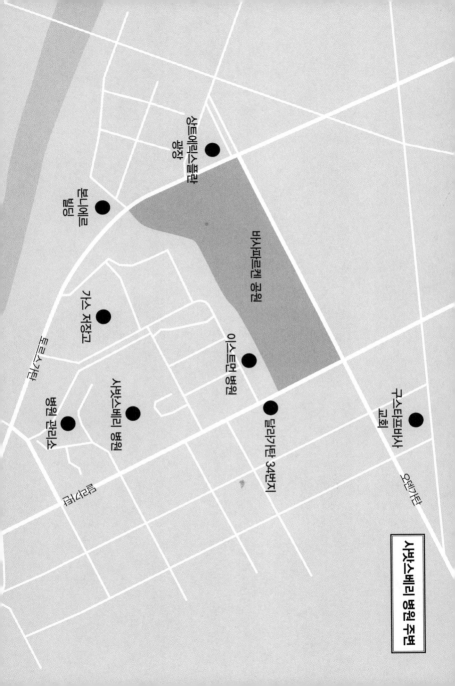

상트에립스플란
광장

보니에르
별관

바시포르켄 공원

가스 저장고

이스트먼 병원

병원 관리소

사빗스베리 병원

달리카탄 34번지

구스타포바사
교회

오베카탄

톨가스가탄

필리사탄

사빗스베리 병원 주변

1.

자정이 넘었을 때, 그는 생각하기를 그만두었다.

지금까지는 뭔가를 적고 있었지만, 파란색 볼펜은 이제 그의 앞에 놓인 신문에, 정확히 말하자면 십자말풀이 퍼즐의 맨 오른쪽 세로줄 위에 놓여 있었다. 그는 비좁은 다락방의 낮은 탁자 앞, 낡은 나무 의자에 곧은 자세로 꼼짝하지 않고 앉아 있었다. 그의 머리 위로 노르스름한 천에 긴 술이 달린 둥근 전등갓이 늘어져 있었다. 천은 오래되어 바랬고, 힘없는 전구에서 나오는 불빛은 뿌옜다.

집은 조용했다. 하지만 상대적으로 조용하다는 것일 뿐, 집 안에는 사실 살아 숨쉬는 사람이 세 명 있었다. 집 밖에서도 뭔지는 모르겠지만 박동하는 듯한 소리가 나지막이 들려왔다. 먼

고속도로에서 차들이 달리는 소리, 아니면 먼 바다가 파도치는 소리 같았다. 수많은 인간들이 내는 소리. 불안한 잠에 빠진 대도시가 내는 소리.

다락방의 남자는 베이지색 럼버 재킷, 회색 스키 바지, 검은색 기계뜨개 터틀넥 스웨터, 갈색 스키 부츠 차림이었다. 풍성하게 기른 콧수염은 잘 다듬어져 있었고, 그보다 약간 더 짙은 색의 머리카락은 이마 위로 가지런히 빗질되어 뒤로 비스듬히 넘겨져 있었다. 갸름한 얼굴은 이목구비가 또렷하고 말끔했는데, 노여운 마음과 결연한 다짐으로 가면처럼 딱딱해진 얼굴이었지만 그 이면에는 아이처럼 연약하고 어리둥절하고 매력적인 표정, 그러면서도 약간 계산적인 표정이 깔려 있었다.

남자의 새파란 눈동자는 침착했다. 하지만 멍했다.

그는 꼭 삽시간에 늙어버린 소년처럼 보였다.

남자는 한 시간 가까이 그렇게 가만히 앉아 있었다. 두 손바닥을 허벅지에 붙이고, 눈은 바랜 꽃무늬 벽지의 한 지점을 멍하니 응시하면서.

이윽고 그가 일어났다. 그는 방 건너편으로 가서 벽장을 열고, 왼손을 뻗어서 그 속에서 뭔가를 꺼냈다. 흰 바탕에 빨간 테두리가 둘러진 행주에 싸인 가늘고 긴 물체였다.

카빈용 총검이었다.

남자는 칼을 뽑아서 노란 기름기를 행주로 정성껏 닦아낸 뒤 검푸른 칼집에 칼을 도로 꽂았다.

그는 키가 크고 체구도 있는 편이지만 몸놀림이 민첩하고 유연하고 군더더기가 없었다. 손놀림도 시선만큼 침착했다.

그는 허리띠를 풀어 칼집에 달린 가죽 고리에 꿰었다. 재킷의 지퍼를 채우고, 장갑을 끼고, 체크무늬 트위드 모자를 쓰고, 방을 나섰다.

남자의 몸무게 때문에 나무 계단이 삐걱거렸지만, 발자국 소리는 들리지 않았다.

작고 오래된 집은 고속도로를 굽어보는 동산 꼭대기에 서 있었다. 싸늘하고 별이 총총한 밤이었다.

트위드 모자를 쓴 남자는 흡사 몽유병자처럼 단호한 걸음걸이로 집 뒤편의 자동차 진입로로 갔다.

그곳에 그의 검은색 폭스바겐이 있었다. 그는 왼쪽 앞문을 열고 운전석에 앉은 뒤 총검이 오른쪽 허벅지 위에 잘 얹히도록 매만졌다.

시동을 걸고, 전조등을 켜고, 후진하여 고속도로로 나간 뒤, 북쪽으로 차를 몰았다.

작고 까만 차는 우주 공간에 둥실 떠오른 우주선처럼 정확하고 절도 있게 어둠 속을 달렸다.

도로 양옆으로 건물이 차츰 빽빽해지면서 빛의 돔 아래로 도
시가 솟아올랐다. 거대하고 차갑고 황량한 도시, 금속과 유리와
콘크리트로 된 딱딱한 표면이 노출되어 있을 뿐 그 밖에는 아무
것도 없는 도시.

　　한밤중 이 시각에는 시내도 조용했다. 간간이 지나가는 택
시, 그리고 구급차 두 대와 순찰차 한 대 외에는 도로도 쥐죽은
듯했다. 까만 차체와 흰 펜더의 흑백 순찰차는 자신이 내는 소
음의 카펫 위를 쌩 달려갔다.

　　신호등이 빨간색에서 노란색으로, 다시 초록색에서 노란색
에서 빨간색으로 의미 없이 단조롭게 깜박였다.

　　까만 폭스바겐은 제한속도를 넘기지 않고, 교차로마다 꼬박
꼬박 속도를 줄이고, 정지신호마다 꼬박꼬박 서면서 교통법규
를 엄격하게 지켰다.

　　차는 바사가탄 거리를 달려서 갓 완공된 스톡홀름 쉐라톤 호
텔과 중앙역을 지나친 뒤 노라반토리에트 광장에서 좌회전하여
토르스가탄 거리로 접어들고는 계속 북쪽으로 달렸다.

　　광장에는 조명을 받은 나무 한 그루와 정류장에 선 591번 버
스가 있었다. 저 앞쪽 상트에릭스플란 광장 위로 차오르는 달이
떠 있었다. 본니에르 빌딩 외벽에 붙은 벽시계가 파란색 네온
시곗바늘로 시각을 알려주었다. 새벽 1시 40분이었다.

이 순간, 차에 앉은 남자는 만 서른여섯 살이 되었다. 이제 그는 오덴가탄 거리를 따라 동쪽으로 달려서 바사파르켄 공원을 지나쳤다. 공원에는 차고 희게 빛나는 가로등들과 아직 잎이 돋지 않은 나뭇가지들이 **빽빽히** 엉킨 실루엣만 있을 뿐이었다.

까만 폭스바겐은 다시 우회전하여 달라가탄 거리로 접어든 뒤 남쪽으로 125미터를 내려갔다. 그다음 제동을 걸고 멈췄다.

럼버 재킷을 입고 트위드 모자를 쓴 남자는 이스트먼 병원의 정면 계단 앞 보도에 차바퀴를 두 개 올린 상태로 차를 세웠다. 무심한 듯하지만 고의적인 행동이었다.

남자는 차문을 쾅 닫고 어둠 속으로 나섰다.

1971년 4월 3일 토요일이었다.

하루가 아직 한 시간 하고 사십 분밖에 지나지 않았고, 그동안 별일은 없었다.

2.

새벽 1시 45분, 모르핀의 약효가 떨어졌다.

그가 마지막으로 주사를 맞은 것이 밤 10시 직전이었으니, 진통제가 네 시간도 듣지 않는다는 뜻이었다.

통증은 간헐적으로 찾아왔다. 처음에는 횡격막 왼쪽이 아프다가 몇 분 뒤에 오른쪽도 아팠다. 통증은 등으로 퍼져나갔고, 그다음에는 온몸을 휩쓸었다. 빠르고 잔인하게 물어뜯는 통증은 꼭 굶주린 독수리들이 그의 장기를 쪼는 것처럼 느껴졌다.

그는 길쭉한 침대에 누워서 흰 회벽 천장을 바라보고 있었다. 한밤의 희부연 빛과 밖에서 반사되어 들어온 불빛이 천장에 형상을 읽을 수 없는 각진 그림자를 그렸다. 방 자체와 마찬가지로 차갑고 기분 나쁜 그림자였다.

천장은 판판하지 않았다. 얕은 아치 두 개가 오목하게 파여 있었다. 그리고 아주 멀어 보였다. 실제로 사 미터에 가까운 높은 천장이었다. 그리고 이 건물의 다른 모든 것처럼 천장도 구식이었다. 침대는 돌바닥 한가운데에 놓여 있었다. 침대 외에 다른 가구는 협탁 하나와 등받이가 곧은 나무 의자 하나뿐이었다.

커튼은 꽉 닫혀 있지 않았다. 창문도 살짝 열려 있었다. 오 센티미터쯤 되는 창틈으로 초봄의 싸늘하고 신선한 밤공기가 스며들었지만, 그는 협탁에 놓인 꽃과 자신의 병든 육체가 썩어가는 냄새 때문에 역겹고 숨이 막혔다.

그는 여태 한숨도 못 자고 말똥말똥 깨어서 조용히 그 사실을 생각하는 중이었다. 진통제의 약효가 곧 떨어지리라는 사실을.

야간 당직 간호사가 나무 밑창 신발 소리를 또각또각 내면서 그의 병실에서 복도로 난 이중문 앞을 지나가는 소리를 들은 게 약 한 시간 전이었다. 이후에 그가 들은 소리는 자신의 숨소리, 그리고 온몸 구석구석으로 피를 보내는 걸 버거워하는 자신의 혈관이 힘겹게 뛰는 소리뿐이었다. 하지만 이것은 실제 소리가 아니라 그의 상상에 가까웠다. 곧 밀려올 통증에 대한 두려움, 그리고 죽음에 대한 성급한 공포에 어울리는 상상의 소리였다.

그는 평생 강인했다. 타인의 실수와 나약함을 참아주지 않는 데다가 언젠가 자신도 육체적으로나 정신적으로 흔들릴 수 있다는 사실조차 인정하지 않는 남자였다.

그런 그가 지금은 두렵고 아팠다. 그는 그 사실이 놀라웠다. 꼭 배신당한 기분이었다. 또 병원에 입원해 있는 동안 그는 감각이 예민해졌다. 모든 형태의 통증에 지나치게 민감해졌고, 매일 받는 혈액검사 때문에 간호사가 자신의 팔오금에 바늘을 꽂는 때나 주사를 맞아야 하는 때가 되면 절로 몸서리가 쳐졌다. 게다가 어둠 속에 혼자 있는 게 무서웠다. 전에는 들어보지 못한 소리들이 들리는 것 같았다.

의사들이 얄궂게도 "조사"라고 부르는 검사는 그의 몸과 마음을 더 지치게 만들었다. 그리고 몸이 아플수록 죽음에의 공포가 강렬해져서, 결국 의식 전체가 그 공포에 에워싸였다. 자기 자신에 대한 생각 외에는 아무 생각도 들지 않는 수준으로 정신이 홀딱 발가벗었다.

창밖에서 뭔가가 바스락거렸다. 동물이겠지. 시든 장미 화단을 지나가는 동물이겠지. 들쥐나 고슴도치, 아니면 고양이겠지. 하지만 고슴도치는 동면하지 않나?

동물이겠지, 그는 생각했다. 그러고는 더이상 자신을 통제할 수가 없어, 침대 틀에 줄이 한 번 감겨서 손 닿는 곳에 걸려 있는 전동 버저로 왼손을 뻗었다.

손가락이 차가운 철제 침대 틀을 스쳤을 때, 그의 손이 저절

어느 끔찍한 남자

로 경련을 일으키는 바람에 버저가 그만 미끄러져서 바닥에 떨어졌다. 작게 쨍그랑 하는 소리가 울렸다.

그는 그 소리에 정신을 차렸다.

만약 그가 버저에 손이 닿아서 흰 단추를 눌렀다면, 복도에서 그의 방문 위에 있는 불이 빨갛게 켜졌을 것이다. 그러면 금세 야간 간호사가 당직실을 나서서 신발을 달각거리며 그의 방으로 왔을 것이다.

그는 두려움 못지않게 허영도 많았기에, 자신이 버저를 누르지 못한 게 거의 다행스럽게 느껴졌다.

야간 간호사는 그의 방으로 와서 머리맡의 불을 켜고는 무력하고 비참하게 누워 있는 그를 무슨 일이냐고 묻는 얼굴로 쳐다보았을 것이다.

그는 가만히 누워서, 통증이 물러났다가 이내 파도처럼 밀려오는 것을 느꼈다. 통증은 정신 나간 기관사가 모는 폭주 기관차 같았다.

갑자기 그는 또 다른 절박감을 느꼈다. 요의였다.

협탁 뒤의 노란 플라스틱 쓰레기통 밑에 오줌통이 있었다. 하지만 그는 그것을 쓰고 싶지 않았다. 원한다면 자리에서 일어나도 괜찮았다. 그가 살살 움직이는 편이 몸에 더 좋을 것이라고 말한 의사도 있었다.

그는 일어나서 이중문을 열고 나가 복도 바로 맞은편에 있는 화장실로 가야겠다고 생각했다. 그런 현실적인 임무를 수행하다 보면 잠시나마 정신을 딴 데 쏟을 수 있을 것이다.

그는 담요와 시트를 걷은 뒤 몸을 일으켰다. 발을 늘어뜨리고 몇 초쯤 침대에 앉아 있다가, 흰 나이트가운을 가다듬었다. 몸 밑에서 비닐 매트리스 커버가 바스락거렸다.

그는 조심스레 몸을 내려서 축축한 발바닥으로 차가운 돌바닥을 디뎠다. 몸을 꼿꼿이 펴려고 해보았다. 사타구니와 허벅지 둘레에 팽팽하게 감긴 넓은 붕대 탓에 쉽지는 않았지만 가능했다. 전날 대동맥 조영술 후에 붙인 폴리우레탄 폼 드레싱이 아직 몸에 붙어 있었다.

협탁 옆에 놓인 슬리퍼를 발에 꿰고, 살살 걸어서 문으로 갔다. 첫 번째 문을 안쪽으로 열고, 두 번째 문을 바깥쪽으로 열었다. 컴컴한 복도를 가로질러서 화장실로 갔다.

소변을 보고 찬물로 손을 씻은 뒤 병실로 돌아오다가, 문득 복도에 서서 귀를 기울여보았다. 야간 간호사가 틀어둔 라디오 소리가 멀리서 낮게 들려왔다. 다시 통증이 밀려왔다. 두려움도 돌아왔다. 간호사에게 가서 진통제를 좀 달라고 하는 건 괜찮을 것 같았다. 딱히 효과가 있진 않겠지만, 어쨌든 간호사는 잠긴 약장을 열고 약병을 꺼내어 그에게 약을 건네줄 테고 잠시나마 그렇

어느 끔찍한 남자

게 누군가가 자신을 위해서 수선을 피워주면 좋을 것 같았다.

당직실까지의 거리는 약 이십 미터였다. 그는 발을 끌며 천천히 걸었다. 땀에 젖은 나이트가운이 종아리에 들러붙었다.

당직실은 불이 켜져 있었지만 사람은 없었다. 커피가 반쯤 남은 잔 두 개 사이에 트랜지스터 라디오가 서서 노래하고 있을 뿐이었다.

간호사와 조무사는 다른 데서 다른 일로 바쁜 모양이었다.

그는 갑자기 눈앞이 핑 돌아서 문에 기댔다. 일이 분쯤 있으니 괜찮아졌다. 다시 컴컴한 복도를 걸어서 천천히 병실로 돌아갔다.

이중문은 그가 열어뒀던 대로 여전히 살짝 열려 있었다. 그는 문을 둘 다 살그머니 닫고 침대까지 몇 걸음을 걸어서 슬리퍼를 벗고 누웠다. 담요를 턱까지 끌어당기고 몸을 떨었다. 눈을 뜬 채 가만히 누워서, 고속 기관차가 온몸을 질주하는 것을 느꼈다.

그런데 뭔가 달랐다. 천장의 그림자가 아까와는 약간 달랐다.

그는 그 사실을 한눈에 알아차렸다.

무엇 때문에 그림자의 패턴이 달라졌을까?

그의 시선이 아무것도 없는 맨 벽을 훑었다. 그다음에 그는 고개를 오른쪽으로 돌려서 창문을 보았다.

그가 방을 나설 때 창문은 열려 있었다. 확실했다.

그런데 지금은 창문이 닫혀 있었다.

순간 공포가 엄습했다. 그는 손을 들어서 더듬더듬 버저를 찾았다. 하지만 버저는 제자리에 없었다. 아까 줄과 함께 바닥에 떨어진 걸 도로 주워놓지 않았다.

그는 버저가 있어야 하는 자리의 철제 침대 틀을 꽉 거머쥔 채 창문을 보았다.

긴 커튼은 여전히 오 센티미터쯤 벌어져 있었지만, 늘어진 모양새가 아까와는 달랐고 더구나 창문이 닫혀 있었다.

병원 직원 중 누군가가 방에 들어왔던 걸까?

그런 것 같지는 않았다.

온몸의 땀구멍에서 땀이 솟구쳤다. 민감한 피부에 닿은 나이트가운이 척척했다.

그는 공포에 압도되어 창에서 눈을 떼지 못한 채로 일어나 앉았다.

커튼은 미동도 없었다. 하지만 그 뒤에 누가 서 있다는 걸 알 수 있었다.

누굴까, 그는 생각했다.

누굴까?

상식적인 생각이 언뜻 들었다. 이건 틀림없이 환각일 거야.

그는 일어섰다. 아프고 휘청이는 몸으로 맨발을 돌바닥에 붙이고 침대 옆에 섰다. 창문을 향해 주춤주춤 두 걸음을 다가갔다. 그리고 멈춰 섰다. 몸을 앞으로 살짝 기울인 자세로, 입술을 달싹거리면서.

그 순간, 창문 앞 공간에 숨어 있던 누군가가 오른손으로 커튼을 홱 걷으면서 왼손으로는 총검을 뽑았다.

길고 넓은 칼날에 빛이 반사되어 번득거렸다.

럼버 재킷과 트위드 모자 차림의 남자가 잽싸게 두 걸음 걸어나와 다리를 벌리고 칼을 어깨 높이까지 들어올린 자세로 우뚝 섰다.

그는 한눈에 남자를 알아보았다. 그래서 소리를 지르려고 입을 벌렸다.

그때, 총검의 묵직한 손잡이가 그의 입을 때렸다. 그는 입술이 찢어지고 의치가 깨지는 걸 느꼈다.

그것이 그가 마지막으로 느낀 일이었다.

그 뒤의 일은 시간이 그에게서 달아나는 듯이 너무 빨리 벌어졌다.

칼이 처음 파고든 지점은 횡격막 옆쪽, 갈비뼈 바로 밑이었다. 칼자루까지 몸에 쑥 꽂혔다.

그는 여전히 제 발로 서 있었지만, 고개가 뒤로 젖혀졌다. 럼

버 재킷의 남자가 세 번째로 치켜든 칼은 그의 목을 왼쪽 귀에서 오른쪽 귀까지 쓱 갈랐다.

벌어진 기도에서 꾸룩꾸룩하는 소리가, 바람이 새는 듯한 소리가 났다.

그뿐이었다.

3.

    금요일 밤이니 스톡홀름의 카페들은 한 주의 노동을 마치고 여유를 즐기는 사람들로 가득해야 했다. 하지만 그렇지 않았다. 이유를 짐작하기는 어렵지 않았다. 지난 오 년간 외식비가 거의 두 배로 올랐기 때문에, 보통의 봉급생활자 중에는 한 달에 한 번이라도 외식할 형편이 되는 이가 드물었다. 식당 주인들은 불경기라며 불평했고, 그나마 씀씀이가 헤픈 젊은이들을 겨냥하여 업종을 술집이나 디스코텍으로 바꾸지 않은 가게라면 푸짐하게 차려진 식탁에서 업무를 논의하고 비용은 회사 신용카드나 접대비로 내는 회사원들에게 의지하여 간신히 꾸려갔다.

    감라스탄의 덴 월데네 프레덴도 예외가 아니었다. 금요일에서 토요일로 넘어가는 시각이니 밤이 깊긴 했지만, 아무리 그래도 지난 한 시간 동안 이 레스토랑의 1층에는 손님이 단둘, 남자 하나와 여자 하나뿐이었다. 벽감 쪽 테이블에 앉은 두 사람은 스테이크 타르타르를 먹었고, 지금은 커피와 푼슈*를 마시면서 소곤소곤 대화하고 있었다.**

출입구 맞은편의 작은 탁자에서 두 여성 종업원이 냅킨을 접고 있었다. 둘 중 더 젊은 쪽, 빨간 머리카락에 피곤해 보이는 얼굴의 여자가 일어나서 바 위에 걸린 시계를 흘끗 보았다. 여자는 하품한 뒤 냅킨 한 장을 집어 들고 벽감 쪽 손님들에게 걸어왔다.

"바가 닫기 전에 주문하실 게 있을까요?" 여자는 냅킨으로 식탁보에 떨어진 담뱃가루를 훑으면서 물었다. "뜨거운 커피 좀더 드릴까요, 경감님?"

마르틴 베크는 종업원이 자신을 안다는 사실에 기분이 좋았고, 동시에 그런 자신에게 놀랐다. 여느 때는 자신이 국가범죄수사국 살인수사과 책임자로서 어느 정도 공인이라는 사실을 떠올리게 하는 일을 겪으면 그저 성가실 뿐이었지만, 신문에 사진이 실리거나 텔레비전에 얼굴이 나온 지도 퍽 오래된데다가

---

* 스웨덴의 달콤한 리큐르.

** '황금의 평화'라는 뜻의 덴 윌데네 프레덴(Den Gyldene Freden)은 1722년 문을 열어 아직까지 운영되고 있는 스톡홀름 구도심의 식당으로, 지하와 1층에 식사 공간이 있다.

어느 끔찍한 남자

지금 여기 종업원이 자신을 알아보는 건 자신이 이제 이 식당의 단골이 되었다는 뜻인 것 같았다. 실제로 그랬다. 마르틴 베크는 이 년 전부터 이 식당에서 멀지 않은 곳에 살았고, 가끔 외식할 때면 주로 이곳을 애용했다. 다만 오늘밤처럼 동행과 함께하는 일은 흔치 않았다.

마르틴 베크의 맞은편에 앉은 여자는 열아홉 살인 딸 잉리드였다. 잉리드는 금발이고 그는 흑발이라는 점을 제외하고는 놀랍도록 닮은 부녀였다.

"커피 더 마실래?" 마르틴 베크가 물었다.

잉리드가 고개를 젓자, 종업원이 계산서를 가지러 갔다. 마르틴 베크는 얼음통에 담긴 작은 푼슈병을 들어서 남은 음료를 두 잔에 나눠 따랐다. 잉리드가 자기 잔을 홀짝였다.

"우리 좀더 자주 이래야 해요." 잉리드가 말했다.

"푼슈 마시는 거?"

"음, 맛있다. 아니, 좀더 자주 만나야 한다고요. 다음엔 제가 저녁을 대접할게요. 클로스테르베겐에 있는 우리집에서. 아직 안 와보셨잖아요."

잉리드는 제 부모가 별거하기 석 달 전에 먼저 집을 나갔다. 마르틴 베크는 만약 그때 잉리드가 자신에게도 별거를 권하지 않았다면 자신은 고인 물 같은 결혼 생활을 정리할 용기를 내지 못했을지도 모른다고 생각하곤 했다. 잉리드도 집에서 행복하지 않았던 터라, 고등학교를 마치기도 전에 친구와 함께 살겠다고 집을 나갔다. 이제 사회학을 공부하는 대학생이 된 잉리드는 얼마 전 스톡순드에서 원룸 아파트를 구했다. 아직은 전대轉貸로 빌려 쓰는 형편이었지만, 언젠가는 직접 집을 빌려서 살고 싶다고 했다.

"그저께 엄마랑 롤프가 집에 왔어요." 잉리드가 말했다. "아빠도 오면 좋겠다고 생각했지만, 연락이 안 되더라고요."

"응. 며칠 외레브로에 가 있었어. 두 사람은 어떻게 지내니?"

"잘 지내요. 엄마는 트렁크 한가득 잡동사니를 갖고 왔어요. 수건이며 냅킨이며 아빠도 아는 그 파란 커피잔이며 별의별 걸다. 함께 롤프 생일 파티 계획도 짰어요. 엄마가 나도 아빠도 와서 다 함께 저녁을 먹으면 좋겠다고 하던데요. 아빠가 시간이된다면."

롤프는 잉리드보다 세 살 어렸다. 남매는 서로 이렇게 다를 수 있나 싶을 만큼 다르지만 늘 사이가 좋았다.

빨간 머리 종업원이 계산서를 가져왔다. 마르틴 베크는 계산을 하고 잔을 비웠다. 손목시계를 보니 1시 몇 분 전이었다.

"갈까요?" 잉리드가 남은 푼슈를 홀짝 다 마시고 말했다.

두 사람은 외스텔롱가탄 거리를 북쪽으로 걸었다. 별이 총총하고 싸늘한 밤이었다. 술 취한 십 대 두 명이 드라켄스그렌드 골목에서 걸어나오면서 뭐라 뭐라 외쳤다. 그들의 고함 소리가 하나같이 오래된 건물들의 벽에 반사되어 메아리쳤다.

잉리드가 마르틴 베크의 팔짱을 끼고 보조를 맞췄다. 잉리드는 다리가 길고 날씬했다. 그가 보기에는 좀 마른 것 같았지만, 잉리드는 살을 빼야 한다는 소리를 입에 달고 지냈다.

"집에 올라갔다 갈래?" 셰프만토리에트 광장으로 가는 오르막길에서 그가 물었다.

"네. 하지만 택시를 부르러 가는 거예요. 늦었으니까 아빠도 자야죠."

마르틴 베크는 하품을 했다.

"솔직히 꽤 피곤하네." 그가 말했다.

상트예란과 용 조각상 발치에 웬 남자가 쭈그리고 앉아 있었다. 이마를 무릎에 댄 자세로 보아 자는 것 같았다.

잉리드와 마르틴 베크가 그 앞을 지날 때, 남자가 고개를 들고 걸걸한 목소리로 뭐라 뭐라 지껄이더니 두 다리를 죽 펼치고 턱을 툭 떨어뜨리고 다시 잠들었다.

"저 사람, 니콜라이 경찰서로 보내야 하는 거 아니에요? 밖에서 자기엔 추운데."

"결국엔 그리 보내지겠지." 마르틴 베크가 대답했다. "유치장에 자리가 있다면. 하지만 난 주정뱅이를 돌보는 일에서 손 뗀 지 오래란다."

두 사람은 묵묵히 셰프만가탄 거리로 접어들었다.

마르틴 베크는 자신이 이 니콜라이 구역을 순찰하는 순경이었던 이십여 년 전을 떠올렸다. 그때 스톡홀름은 지금과는 다른 도시였다. 감라스탄은 소박한 읍내였다. 술꾼과 가난과 비참함은 물론 지금보다 더 많았지만, 빈민가를 싹 비우고 건물을 개조해서 집세를 올리는 일이 유행하면서 옛 거주자들은 쫓겨났다. 이후 감라스탄에서 사는 것은 아무나 할 수 없는 근사한 일이 되었고, 이제 마르틴 베크 자신이 그 특권을 누리는 소수의 사람 중 하나였다.

두 사람은 엘리베이터를 타고 꼭대기 층으로 올라갔다. 건물을 재단장할 때 새로 설치한 엘리베이터는 감라스탄에서 몇 안 되는 엘리베이터 중 하나였다. 마르틴 베크가 사는 집도 싹 개조된 공간이었다. 집은 현관, 작은 부엌, 욕실, 그리고 동쪽의 안마당 쪽으로 창이 난 방 두 개로 이뤄졌다. 방들은 아담하고 비대칭적이었다. 창문은 밖으로 돌출된 퇴창이었고, 천장은 낮았다. 바깥쪽 방에는 안락의자들, 낮은 탁자, 벽난로가 있었다. 안쪽 방에는 큰 침대가 있었다. 침대를 둘러싸고 벽에 붙박이로 설치된 책장과 선반이 있었고, 창가에는 서랍이 달린 큰 책상이 있었다.

잉리드는 코트를 벗지 않고 곧장 방으로 들어가서 책상에 앉았다. 수화기를 들고 택시 콜센터에 걸었다.

"잠시 있다 가지?" 마르틴 베크가 부엌에서 말했다.

"아니에요. 저도 집에 가서 자야 해요. 엄청 피곤해요. 아빠도 그렇잖아요."

그는 잠자코 동의했다. 지금은 졸음이 싹 달아났지만, 그는 저녁 내내 하품을 해댄데다가 극장에서는—둘은 함께 트뤼포의 〈400번의 구타〉를 봤다—몇 번이나 곯아떨어질 뻔했다.

마침내 택시를 부르는 데 성공한 잉리드가 부엌으로 와서 그의 뺨에 입맞추었다.

"즐거웠어요. 늦어도 롤프 생일에는 또 볼 수 있겠네요. 안녕히 주무세요."

그는 엘리베이터까지 잉리드를 따라 나가서 잘 가라고 속삭여 배웅한 뒤 집으로 돌아와서 문을 닫았다.

냉장고에서 맥주를 꺼내 큰 잔에 따르고, 방으로 가서 책상에 잔을 놓았다. 그다음 벽난로 옆 전축으로 갔다. 음반을 뒤적이다가 바흐의 〈브란덴부르크 협주곡〉을 꺼내어 턴테이블에 얹었다. 그가 사는 집은 벽이 두꺼웠다. 그는 소리를 꽤 키워도 이웃에 폐가 되지 않는다는 걸 알았다. 그는 책상에 앉아서 맥주를 마셨다. 차고 상쾌한 맥주가 푼슈의 들큼한 뒷맛을 씻어주었다. 그는 플로리다 담배의 종이 필터를 손가락으로 꼬집은 뒤 담배를 이로 물고 성냥으로 불을 붙였다. 두 손으로 턱을 괴고 창밖을 보았다.

안마당 건너편의 달빛을 받은 지붕들 위로 별이 총총한 봄밤 하늘이 검푸른 아치를 그렸다. 그는 음악을 들으면서 이런저런 생각을 두서없이 떠올렸다. 더없이 편안하고 만족스러웠다.

음반을 뒤집은 뒤, 침대 머리맡 선반으로 가서 반쯤 조립한 쾌속 범선 플라잉 클라우드호 모형을 꺼냈다. 그는 한 시간 가까이 모형 배의 돛대와 활대를 작업한 뒤에 선반에 도로 얹어두었다.

그러고는 이미 완성한 모형 배 두 척을 자랑스러운 마음으로 감상하면서 옷을 벗었다. 쾌속 범선 커티 사크호와 연습선 단마르크호였다. 플라잉 클라우드호도 곧 삭구만 남겨두고 다 완성될 텐데, 삭구야말로 가장 까다로운 부분이었다.

그는 발가벗은 채 재떨이와 맥주잔을 부엌으로 들고 가서 개수대 옆 조리대에 두었다. 베갯머리의 독서등만 빼고 온 집의 불을 다 끈 뒤 침실 창을 살짝 열어놓고 침대에 누웠다. 2시 35분을 가리키는 시계의 태엽을 감으면서, 자명종이 꺼져 있는 걸 확인했다. 이튿날은 쉬는 날이니 늘어지게 늦잠을 잘 생각이었다.

그는 협탁에 놓인 쿠르트 베리엔그렌의 『스톡홀름 군도의 여름 휴가용 배들』을 펼쳐 들었다. 먼저 사진을 꼼꼼하게 구경하고, 그다음에 사진 설명을 읽거나 본문을 읽거나 했다. 짙은 향수가 밀려들었다. 하지만 크고 무거운 책이라 침대에서 읽기에는 그다지 어울리지 않았다. 그는 곧 팔이 아팠다. 책을 옆에 내려놓고 팔을 뻗어서 독서등을 껐다.

그때 전화가 울렸다.

4.

에이나르 뢴은 죽도록 피곤했다.

그는 열일곱 시간 넘게 연속 근무중이었다. 지금은 쿵스홀름
스가탄 거리에 있는 경찰서의 강력반 유치장에서 살인미수 용
의자인 어느 성인 남성이 흐느끼는 모습을 지켜보고 서 있었다.

엄밀히 말하자면 유치인은 성인 남성이라고 하기에는 좀 그
랬다. 열여덟 살이니 아직 소년에 가까웠다. 청년은 금발을 어
깨까지 길렀고, 빨간 청바지를 입었고, 등에 "LOVE"라는 글자
가 적혀 있고 장식용 술이 달린 갈색 스웨이드 재킷을 입었다.
글자를 둘러싸고 분홍색, 하늘색, 보라색 꽃들도 그려져 있었
다. 청년이 신은 부츠에도 꽃과 글씨가 그려져 있었다. 정확히
말하자면, "PEACE"와 "MAGGAN"이라고 적혀 있었다. 재킷

소매에 치렁치렁 달린 술은 굽슬굽슬한 사람 머리카락 같았다.

누군가의 머릿가죽을 벗겨서 만들었나 하는 생각이 절로 들었다.

뢴도 울고 싶었다. 피곤하기도 했지만, 그보다도 요즘 자주 그렇듯이 피해자보다 가해자가 더 안쓰러워서였다.

예쁜 머리카락의 청년이 죽이려고 한 사람은 마약 판매자였다. 살해 시도는 별로 성공적이지 못했지만 경찰이 청년을 이급 살인미수 용의자로 잡아들일 만큼은 성공적이었다.

뢴은 이날 오후 5시부터 청년을 찾아다녔다. 그러느라고 이 아름다운 도시 곳곳에 숨은 마약중독자 아지트를 열여덟 군데나 뒤졌는데 아지트들은 매번 바로 전에 간 곳보다 더 지저분하고 더 끔찍했다.

이게 다 마리아토리에트 광장에서 어린 학생들에게 아편 섞인 마리화나를 파는 개자식이 머리를 맞아서 혹이 난 것 때문이지, 뢴은 생각했다. 그래, 철봉으로 맞은 것이기는 해. 철봉을 휘두른 놈도 그저 돈이 다 떨어져서 그런 것뿐이었고. 아무리 그래도 그렇지.

뢴은 게다가 아홉 시간째 초과근무중이었다. 벨링뷔에 있는 집으로 돌아갈 무렵에는 열 시간이 될 터였다.

하지만 큰 손해에는 작은 이득이 따르는 법. 이 경우 이득은 월급이었다.

라플란드 출신인 륀은 아리에플로그에서 태어났고 역시 그곳 출신인 여자와 결혼했다. 그는 지금 사는 동네인 벨링뷔가 딱히 좋지는 않았지만, 자신이 사는 거리에 비탕이가탄이라는 이름이 붙어 있다는 점은 마음에 들었다.[*]

륀은 야간 근무를 서는 젊은 동료들 중 하나가 유치인 이송용 쪽지를 쓴 뒤 머리카락 페티시 청년을 두 경비원에게 넘기는 모습을 지켜보았다. 청년을 넘겨받은 경비원들은 그를 세 층 위 수사지원부서로 데려가기 위해서 엘리베이터에 밀어넣었다.

유치인 이송용 쪽지란 앞면에는 유치인의 이름을 적고 뒷면에는 담당 경찰관이 상대 부서에 전할 말을 적는 것으로, 의무적으로 작성해야 하는 건 아니었다. 전할 말이란 가령 이런 식이었다. '아주 난폭함. 벽으로 몇 번 몸을 날려서 다쳤음.' 혹은 이런 식. '통제 불능. 문으로 덤벼들다가 다쳤음.' 아니면 간단히 이런 식. '넘어져서 다쳤음.'

기타 등등.

경찰서 앞마당에서 들어오는 문이 열렸다. 순경 두 명이 희끗한 턱수염을 텁수룩하게 기른 나이든 남자를 데리고 들어왔

---

[*] '비탕이(Vittangi)'는 라플란드에 있는 마을 이름이다.

어느 끔찍한 남자

다. 막 문턱을 넘을 때 한 순경이 남자의 배에 주먹을 푹 찔러넣었다. 남자는 고꾸라질 듯하면서 개의 울음소리 같은 비명을 낮게 질렀다. 당직 형사 두 명은 그쪽으로 눈길도 주지 않고 계속 서류를 뒤적였다.

뢴은 정떨어진 눈길로 두 순경을 보았다. 하지만 입을 열진 않았다.

그는 하품을 하고 시계를 봤다.

새벽 2시 17분이었다.

전화가 울렸다. 한 형사가 받았다.

"네, 수사과 구스타브손입니다."

뢴은 털모자를 쓰고 문으로 갔다. 막 손잡이를 쥐었을 때, 구스타브손이 그를 불러 세웠다.

"뭐라고? 잠깐 기다려. 저기, 뢴?"

"음?"

"일이 생긴 것 같습니다."

"무슨 일?"

"사밧스베리 병원에서 문제가 생겼답니다. 누가 총에 맞았다는 것 같은데요. 전화 건 친구가 여간 당황한 게 아니에요."

뢴은 한숨을 쉬면서 돌아섰다. 구스타브손이 수화기를 가린 손을 뗐다.

"마침 여기 강력반 형사가 한 분 계시거든. 큰일만 맡는 분들 말이야. 뭐라고?"

잠시 침묵.

"그래그래, 알겠다고. 현장이 끔찍하다, 그 말이잖아. 그래서 그쪽이 있는 데가 정확히 어디야?"

홀쭉한 삼십 대 남자인 구스타브손은 고압적이었다. 그는 잠시 상대의 말을 듣다가 다시 손으로 수화기를 가렸다.

"사밧스베리 병원 본관 입구랍니다. 도움이 간절한 것 같은데요. 가실 겁니까?"

"그래요. 가야겠지." 뢴이 대답했다.

"차 필요하십니까? 저 순찰차를 쓸 수 있을 것 같은데요."

뢴은 약간 침울한 표정으로 두 순경을 쳐다본 뒤 고개를 저었다. 우락부락한 순경들은 가죽 권총집에 든 총과 경찰봉으로 무장하고 있었다. 그들이 데려온 남자는 낑낑 소리 내는 짐짝처럼 발치에 놓여 있었다. 두 순경은 아둔하지만 시샘 어린 눈길로 뢴을 보았다. 그들의 파란 눈동자에서 진급 기회를 잡고 싶어 하는 마음이 뻔히 들여다보였다.

"아니, 내 차로 가지." 뢴은 이렇게 말하고 나섰다.

에이나르 뢴은 큰일만 맡는 분이 아니었다. 그렇기는커녕 이 순간에는 스스로가 하찮은 나사못조차 되지 못하는 것 같다고 느껴졌다. 어떤 사람들은 뢴을 유능한 수사관으로 평가했지만, 그를 그저 평범하다고 여기는 사람들도 있었다. 어느 쪽이든 뢴은 오래 성실히 일한 끝에 지금은 타블로이드 신문들이 종종 "살인마 추적자"라고 부르는 강력반 선임 경사가 되어 있었다. 한편 뢴이 온화하고, 중년이고, 딸기코이고, 앉아서만 지내는 바람에 약간 살이 붙었다는 점에는 모든 이들의 의견이 일치했다.

뢴이 문제의 장소까지 차를 몰고 가는 데는 사 분 십이 초가 걸렸다.

사밧스베리 병원의 건물들은 널찍한 언덕에 대충 삼각형 모양으로 펼쳐진 부지에 흩어져 있다. 삼각형의 밑변이 북쪽의 바사파르켄 공원이라면, 나머지 두 변은 동쪽의 달라가탄 거리와 서쪽의 토르스가탄 거리다. 남쪽의 꼭짓점은 바르후스비켄 만에 새로 놓인 다리에서 이어진 도로로 끝이 똑 잘려 있고, 토르스가탄 거리 쪽에서 밀고 들어온 가스 회사의 큰 벽돌 건물 때문에 한구석이 약간 파여 있다.

병원의 이름은 18세기 초에 감라스탄에서 '로스토크'와 '레오네트'라는 두 선술집을 운영했던 발렌틴 사바트의 이름을 땄다. 그가 현재의 사밧스베리 일대를 사들여서 연못을 조성하고 잉어를 키웠는데, 연못들은 지금은 다 말랐거나 메워졌다. 사바트는 이곳에서 삼 년간 식당을 운영하기도 하다가 1720년에 세상을 떴다.

그로부터 약 십 년 뒤, 이곳에 광천욕 시설이 문을 열었다. 광천욕 여관 건물은 이후 병원과 구빈원으로 쓰였고, 역사가 이백 년이 넘은 지금은 팔 층 건물로 새로 지어진 노인의학 센터의 그늘에 조용히 숨어 있다.

최초의 병원 건물은 달라가탄 서쪽으로 펼쳐진 언덕에 약 백 년 전에 지어졌다. 여러 채의 병동이 지붕 있는 긴 복도로 이어진 건물이었다. 병동 몇 채는 지금까지 사용되고 있지만, 대부분은 최근에 철거되었고 그 자리에 새 건물이 들어섰다. 새 건물들을 잇는 통로는 지하에 있다.

부지 남쪽의 오래된 건물들은 양로원으로 쓰인다. 그곳에는 작은 예배당도 한 채 있고, 잔디밭과 산울타리와 자갈길 한가운데에 노란 벽과 흰 테두리와 둥근 지붕 위 뾰족탑을 갖춘 정자도 한 채 있다. 예배당에서부터 양쪽에 나무가 우거진 널찍한 길을 따라 저 아래 차도까지 내려가면, 그곳에는 예전에 문지기가 머물렀던 집이 있다. 땅은 예배당 너머에서부터 차츰 높아지다가 토르스가탄 거리에 다다라서 뚝 끊긴 절벽이 된다. 그 절벽과 길 건너편 본니에르 빌딩 사이로 토르스가탄 거리가 휘어져 달리는 것이다. 이곳은 병원 부지 내에서 가장 조용하고 사람들의 발길이 뜸한 지점이다. 부지의 주 출입구는 백 년 전부터 그랬듯이 달라가탄 거리로 나 있고, 새 본관 건물은 그 출입구 바로 옆에 있다.

5.

순찰차 지붕에 붙은 섬광등의 시퍼런 불빛 속에 서 있자니, 뢴은 유령이 된 기분이었다. 하지만 사태는 그보다 더 나빠질 터였다.

"무슨 일인가?" 뢴이 물었다.

"정확히는 모르겠습니다. 아무튼 끔찍한 일인 것 같습니다."

순경은 아주 젊어 보였다. 걱정을 숨기지 않은 솔직한 얼굴이었는데 시선이 차분하지 않았다. 차분히 서 있는 것도 어려워하는 듯했다. 그는 왼손으로는 순찰차 문을 잡고 오른손으로는 왠지 초조하게 권총 손잡이를 만지작거렸다. 그가 십 초 전에 냈던 소리는 틀림없이 안도의 한숨 소리였다.

겁난 게지, 뢴은 생각했다. 뢴은 최대한 안심시키는 목소리

어느 끔찍한 남자

로 물었다.

"글쎄, 두고 보지. 어딘가?"

"찾아가기가 좀 어렵습니다. 제가 앞에서 운전해 가겠습니다."

뢴은 고개를 끄덕이고 자기 차에 탔다. 시동을 걸고, 퍼런 섬광등을 뒤따라서 본관 건물을 빙 돌아 부지로 들어갔다. 순찰차는 불과 삼십 초 동안 우회전 세 번, 좌회전 두 번을 하더니 노란 벽과 까만 맨사드 지붕을 가진 낮고 긴 건물 앞에 섰다. 오래된 건물 같았다. 비바람에 닳은 나무 현관문 위에서 우윳빛 유리로 된 구식 전구 한 알이 깜박거리며 어둠과의 승산 없는 싸움을 벌이고 있었다. 순경이 차에서 내려서 아까의 자세를 다시 취했다. 한 손으로는 차문을 만지작거리고 다른 손으로는 마치 어둠이 숨기고 있을지도 모르는 음험한 무언가를 막아낼 방패라도 되는 양 총자루를 만지작거리는 자세를.

"저깁니다." 순경이 이중으로 된 현관문을 경계하는 눈길로 흘긋 보면서 말했다.

뢴은 하품을 참으면서 끄덕였다.

"인원을 더 부를까요?"

"글쎄, 두고 보지."

그렇게 온화하게 대답할 때, 뢴은 벌써 계단을 올라 오른쪽 문짝을 밀고 있었다. 기름칠되지 않은 경첩이 음산하게 삐걱거렸다. 계단을 두어 걸음 더 오르고 문을 하나 더 통과하니 이내 전구가 드문드문 켜진 복도였다. 폭이 넓고 천장이 높은 복도는 건물 저 끝까지 죽 뻗어 있었다.

복도의 한쪽 편에는 개인실과 단체실이 있었다. 맞은편에는 화장실, 침구를 보관하는 선반, 검사실이 있는 듯했다. 벽에는 10외레 동전 하나로 한 통을 걸 수 있는 구식의 까만 공중전화가 붙어 있었다. 뢴은 간결하게도 "관장灌腸"이라고만 적혀 있는 타원형의 흰 법랑 명판을 잠시 들여다보다가 곧 저 멀리 보이는 네 사람에게로 시선을 옮겼다.

그중 두 명은 제복 경찰관이었다. 둘 중에서 더 다부진 몸매의 남자는 두 다리를 벌리고 두 팔을 늘어뜨리고 정면을 바라보며 서 있었다. 왼손에는 까만 표지의 수첩을 펼쳐서 쥐고 있었다. 그의 동료는 벽에 등을 대고 고개를 숙이고 있었는데, 시선은 구식의 황동 수도꼭지가 달린 법랑 세면대에 가 있었다. 그 순경은 뢴이 지난 아홉 시간의 초과근무중 만난 젊은 경찰관들 중에서도 틀림없이 제일 어릴 것 같았다. 가죽 재킷을 입고 어깨띠를 차고 당연히 권총까지 갖춘 청년은 진짜 경찰관이 아니라 경찰관을 흉내내는 사람 같았다. 한편, 나이가 지긋하고 센 머리카락에 안경을 낀 여자가 등의자에 폭삭 무너지듯이 앉아서 나무 밑창이 달린 자신의 흰 신발을 멍하니 내려다보고 있었다. 흰 작업복을 입은 여자의 새하얀 종아리에는 시퍼런 정맥류가 두드러져 있었다. 사인조를 이루는 마지막 인물은 삼십 대 남자였다. 까만 고수머리의 남자는 손가락 마디를 잘근잘근 초조하게 씹고 있었다. 그도 흰 가운을 입었고, 나무 밑창이 달린 신을 신었다.

복도 안 공기는 불쾌했다. 소독제, 혹은 토사물, 혹은 약물, 혹은 셋 모두가 섞인 냄새가 났다. 뢴은 갑자기 재채기가 났다. 그런 뒤에야 한 박자 늦게 엄지와 검지로 코를 싸잡았다.

사인조 중 수첩을 든 순경만이 반응을 보였다. 아무 말 없이, 순경은 연노란색 페인트가 자글자글 갈라져 있고 흰 종이에 타자기로 글씨를 찍은 이름표가 금속 틀에 끼워져 있는 병실 문을 가리켰다. 문은 꽉 닫혀 있진 않았다. 뢴은 손잡이를 건드리지 않고 문 자체에 손가락을 걸어서 살짝 당겼다. 안에 문이 하나 더 있었다. 그 문도 빼꼼 열려 있었지만, 이번에는 안쪽으로 열려 있었다.

뢴은 두 번째 문을 발로 밀어서 열고 고개를 안으로 집어넣었다. 그러고는 움찔했다. 뢴은 불그스름한 코를 싸쥐었던 손가락을 풀고, 이번에는 좀더 체계적으로 안을 둘러보았다.

"이런, 이런."

뢴은 이렇게 혼잣말하고는 한 걸음 물러났다. 복도 쪽 문을 원래대로 살짝 닫은 뒤, 안경을 쓰고 문에 붙은 이름표를 보았다.

"맙소사." 뢴이 중얼거렸다.

까만 수첩을 들고 있던 순경은 이제 배지를 꺼내어 그것이 무슨 묵주나 부적이라도 되는 양 만지작거리고 있었다.

경찰 배지는 조만간 없어진다지, 뢴은 엉뚱하게도 이런 생각을 떠올렸다. 그날이 오면, 경찰관들이 배지를 가슴에 달아서 신분을 떳떳하게 밝혀야 하는가 아니면 어디 주머니 같은 데 넣어둬야 하는가 하는 해묵은 논쟁이 놀라울뿐더러 적이 실망스러운 결론으로 매듭지어질 터였다. 배지가 아예 없어질 테니까. 그 대신 일반적인 신분증이 도입될 예정이었고, 이제 경찰관들은 제복의 익명성 뒤에 안전하게 숨을 수 있을 터였다.

"이름이 뭡니까?" 뢴이 큰 소리로 물었다.

"안데르손입니다."

"여기 몇 시에 왔죠?"

순경이 손목시계를 보았다.

"2시 16분에 왔습니다. 구 분 전입니다. 저희 차가 근처에 있었습니다. 오덴플란에."

안경을 벗은 뢴은 제복을 입은 청년을 보았다. 청년은 연두색으로 질린 얼굴로 세면대에 웩웩 토하고 있었다. 연상의 순경이 뢴의 시선을 좇았다.

"견습생입니다. 오늘이 첫 순찰입니다." 그가 나지막이 말했다.

"잘 챙겨주세요." 뢴이 말했다. "그리고 5분서에 연락해서 대여섯 명쯤 보내달라고 하세요."

"5분서 아돌프프레드리크 경찰서에 긴급 출동 요청, 알겠습니다." 안데르손은 경례를 붙이거나 차려 자세를 취하거나 하여간 무슨 얼빠진 행동이라도 할 것 같은 태도로 대답했다.

"잠깐." 뢴이 안데르손을 붙잡았다. "주변에서 뭐든 의심스러운 걸 못 봤습니까?"

뢴의 표현이 썩 좋지 못했던지 순경이 어리둥절한 얼굴로 병실 문을 보았다.

"그게……." 순경이 애매하게 대꾸했다.

"저게 누군지 압니까? 저 안에 있는 사람?"

"뉘만 경감님 아닙니까?"

"맞아요."

"저 모습만 봐서는 모르겠지만 말입니다."

"그래요, 모르겠죠." 뢴이 말했다.

안데르손이 떠났다.

뢴은 이마에 맺힌 땀을 닦고 이제 어떻게 하나 고민했다.

딱 십 초 동안. 그다음 그는 공중전화로 가서 마르틴 베크의 집에 전화를 걸었다.

"여보세요. 뢴인데. 사밧스베리 병원에 있어. 이리 좀 오지."

"알았어." 마르틴 베크가 대답했다.

"빨리."

"알았어."

뢴은 전화를 끊고 다른 사람들이 있는 곳으로 돌아갔다. 그리고 기다렸다. 갖고 있던 손수건을 견습생에게 건넸다. 청년은 뢴을 의식하면서 그것으로 입을 닦았다.

"죄송합니다." 청년이 말했다.

"누구나 그럴 수 있어요."

"도저히 참을 수 없었습니다. 늘 이렇습니까?"

"아니요." 뢴이 대답했다. "그렇진 않아요. 나는 경찰로 이십이 년을 일했는데, 솔직히 말해서 이런 장면은 처음 봤어요."

그다음 뢴은 까만 고수머리 남자에게 물었다.

"이 병원에 정신 병동이 있습니까?"

"닉스 페어슈텐*." 의사가 대답했다.

뢴은 안경을 끼고 의사의 흰 가운에 달린 플라스틱 이름표를 보았다.

예상대로 거기에 그의 이름이 새겨져 있었다.

---

* 독일어로 "못 알아듣겠습니다"라는 뜻.

어느 끔찍한 남자

의사 위즈퀴푀최튀프제*.

"아."

뢴은 안경을 벗고 계속 기다렸다.

---

* 설명은 나오지 않지만 아마도 터키 이름이다.

6.

병실은 길이 오 미터, 폭 삼 미터, 높이는 사 미터 가까이 되었다. 색깔은 몹시 칙칙했다. 천장은 지저분한 흰색, 벽은 무슨 색인지 꼬집어 말하기 어려운 누런색이었다. 바닥에 깔린 대리석 타일은 회백색, 창틀과 문틀은 연회색이었다. 창에는 연노란색의 묵직한 능직 커튼과 흰색의 얇은 커튼이 두 겹으로 걸려 있었다. 철제 침대는 흰색, 시트와 베갯잇도 흰색이었다. 협탁은 회색, 나무 의자는 연갈색이었다. 가구의 칠은 바랬고, 거칠거칠한 벽의 칠은 세월로 갈라졌다. 천장도 회칠이 벗겨지고 있었고, 군데군데 습기가 스민 곳에 연갈색 얼룩이 져 있었다. 모든 것이 낡았지만, 모든 것이 깨끗했다. 협탁에는 연홍색 장미 일곱 송이가 담긴 양은 꽃병이 놓여 있었다. 안경과 안경집, 작고 흰 알약이 두 알 담긴 투명 플라스틱 비커, 작고 흰 트랜지스터 라디오, 먹다 만 사과, 연노란색 액체가 반쯤 담긴 유리잔도 있었다. 아래 선반에는 잡지 한 무더기, 편지 네 장, 괘선지 묶음, 네 가지 색깔 볼펜심이 든 반들반들한 워터맨 볼펜, 동전 몇 닢이 있었다. 정확히 헤아리자면 10외레 동전 여덟 개, 25외레 동전 두 개, 1크로나 동전 여섯 개였다. 협탁에는 서랍도 둘 달려 있었다. 위쪽 서랍에는 사용한 흔적이 있는 손수건 세 장, 플라스틱 갑에 든 비누, 치약, 칫솔, 작은 애프터셰이브 한 통, 목 캔디 한 통, 손톱깎이와 줄과 가위가 든 가죽 케이스가 있었다. 아래쪽 서랍에는 지갑, 전기 면도기, 작은 우표첩, 파이프 두 개, 담배쌈지, 스톡홀름 시청 사진이 실린 새 엽서 한 장이 있었다. 의자의 곧은 등받이에는 옷이 걸려 있었다. 회색 면 상의 한 벌, 같은 색과 재질의 바지 몇 벌, 무릎 길이의 흰 셔츠 한 장이었다. 의자의 앉는 자리에는 속옷과 양말이 놓여 있었고, 침대 옆에는 슬리퍼가 있었다. 베이지색 목욕 가운은 문 옆의 벽에 붙은 옷걸이에 걸려 있었다.

그 방에 어울리지 않는 색깔은 하나뿐이었고, 그것은 새빨간 색이었다.

죽은 남자는 침대와 창문 사이에 비스듬히 누워 있었다. 목이 어찌나 과격하게 잘렸는지 고개가 거의 90도로 젖혀졌고,

왼뺨이 바닥에 닿아 있었다. 벌어진 목 사이로는 혀가, 잘린 입술 사이로는 부러진 의치가 튀어나와 있었다.

그가 뒤로 넘어지는 동안 목동맥에서 굵은 핏줄기가 솟구친 모양이었다. 침대에 그어진 진홍색 핏줄기와 꽃병과 협탁에 흩뿌려진 핏방울은 그렇게 설명되었다.

한편, 그가 입은 셔츠를 흠뻑 적시고 몸 주변에 거대한 웅덩이를 이룬 피는 복부의 상처에서 나온 것이었다. 상처를 슬쩍 보기만 해도 누군가가 그의 간, 쓸개관, 위, 비장, 췌장을 일격에 갈랐다는 걸 알 수 있었다. 대동맥은 말할 것도 없었다.

전신의 피가 불과 몇 초 만에 거의 죄다 뿜어져 나왔다. 피부는, 가령 이마나 정강이와 발의 일부처럼 피부가 깨끗하게 남아 있는 부분에 한정된 말이지만, 희푸르스름하다 못해 투명할 지경이었다.

몸통의 상처는 길이가 약 이십오 센티미터에 좍 벌어져 있었다. 베인 복막 사이로 칼에 찢긴 장기들이 밀려나와 있었다.

남자는 몸이 두 동강 난 것이나 다름없었다.

그 광경은 살육의 현장과 피투성이 범죄를 살펴보는 것이 직업인 사람에게도 끔찍한 장면이었다.

그러나 마르틴 베크는 병실에 들어선 뒤에도 낯빛 하나 바뀌지 않았다. 모르는 사람이 보면 그가 일상적인 일을 하고 있다고 생각할 수도 있으리라. 딸과 함께 프레덴에서 저녁을 먹고, 술을 마시고, 옷을 벗고, 모형 배를 조립하고, 책을 챙겨 침대에 들고. 그러다가 호출을 받고 달려와서는 아무렇지도 않게 칼부림당한 경감의 시신을 조사하는 것이다. 더 나쁜 것은 마르틴 베크 자신도 그렇게 느낀다는 점이었다. 그는 한 번도 소스라치게 놀란 적이 없었다. 다만 자신의 냉랭함에 놀랄 뿐이었다.

새벽 2시 50분, 마르틴 베크는 침대 옆에 쭈그리고 앉아서 시신을 냉정하게 살펴보고 있었다.

"정말로 뉘만이군." 마르틴 베크가 말했다.

"그래, 그런 것 같아." 뢴이 대답했다.

뢴은 협탁 옆에 서서 거기 놓인 물건을 뒤적이다가 갑자기 하품을 했다. 그러고는 죄책감에 얼른 손으로 입을 가렸다.

마르틴 베크가 뢴을 흘긋 보고는 물었다.

"타임라인 같은 것 있나?"

"응."

뢴은 작은 수첩을 꺼냈다. 그가 좀스러운 필체로 꼼꼼하게 적어둔 글이 있었다. 뢴은 안경을 낀 뒤 단조롭게 읽어내렸다.

"오전 2시 10분에 보조 간호사가 저 문을 열었어. 이상한 소리를 듣거나 이상한 걸 본 건 아니고 그냥 정기적인 점검이었는데, 그때 이미 뉘만은 죽은 상태였어. 간호사가 2시 11분에

90000번에 신고. 순찰조가 호출을 받은 게 2시 12분. 오덴플란에 있던 순찰차가 여기까지 오는 데 삼사 분이 걸렸고, 순경들이 수사팀에 보고한 게 2시 17분. 내가 여기 온 게 2시 22분. 자네에게 전화한 게 2시 29분. 자네가 여기 도착한 게 2시 44분."

뢴은 시계를 보았다.

"지금은 2시 52분. 내가 도착했을 때 뉘만은 죽은 지 기껏해야 삼십 분밖에 안 됐었어."

"의사가 그렇게 말했나?"

"아니, 내가 내린 결론이야. 시신의 온기, 피의 응고 상태……."

뢴은 자신이 관찰한 바를 말하는 게 주제넘은 짓이라고 여긴 듯이 말을 멎었다.

마르틴 베크는 오른손 엄지와 검지로 콧등을 문지르면서 곰곰이 생각했다.

"일이 순식간에 벌어졌다는 거로군."

뢴은 대꾸하지 않았다. 딴생각을 하는 듯했다.

"음." 뢴이 한참 뒤에야 말했다. "내가 왜 자네를 불렀는지 알겠지. 단순히……."

그러고는 이내 딴 데 정신이 팔린 듯이 말을 멈췄다.

"단순히?"

"단순히 뉘만이 경찰이라서 그런 건 아니고…… 음, 상황이 이러니까."

뢴이 시신 쪽을 대충 가리켰다.

"난도질당했으니까."

뢴은 잠시 입을 닫았다가 또 다른 결론에 도달했다.

"이 짓을 저지른 인간은 틀림없이 미치광이일 테니까."

마르틴 베크는 끄덕였다.

"그래, 그런 것 같군."

7.

마르틴 베크는 왠지 찜찜했다. 어렴풋하고 종잡기 어려운 기분, 예를 들자면 책을 읽다가 깜박깜박 조는 바람에 책장을 한 장도 넘기지 못하고 계속 같은 대목을 되읽을 때 드는 무지근한 피로감 같은 기분이었다.

그는 정신을 가다듬고 그 막연한 육감의 정체를 헤아려보려고 애썼다.

기본적으로 바탕에 깔린 것은 무력감이었지만, 그가 좀처럼 무시해버릴 수 없는 다른 감각이 더 있었다.

위험하다는 느낌이었다.

곧 일이 벌어질 듯한 느낌. 무슨 수를 써서라도 막아야 하는 일이 벌어질 듯한 느낌. 하지만 그 일이 무엇인지는 알 수 없었고, 하물며 어떻게 하면 그 일을 막을 수 있는지는 더 알 수 없었다.

극히 드물기는 해도 그는 전에도 이런 감각을 느낀 적이 있었다. 다른 동료들은 육감이라면서 그냥 웃어넘겼다.

경찰의 일은 현실주의, 정해진 절차, 집요함, 체계에 바탕을 두고 이뤄진다. 물론 까다로운 사건이 우연히 해결되는 경우가 많긴 하지만, 우연이란 융통성 있는 개념이고 요행이나 운과는 다르다는 점을 잊지 말아야 한다. 범죄 수사의 성패는 우연의 망을 가급적 촘촘히 짜내는 데 달려 있다. 번득이는 육감보다는 경험과 성실함이 더 많이 기여한다. 명석한 두뇌보다는 좋은 기억력과 건전한 상식이 더 귀한 자질이다.

현실에서 경찰이 하는 일에는 육감이 끼어들 자리가 없다.

육감은 애초에 자질이라고 볼 수도 없다. 점성술과 골상학을 과학이라고 볼 수 없는 것처럼.

그래도 뭔가가 있었다. 그가 아무리 인정하기 싫어도, 틀림없이 뭔가가 있었다. 그리고 예전에도 그는 이런 느낌 덕분에 더러 올바른 방향을 찾을 수 있었다.

하지만 어쩌면 지금 그의 불분명한 감정은 더 단순한 문제, 더 구체적이고 가까운 문제 때문일 수도 있었다.

이를테면 뢴 때문일 수도 있었다.

마르틴 베크는 함께 일하는 동료에게 많은 걸 기대하는 편이었다. 그것은 그가 스톡홀름 경찰 소속의 수사관이었을 때부터 예전에 베스트베리아에 있던 국가범죄수사국 소속의 수사관이될 때까지 오랫동안 그의 오른팔로 함께한 렌나르트 콜베리 탓이었다. 콜베리는 늘 마르틴 베크를 가장 잘 보완하는 사람, 제일 좋은 가설을 내놓는 사람, 올바른 방향으로 이끄는 질문을 묻는 사람, 적절한 신호를 줄 줄 아는 사람이었다.

하지만 지금 그 콜베리는 곁에 없었다. 콜베리는 아마 집에서 자고 있을 테고, 마르틴 베크가 그를 깨울 합당한 이유는 없었다. 그것은 규정에 어긋날뿐더러 룐을 모욕하는 일이리라.

마르틴 베크는 룐이 뭐라도 해주기를 바랐다. 아니면 룐도 위험을 느끼고 있다는 걸 알 수 있는 말을 꺼내주기를 바랐다. 자신이 반박하든가 혹은 받아들이고 더 고민해볼 만한 발언이나 추측을 던져주기를 바랐다.

하지만 룐은 말이 없었다.

그 대신 자기가 할 일을 침착하고 유능하게 수행했다. 현재로서는 룐이 이 수사의 책임자였고, 책임자답게 합리적으로 떠올릴 수 있는 조치를 전부 다 취하고 있었다.

병실 창밖은 밧줄과 가대架臺로 접근이 통제되었다. 경찰차들이 올라와서 전조등으로 주변을 밝혔다. 서치라이트가 일대를

어느 끔찍한 남자

훑었고, 경찰관들의 손에 들린 회중전등의 흰 동그라미들이 흡사 해변에서 훼방꾼이 다가오는 걸 보고 뿔뿔이 흩어지는 농게들처럼 땅 위를 횤횤 달렸다.

뢴은 협탁 위와 안에 있던 물건을 다 살폈다. 하지만 피해자의 평범한 소지품, 그리고 건강한 사람이 어쩌면 심각한 병에 걸렸을지도 모르는 환자에게 위문 편지랍시고 너무 기운찬 이야기만 늘어놓는 무신경한 편지 몇 통 외에는 별다른 것을 발견하지 못했다. 아돌프프레드리크 경찰서에서 나온 인원이 이웃한 병실과 병동을 샅샅이 뒤졌지만, 그들도 이렇다 할 것을 발견하진 못했다.

마르틴 베크가 뢴에게서 뭔가 구체적인 정보를 끌어내고 싶다면, 자신이 먼저 물어야 했다. 그것도 뢴이 오해하지 않을 만큼 명확한 문장으로 질문을 잘 구성해서 물어야 했다.

두 사람의 호흡이 잘 맞지 않는다는 것은 엄연한 사실이었다. 둘 다 진작부터 이 사실을 알았고, 그래서 서로에게만 의지해야 하는 상황은 될 수 있는 대로 피해왔다.

마르틴 베크는 뢴을 그다지 높게 평가하지 않았다. 그렇다는 것을 뢴도 알기에, 뢴은 마르틴 베크에게 약간의 열등감을 품고 있었다. 한편 마르틴 베크는 뢴과 잘 소통하지 못하여 자기 자신에게도 제약이 되는 상황을 초래하는 것을 자신의 결점으로 여겼다.

뢴은 애지중지하는 현장 조사 키트를 꺼내어 지문을 여러 개 떴다. 또 병실 안팎의 증거물에 비닐을 덮어서 나중에 귀한 단서로 밝혀질지도 모르는 증거물이 저절로 사라지거나 사람들의 부주의로 망가지지 않도록 단속했다. 그 증거물이란 대부분 발자국이었다.

마르틴 베크는 매년 이맘때면 그렇듯이 감기에 걸려 있었다. 그가 콧물을 훌쩍이다가 코를 풀다가 기침을 하다가 재채기를 하다가 해도 뢴은 아무 반응을 보이지 않았다. "조심해"하는 말조차 하지 않았다. 그런 예의상의 인사치레는 뢴이 받은 교육에, 혹은 뢴의 어휘에 없는 것 같았다. 만에 하나 속으로는 무슨 생각이 있더라도 그냥 속에 담아두는 모양이었다.

두 사람 사이에는 말 없는 대화라는 게 없었다. 마르틴 베크는 자신이 나서서 침묵을 깨야 할 것 같았다.

"병동 자체가 좀 오래되어 보이지 않나?"

"맞아." 뢴이 대답했다. "이 병동은 모레 비워질 예정이래. 그다음에 건물을 개조한다나 다른 용도로 바꾼다나 그랬어. 환자들은 본관의 새 병동으로 옮겨지고."

마르틴 베크는 문득 딴 방향으로 생각이 흘렀다.

"범인이 뭘 썼을까." 한참 뒤에 그는 혼잣말처럼 말했다. "마체테나 사무라이 검 같은 거겠지."

"둘 다 아니야." 병실로 막 들어온 뢴이 말했다. "무기는 이미 확인했어. 밖에 떨어져 있더라고. 창에서 약 사 미터 떨어진 곳에."

두 사람은 밖으로 나갔다.

희고 차가운 빛의 동그라미 속에 날이 넓적한 칼이 놓여 있었다.

"총검." 마르틴 베크가 말했다.

"맞아. 마우저 카빈용 총검이야."

6밀리미터 카빈 소총은 과거에 스웨덴 군대가 즐겨 쓴 무기였다. 주로 포병대와 기병대가 썼다. 하지만 아마 지금은 쓰이지 않을 테고 군대 보급계 목록에서도 삭제되었을 터였다.

칼날은 엉겨붙은 피로 완전히 뒤덮여 있었다.

"손잡이에서 지문을 뜰 수 있겠나?"

뢴은 어깨를 으쓱했다.

뢴에게서는 한마디 한마디를 일일이 끌어내야 했다. 강요까지는 아니라도 말로 가하는 압박이 필요했다.

"저건 환해질 때까지 저기 놔둘 건가?"

"응. 그게 좋을 것 같아." 뢴이 대답했다.

"뉘만의 가족을 최대한 빨리 만나고 싶군. 이 시각에 그의 아내를 깨울 수 있을까?"

"가능할 것 같은데." 뢴이 자신 없게 말했다.

"어디서부터든 수사를 시작해야 하니까. 자네도 함께 갈 건가?"

뢴이 뭐라고 중얼거렸다.

"뭐?" 마르틴 베크는 코를 풀면서 물었다.

"사진사를 불러야겠다고." 뢴의 대답이었다. "그래, 나도 가지."

의욕이라고는 없는 목소리였다.

8.

뢴은 자기 차로 가서 운전석에 앉아 마르틴 베크를 기다렸
다. 마르틴 베크는 죽은 남자의 아내에게 전화하는 고약한 임무
를 직접 처리했다.

"여자에게 뭐라고 말했나?" 마르틴 베크가 조수석에 타자 뢴
이 물었다.

"남편이 죽었다고만 말했어. 뉘만은 많이 아팠던 것 같으니
까 그 사실 자체가 크게 놀라운 일은 아니겠지. 물론 왜 우리가
개입했는지 의아해하고 있겠지만."

"여자는 어떤 것 같던가? 충격받은 목소리?"

"물론. 곧장 택시를 타고 병원으로 달려오겠다고 하더라고.
지금은 의사가 여자와 통화하고 있어. 여자에게 집에서 기다리

라고 설득하는 데 성공해야 할 텐데."

"그러게. 남편의 저 모습을 본다면 그때야말로 진짜 충격받 겠지. 여자에게 남편의 일을 말로 알리는 것만 해도 충분히 고역이야."

뢴은 달라가탄을 북쪽으로 달려서 오덴가탄으로 올라갔다. 이스트먼 병원 앞에 까만 폭스바겐이 세워져 있었다. 뢴이 고갯짓으로 차를 가리켰다.

"주차 금지 구역에 대는 것만으로는 모자랐던지 인도에 반쯤 올려뒀군. 우리가 교통경찰이 아니기에 망정이지."

"차를 저렇게 댄 걸 보면 주인이라는 놈은 술에 취해 있었을 거야." 마르틴 베크가 말했다.

"여자였을지도 모르지." 뢴이 대꾸했다. "여자들은 운전에 젬병이니까……."

"전형적인 고정관념이야. 내 딸이 그 말을 들었다면 자네한 테 일장 연설을 늘어놓았을걸." 마르틴 베크가 말했다.

차는 오덴가탄에서 우회전하여 구스타프바사 교회와 오덴플란 광장을 지났다. 택시 승강장에 '빈 차' 사인을 켠 택시가 두 대 서 있었고, 시립 도서관 앞 신호등에는 노란색 도로 청소차가 지붕에 달린 오렌지색 등을 깜박거리면서 신호가 초록불로 바뀌기를 기다리고 있었다.

어느 끔찍한 남자

마르틴 베크와 뢴은 묵묵히 달렸다. 그들은 스베아베겐 거리로 꺾을 때 역시 우르릉거리면서 코너를 도는 청소차를 앞질렀다. 그다음 스톡홀름 경제 대학교 앞에서 좌회전하여 쿵스텐스가탄 거리로 접어들었다.

"젠장." 마르틴 베크가 갑자기 내뱉었다.

"그러게." 뢴이 맞장구쳤다.

차 안은 다시 조용해졌다. 뢴은 비르게르얄스가탄 거리 교차로를 지난 뒤 속도를 늦추고 번지수를 확인하기 시작했다. 그때 평생교육학교 건너편 아파트 건물의 출입문이 열렸고, 웬 청년이 문틈으로 고개를 내밀고 그들 쪽을 보았다. 청년은 그들이 차를 세우고 길을 건너는 동안 계속 문을 잡고 있었다.

가까이 가서 보니 청년은 멀리서 봤던 것보다 훨씬 어렸다. 키는 거의 마르틴 베크만 하지만 나이는 많아야 열다섯 살일 것 같았다.

"저는 스테판이에요." 소년이 말했다. "어머니가 위에서 기다리고 계세요."

두 사람은 소년을 따라 2층으로 올라갔다. 어느 집 문이 살짝 열려 있었다. 소년은 그 집 현관을 지나 거실로 그들을 안내했다.

"어머니를 모시고 올게요." 소년은 이렇게 중얼거리고 거실을 나갔다.

마르틴 베크와 뢴은 거실 한가운데에 서서 방을 둘러보았다. 방은 아주 깔끔했다. 한쪽에 1940년대풍 응접세트가 있었다. 옅은색 나무와 꽃무늬 크레톤 천으로 된 소파 하나와 안락의자 세 개, 그리고 역시 옅은색 나무로 된 타원형 탁자 하나였다. 탁자에는 흰 레이스가 깔려 있었고, 중앙에 놓인 큼직한 유리 화병에는 붉은 튤립들이 담겨 있었다. 도로 쪽으로 창이 두 개 나 있었다. 흰 레이스 커튼 뒤로 잘 가꿔진 화분들이 나란히 서 있었다. 한쪽 벽은 반들반들한 마호가니 책장으로 메워져 있었다. 책장의 절반은 가죽 장정의 책들로, 나머지 절반은 잡다한 기념품과 장식품으로 채워져 있었다. 방 곳곳에 윤나게 닦인 작은 탁자가 벽에 붙여져 있었고, 그 위에 은이나 유리 장식품이 얹혀 있었다. 그리고 건반 뚜껑이 덮인 까만 피아노가 있었다. 피아노 위에는 가족사진이 담긴 액자들이 나란히 놓여 있었다. 벽에는 폭이 넓고 장식적인 금테 액자에 담긴 정물화와 초상화가 몇 점 걸려 있었다. 천장 중앙에서 샹들리에가 빛났고, 바닥에는 검붉은 와인색 동양풍 러그가 깔려 있었다.

마르틴 베크가 거실을 이모저모 살펴보고 있을 때 방으로 다가오는 발소리가 들렸다. 뢴은 책장으로 다가가서 거기 놓인 작은 황동 종을 의심하는 눈초리로 살펴보는 중이었다. 순록 목에 거는 용도인 그 종의 한쪽 면에는 산자작나무, 순록, 라플란드 사람이 알록달록하게 그려져 있었고 장식적인 글씨체로 "아리에플로그"라고 적혀 있었다.

뉘만 부인이 아들과 함께 들어왔다. 부인은 까만 울 원피스, 까만 신발, 까만 스타킹 차림이었다. 한 손에는 작고 흰 손수건을 움켜쥐고 있었다. 울고 있던 것 같은 얼굴이었다.

마르틴 베크와 뢴은 자기소개를 했다. 여자는 둘의 이름을 처음 들어보는 것 같았다.

"아무튼 앉으세요." 여자는 이렇게 말하고 자신도 꽃무늬 안락의자에 앉았다.

두 수사관이 자리에 앉자, 여자가 절망한 눈으로 그들을 보았다.

"정확히 어떻게 된 일인가요?" 여자의 목소리가 가늘게 떨렸다.

뢴이 손수건을 꺼내어 빨간 코를 문지르기 시작했다. 정성껏, 그것도 오래. 마르틴 베크는 어차피 뢴이 거들어줄 거라는 기대 따위는 품고 있지 않았다.

"뉘만 부인, 혹시 마음을 가라앉히는 데 도움될 게 있다면, 그러니까 진정제 같은 게 있다면, 먼저 몇 알 드시는 편이 좋겠습니다." 마르틴 베크가 말했다.

피아노 의자에 앉아 있던 소년이 일어났다.

"아빠가…… 욕실 선반에 레스테닐을 둔 게 있어요. 그걸 가져올까요?" 소년이 물었다.

마르틴 베크는 끄덕였다. 소년이 욕실로 가서 약통과 물잔을 가져왔다. 마르틴 베크는 약통의 상표를 확인한 뒤 뚜껑에 두 알을 덜어 뉘만 부인에게 건넸다. 여자는 고분고분 약을 삼켰다.

"고맙습니다." 여자가 말했다. "이제 왜 오셨는지 말해주세요. 스티그는 이미 죽었고, 그 점에 대해서는 두 분도 저도 할 수 있는 일이 없죠."

여자가 손수건으로 입을 막았다. 다시 입을 열었을 때는 목소리가 잠겨 있었다.

"왜 제가 그이를 보러 가는 걸 막는 거죠? 제 남편이잖아요. 병원에서 무슨 일이 있었던 거죠? 의사의 목소리가 너무…… 이상했어요……."

소년이 다가와서 어머니가 앉은 의자의 팔걸이에 앉고는 팔로 어머니의 어깨를 감쌌다.

마르틴 베크는 여자를 정면으로 볼 수 있도록 몸을 약간 틀었다. 소파에 묵묵히 앉아 있는 뢴을 흘끔 본 뒤 입을 열었다.

"뉘만 부인, 부군은 병으로 돌아가신 게 아닙니다. 누군가가 부군의 병실에 침입해서 부군을 살해했습니다."

여자가 그를 똑바로 응시했다. 눈동자에 그의 말을 알아들은

어느 끔찍한 남자

기색이 떠오르기까지는 몇 초가 걸렸다. 여자는 손수건을 든 손을 내려서 가슴에 지그시 눌렀다. 얼굴이 창백했다.

"살해해요? 누가 그이를 죽여요? 무슨 말씀인지……."

소년은 콧구멍 주변이 하얘졌고, 어머니의 어깨를 감싼 팔에 힘이 들어갔다.

"누가요?" 소년이 물었다.

"아직 모릅니다. 간호사가 2시 좀 넘어서 병실에 들어갔다가 바닥에 쓰러진 부군을 발견했습니다. 누군가 창으로 들어와서 총검으로 부군을 살해했습니다. 불과 몇 초 만에 벌어진 일이었을 겁니다. 부군이 상황을 알아차릴 틈도 없었을 거라고 생각합니다."

위로하는 자, 마르틴 베크.

"정황상 불시에 당한 것 같습니다." 뢴이 말했다. "반응할 틈이 있었다면 몸을 보호하거나 공격을 물리치려는 행동을 취했을 텐데 그런 흔적은 없습니다."

여자는 이제 뢴을 보았다.

"하지만 누가요?"

"저희도 아직 모릅니다."

대답한 뢴은 다시 입을 닫았다.

"뉘만 부인, 어쩌면 부인께서 우리를 도울 수 있을지 모릅니다." 마르틴 베크가 말했다. "부인께 불필요한 고통을 안기고 싶진 않지만 어쩔 수 없이 질문을 몇 가지 드리겠습니다. 우선, 혹시 이런 짓을 저지를 만한 사람을 아십니까?"

여자는 힘없이 고개를 흔들었다.

"혹시 누가 부군을 협박했던 일이 있습니까? 아니면 부군이 죽었으면 좋겠다고 생각할 만한 사람이 있나요? 부군을 위협했던 사람이 있습니까?"

여자는 계속 고개를 흔들었다.

"아뇨. 대체 누가 그이를 위협했겠어요?"

"부군을 미워했던 사람은?"

"대체 누가 그이를 미워했겠어요?"

"찬찬히 생각해보세요." 마르틴 베크가 말했다. "혹시 자신이 부군에게 부당한 대우를 받았다고 생각한 사람이 있었을까요? 부군은 경찰이었죠. 경찰로 일하다 보면 적이 생기기 마련입니다. 부군에게 누가 자신을 해코지하거나 위협하려고 한다는 말을 들은 적 있습니까?"

여자는 혼란한 표정으로 먼저 아들을, 그다음 뢴을, 마지막으로 다시 마르틴 베크를 보았다.

"제가 기억하는 한 없어요. 만약 그이가 그런 말을 했다면 틀림없이 제가 기억했을 거예요."

"아빠는 일 이야기는 거의 하지 않았어요." 소년이 말했다. "경찰서에 물어보시는 게 나을 거예요."

"그럴 거란다." 마르틴 베크가 말했다. "아버지는 언제부터 아팠지?"

"오래됐어요. 정확히 언제부터였는지는 모르겠어요." 소년은 이렇게 말한 뒤 제 어머니를 봤다.

"작년 유월부터였어요." 여자가 말했다. "하지 직전에 아프기 시작했어요. 배가 너무 아프다고 했죠. 연휴가 끝나자마자 의사를 찾아갔어요. 의사는 궤양일 것 같다면서 병가를 내라고 했어요. 그래서 그이는 바로 병가를 내고 여러 의사를 찾아다녔는데 의사마다 말이 다르고 처방도 달랐어요. 계속 그러다가 삼 주 전에 사밧스베리 병원에 입원했죠. 입원한 뒤에 이런저런 검사를 잔뜩 받았지만 아직 정확한 병명은 듣지 못했어요."

여자는 계속 말하는 것이 주의를 돌리고 충격을 누그러뜨리는 데 도움이 되는 듯했다.

"아빠는 암이라고 생각했지만 의사들은 암은 아니라고 했어요. 하지만 아빠는 계속 엄청 아팠어요." 소년이 말했다.

"그동안 부군은 뭘 했습니까? 작년 여름 이후로 일은 안 했습니까?"

"네." 여자가 대답했다. "정말 많이 아팠거든요. 한번 통증이 찾아오면 며칠을 갔는데, 그러면 그이는 가만히 누워 있는 것 말고는 아무 일도 할 수 없었어요. 약을 많이 먹었지만 별로 소용이 없었죠. 가을에 몇 번인가 일이 어떻게 굴러가고 있나 본다면서 경찰서에 나간 적은 있지만, 다시 일하진 못했어요."

"뉘만 부인, 그러면 부군이 했던 말이나 행동에서 이 일과 관련이 있을 듯한 내용은 전혀 떠오르지 않는다는 말씀인가요?"

마르틴 베크가 물었다.

여자는 고개를 흔든 뒤 메마른 울음을 울기 시작했다. 여자의 시선이 마르틴 베크를 떠났다. 여자는 이제 초점 없는 눈으로 정면을 응시할 뿐이었다.

"형제가 있니?" 뢴이 소년에게 물었다.

"네. 누나가 한 명 있어요. 하지만 누나는 결혼해서 말뫼에 살아요."

뢴이 어떻게 할까 묻는 눈으로 마르틴 베크를 보았다. 마르틴 베크는 손가락에 끼운 담배를 굴리면서 골똘히 눈앞의 두 사람을 보았다.

"우리는 일단 가보마." 이윽고 마르틴 베크가 소년에게 말했다. "네가 어머니를 잘 돌봐드릴 거라고 믿지만, 그래도 혹시 의사가 와서 어머니에게 수면제를 드릴 수 있다면 더 좋을 것 같다. 이런 한밤중에 부를 만한 의사가 있을까?"

소년이 일어나서 고개를 끄덕였다.

"블롬베리 선생님요. 우리 가족이 아플 때 종종 와주는 분이에요."

소년이 현관으로 나갔다. 소년이 어딘가로 전화를 거는 소리, 한참 뒤에 상대가 받는 소리가 들렸다. 대화는 짧았다. 소년이 돌아와서 어머니 곁에 섰다. 이제 소년은 마르틴 베크와 뢴이 건물 현관에서 만났을 때보다 훨씬 자란 것처럼 보였다.

"오신대요. 두 분은 가셔도 괜찮아요. 금방 오실 거예요."

소년이 말했다.

두 사람은 일어났다. 뢴이 여자에게 다가가 어깨에 손을 얹었다. 여자는 가만히 있었다. 두 사람이 인사할 때도 여자는 대꾸가 없었다.

소년이 그들을 문까지 따라나왔다.

"우리는 아마 다시 찾아올 거야. 그래야 하면 먼저 네게 전화해서 어머니의 안부를 물으마." 마르틴 베크가 말했다.

그는 거리로 나온 뒤 뢴에게 물었다.

"자네도 뉘만을 알았지?"

"딱히 잘 알지는 못했어." 뢴은 얼버무렸다.

9.

마르틴 베크와 뢴이 현장에 돌아온 순간, 시퍼런 플래시 불빛이 병동의 누르께한 전면을 번쩍 밝혔다. 차가 몇 대 더 와서 전조등을 켜고 진입로에 서 있었다.

"우리 사진사가 왔나 보군." 뢴이 말했다.

차에서 내리는 두 사람을 향해 사진사가 걸어왔다. 그는 카메라 가방을 메는 대신 손에 카메라와 플래시를 들었고, 주머니는 필름과 플래시와 렌즈로 터질 듯 불룩했다. 마르틴 베크가 예전에 사건 현장에서 여러 번 본 적 있는 얼굴이었다.

"아니야. 신문들이 먼저 온 것 같군." 마르틴 베크가 뢴에게 말했다.

타블로이드 신문에서 일하는 그 사진사는 두 사람을 반기면서 문으로 걸어가는 그들의 모습을 찍었다. 같은 신문사의 기자는 계단 발치에 서서 순경과 이야기하려고 시도하는 중이었다.

"좋은 아침입니다, 경감님." 기자가 마르틴 베크를 보고 말했다. "제가 따라 들어가는 건 안 되겠죠?"

마르틴 베크는 고개를 저으며 계단을 올랐다. 뢴이 뒤따랐다.

"잠깐 인터뷰도 안 됩니까?" 기자가 물었다.

"나중에요." 마르틴 베크는 이렇게 대답하면서 문을 붙잡아 뢴이 먼저 들어가도록 한 뒤 기자의 코앞에서 문을 닫았다. 기자가 인상을 썼다.

들어가보니 경찰 사진사도 와 있었다. 카메라 가방을 멘 그는 죽은 남자의 병실 앞에 서 있었다. 그 너머에는 예의 희한한 이름의 의사와 아돌프프레드리크 경찰서에서 나온 사복 경찰관이 있었다. 뢴이 사진사를 데리고 병실로 들어가서 작업을 지시했다. 마르틴 베크는 복도에 있는 두 남자에게 걸어갔다.

"어떻게 돼가고 있습니까?" 마르틴 베크가 물었다.

노상 하게 되는 지겨운 질문이었다.

한손이라는 이름의 사복 경찰관은 목덜미를 긁적이면서 대답했다.

"이 복도의 환자들을 거의 다 만나봤지만 이상한 걸 보거나 들었다는 사람은 아무도 없습니다. 그래서 이 의사…… 성함은 모르겠지만 아무튼 이 의사께 다른 환자들은 언제 만날 수 있느냐고 물으려던 참입니다."

"바로 옆 병실 환자들에게도 물어봤겠죠?"

"그럼요." 한손이 대답했다. "온 병동에 다 물어봤습니다. 그런데 소리를 들었다는 사람은 아무도 없습니다. 하기야 이런 오래된 건물은 벽이 두꺼우니까요."

"나머지 사람들은 아침까지 기다리죠." 마르틴 베크가 말했다.

의사는 말이 없었다. 스웨덴어를 알아듣지 못하는 것 같았다. 잠시 뒤에 그가 자기 방을 가리키면서 말했다. "해브 투고.*"

한손이 끄덕이자 까만 고수머리 남자는 나무 밑창을 달가닥거리면서 서둘러 가버렸다.

"뉘만을 알았습니까?" 마르틴 베크가 경찰관에게 물었다.

"음, 아니요. 잘은 몰랐습니다. 그분이 서장일 때 밑에서 일한 적은 없긴 해도 얼굴은 자주 봤습니다. 워낙 경력이 긴 분이었으니까요. 십이 년 전에 제가 경찰이 됐을 때 그분은 벌써 경위였습니다."

"누가 뉘만을 잘 알까요?"

---

* 영어로 "가봐야 합니다"라는 뜻.

어느 끔찍한 남자

"4분서 클라라 경찰서에 물어보면 될 겁니다. 그분이 아프기 전에 있었던 데가 거기니까요." 한손이 말했다.

마르틴 베크는 고개를 끄덕이고 화장실 문 위의 시계를 보았다. 4시 45분이었다.

"나는 잠시 거기 다녀와야겠군요. 당장은 내가 여기서 할 일이 없을 것 같으니까."

"다녀오십시오. 뢴에게는 제가 거기 가셨다고 말씀드리겠습니다." 한손이 말했다.

마르틴 베크는 밖으로 나간 뒤 깊게 숨을 마셨다. 쌀쌀한 밤공기가 신선하고 깨끗했다. 신문기자와 사진사는 보이지 않았지만 순경은 여전히 계단 발치를 지키고 서 있었다.

마르틴 베크는 순경에게 묵례한 뒤 주차장으로 갔다.

지난 십 년 동안, 스톡홀름 도심은 대대적이고 폭력적인 변화를 겪었다. 원래 있던 동네는 모조리 철거되고 그 자리에 새 동네가 지어졌다. 도시 구조 자체도 바뀌었다. 도로가 확장되었고 고속도로가 놓였다. 그런 활동을 부추긴 것은 사람들이 어울려서 살기 좋은 환경을 만들겠다는 꿈이 아니라 귀한 땅을 한 뼘도 남기지 않고 최대한 착취하겠다는 욕망이었다. 도심에서는 기존 건물의 구십 퍼센트를 허물고 기존 도로망을 깡그리 지운 것만으로도 모자라 지형 자체에도 폭력적인 변화가 가해졌다.

스톡홀름 시민들은 메마른 사무용 건물이 들어설 자리를 내주기 위해서 아직 쓸 만하고 대체 불가능한 옛 건물이 헐리는 모습을 슬프고 쓸쓸한 심정으로 지켜보았다. 힘없는 사람들은 먼 교외로 추방되었고, 그들이 살고 일하던 활기찬 동네는 폐허가 되었다. 도심은 시끄러운데다가 통과하기가 거의 불가능할 정도로 복잡한 건설 현장이 되었다. 그리고 그로부터 서서히, 집요하게 새 도시가 솟아났다. 넓고 소란한 간선도로의 혈관, 번쩍거리는 유리와 금속의 얼굴, 죽은 콘크리트의 평평한 땅, 그리고 쓸쓸함과 황량함으로 이뤄진 도시가.

현대화의 광풍 속에서도 유독 스톡홀름 도심의 경찰서들은 깡그리 무시된 듯했다. 경찰서 건물은 모두 오래되고 낡아서 상태가 나빴고 확충된 인력 때문에 대부분 공간이 부족했다. 지금 마르틴 베크가 향하는 클라라 경찰서도 공간 부족이 큰 문제였다.

그가 레예링스가탄 거리의 클라라 경찰서 앞에서 택시를 내린 무렵에는 날이 서서히 밝아왔다. 곧 해가 뜰 테고, 하늘에는 구름이 한 점도 없었다. 좀 쌀쌀하기는 해도 맑은 날이 될 전망이었다.

마르틴 베크는 돌계단을 올라서 문을 열고 들어갔다. 오른쪽에 전화 교환대가 있었다. 거기에는 사람이 없었지만, 접수처에는 머리가 허옇게 센 나이 많은 경찰관이 한 명 있었다. 그는 펼

어느 끔찍한 남자

쳐놓은 신문 위에 팔꿈치를 얹고 서서 기사를 읽고 있었다. 마르틴 베크가 들어서자 그가 몸을 세우며 안경을 벗었다.

"아니, 이렇게 이른 아침부터 베크 경감께서 여길 오시다니. 안 그래도 조간에 뉘만 경감 기사가 실렸나 찾아보던 중입니다. 아주 고약한 일인 것 같더군요."

그는 다시 안경을 쓰고 엄지에 침을 묻혀서 신문을 넘기고는 말을 이었다.

"하지만 그 사건을 보도할 틈은 없었던 것 같네요."

"네. 시간이 없었을 겁니다." 마르틴 베크가 대답했다.

요즘 스톡홀름의 조간들은 아주 일찍 찍었다. 아마 뉘만이 살해되기도 전에 배포 준비를 마쳤을 것이다.

마르틴 베크는 접수처를 지나서 당직실로 들어갔다. 아무도 없었다. 탁자에 조간신문들, 꽁초가 그득한 재떨이 두 개, 커피잔들이 놓여 있었다. 한 취조실 창문을 통해서 당직 경찰관이 긴 금발의 젊은 여성과 함께 앉아 이야기하는 모습이 보였다. 경찰관이 마르틴 베크를 보고 자리에서 일어났다. 여자에게 뭐라고 말하고는 유리 칸막이 밖으로 나와서 취조실 문을 닫았다.

"여어, 날 찾아왔습니까?" 그가 말했다.

마르틴 베크는 탁자의 짧은 쪽에 앉은 뒤 재떨이를 당기고 담배에 불을 붙였다.

"특별히 누굴 찾아온 건 아닙니다만, 잠깐 시간 됩니까?"

"잠시 기다리겠습니까? 저 여자를 수사팀으로 넘기려고요."

그는 잠시 사라졌다가 몇 분 뒤 순경 한 명과 함께 돌아왔다. 그러고는 책상에 놓인 봉투를 집어서 순경에게 건넸다. 그러자 여자가 일어나서 핸드백을 어깨에 걸고 문으로 총총 걸어나왔다.

"가자, 얘야." 여자는 고개도 돌리지 않고 이렇게 말했다.

순경은 놀라서 당직 경찰관을 보았다. 경찰관은 어깨를 으쓱할 뿐이었다. 순경은 곧 모자를 쓰고 여자를 뒤따라 나왔다.

"제 집 같군요." 마르틴 베크가 말했다.

"그럼요. 처음이 아닌걸요. 마지막도 아닐 테고."

경찰관은 탁자에 앉아 파이프를 재떨이에 비우기 시작했다.

"그 일, 뉘만 일. 정확히 어떻게 된 겁니까?"

마르틴 베크는 상황을 간략히 설명했다.

"저런. 범인이 누군지는 몰라도 미치광이로군요. 하지만 왜 뉘만일까요?"

"당신도 뉘만을 알았죠?" 마르틴 베크가 물었다.

"잘은 몰랐습니다. 그 사람은 애시당초 잘 알 수 있는 사람이 아닙니다."

"뉘만이 여기로 온 건 당연히 특수 임무 때문이었겠죠. 그가 클라라 경찰서에 온 게 언젭니까?"

어느 끔찍한 남자

"삼 년 전에 여기에 사무실을 받았죠. 1968년 2월에."

"뉘만은 어떤 사람이었죠?"

경찰관은 파이프를 다시 재우고 불을 붙인 뒤에 대답했다.

"어떤 사람이라고 해야 할지 잘 모르겠군요. 그쪽도 뉘만을 알기는 했죠? 야심 많은 사람이란 건 분명했고, 완고했고, 유머 감각이 별로 없었죠. 상당히 보수적이었고. 젊은 친구들은 그를 좀 무서워했어요. 별로 얽힐 일이 없었는데도. 그는 상당히 엄하게 굴곤 했으니까. 하지만 아까 말했듯이 난 그를 잘은 몰랐습니다."

"경찰 중에 뉘만과 친한 사람이 있었습니까?"

"여기는 없었습니다. 그는 다른 사람들과 썩 잘 지내진 못했던 것 같아요. 사이가 얼마나 나빴는지는 모르겠지만."

남자는 잠시 생각하더니 은근히 동조를 구하는 듯한 눈으로 마르틴 베크를 보았다.

"하지만……."

"하지만?"

"쿵스홀멘의 경찰서에는 여전히 그의 친구들이 있었겠죠? 아닙니까?"

마르틴 베크는 대답하지 않았다. 대신 다른 질문을 던졌다.

"적은 없었습니까?"

"모르겠습니다. 적이 있기야 했겠지만 여기에는 없었던 것 같고, 있더라도 설마 그럴 정도까지는……."

"혹시 뉘만이 누구에게 위협당한 적 있는지 압니까?"

"아니요. 그가 내게 그런 이야기를 털어놓는 사이는 아니었으니까요. 그래도……."

"그래도?"

"그런 점에서라면, 뉘만은 남에게 위협 같은 걸 당할 사람이 아니었습니다."

유리 칸막이 안에서 전화가 울렸다. 남자가 들어가서 받았다. 마르틴 베크는 일어나서 손을 주머니에 찔러 넣고 창가에 섰다. 경찰서는 조용했다. 안에서 남자가 통화하는 소리, 밖에서 접수대의 나이든 경찰관이 마른기침하는 소리가 들릴 뿐이었다. 하지만 한 층 아래의 수사지원부서는 이렇게 고요하지 않을 테지.

갑자기 피로가 몰려왔다. 마르틴 베크는 수면 부족으로 눈이 뻑뻑했고 담배를 너무 많이 피워서 목도 아팠다.

남자의 통화는 길어질 듯했다. 마르틴 베크는 하품하면서 신문을 뒤적였다. 기사 제목을 읽고 가끔 사진 설명도 읽었지만 무엇 하나 제대로 머리에 들어오지 않았다. 마침내 그는 신문을 접었다. 칸막이로 가서 창을 두드렸다. 통화하던 남자가 쳐다보자 몸짓으로 이만 가보겠다고 말했다. 남자는 손을 흔든 뒤 계속 수화기에 대고 말했다.

담배를 한 대 더 피워 물면서, 마르틴 베크는 이것이 거의 만 하루 전 아침에 피웠던 첫 개비 이래로 쉰 번째 개비쯤 되지 않을까 하는 생각을 멍하니 떠올렸다.

10.

만약 당신이 정말로 경찰에 붙잡히고 싶다면 가장 확실한 방법은 경찰관을 죽이는 것이다.

이것은 대부분의 나라에서 통하는 진실이고, 스웨덴에서는 특히 더 그랬다. 스웨덴 범죄 역사에는 해결되지 않은 살인 사건이 무수히 많지만 경찰관이 살해된 사건 중에는 미해결 사건이 한 건도 없었다.

자신들의 동료 중 하나가 그런 불운을 맞으면 경찰은 평소보다 몇 배 더 정력적으로 움직인다. 인력과 자원이 부족하다는 불평은 싹 들어가고 여느 때라면 기껏해야 세네 명이 배정될 수사에 몇백 명을 거뜬히 동원할 수 있다.

경찰을 죽인 사람은 반드시 잡힌다. 한 가지 이유는 시민들

어느 끔찍한 남자

이 자기네 법과 질서를 수호하는 이 조직을 든든하게 지지한다는 점이다. 가령 영국이나 사회주의 국가들에서는 그럴 것이다. 하지만 또 다른 이유도 있다. 그런 때면 경찰 조직 전체가 갑자기 자신이 원하는 바를 정확히 깨닫게 되며 나아가 그 목표를 달성하기를 갈구하게 된다는 점이다.

마르틴 베크는 레예링스가탄에 서서 이른 아침의 싸늘하고 신선한 공기를 만끽했다.

그는 무장하지 않았다. 코트 오른쪽 안주머니에는 권총 대신 국가경찰위원회가 내려보낸 회람장이 들어 있었다. 최근 수행된 어느 사회학 연구를 소개한 글이었는데, 전날 자기 책상에 놓여 있는 걸 보고 주머니에 넣어둔 것이었다.

경찰은 사회학자들을 썩 탐탁하게 여기지 않았다. 최근 들어 사회학자들이 경찰의 활동과 태도에 관한 연구를 부쩍 더 많이 하기에 더 그랬다. 경찰 윗선은 사회학자들의 발표를 뭐든 대단히 미심쩍게 여겼지만, 이제는 모든 사회학자가 공산주의자 아니면 다른 사회 전복 세력이라고 우기는 것만으로는 장기적으로 승산이 없다는 사실을 깨우친 모양이었다.

사회학자는 별의별 해괴한 걸 다 증명해낼 줄 아는 인간들이야, 얼마 전에 말름 국장이 여느 때처럼 또 분통을 터뜨리다가 그렇게 말한 적이 있었다. 말름은 마르틴 베크가 다른 동료들과 마찬가지로 상관으로 따라야 하는 사람이었다.

어쩌면 말름의 말이 옳을지도 모른다. 사회학자들은 정말로 별의별 걸 다 연구했다. 가령 그들은 경찰대학 지망자의 성적이 평균 1이면 충분하다는 것을 밝혀냈다. 그 덕분에, 이후 스톡홀름 순경의 평균 IQ는 93으로 떨어졌다.*

"거짓말이야!" 말름은 이렇게 외쳤다. "사실이 아니라고! 설령 사실이라도, 뉴욕보다는 높아!"

말름이 미국으로 연수 출장을 다녀온 지 얼마 되지 않은 때였다.

마르틴 베크의 주머니에 든 보고서에는 새로이 밝혀진 흥미로운 사실이 몇 가지 적혀 있었다. 일례로, 경찰 일이 다른 직종들보다 더 위험하다는 생각은 사실이 아니라고 했다. 오히려 그 반대로, 대부분의 다른 직종들이 경찰보다 훨씬 더 위험하다고 했다. 건설 노동자나 벌목 노동자의 삶이 경찰관의 삶보다 더 위험하다고 했다. 항만 노동자, 택시 기사, 주부도 그렇다고 했다.

그렇지만 경찰 일이 다른 직업보다 더 위험하고 더 거칠고 봉급도 적다는 건 일반적으로 사실로 받아들여지는 상식이 아닌가? 아쉽게도 그 질문에는 단순한 대답이 있었다. 물론 그런 고

---

* 스웨덴 고등학교는 5를 최고점, 1을 최하점으로 성적을 매긴다.

어느 끔찍한 남자

정관념이 퍼져 있지만, 그것은 다른 직업에 종사하는 사람들은 경찰관들만큼 역할 고착을 심하게 겪지 않고 자신의 일상을 드라마틱하게 과장하지도 않기 때문이라고 했다.

그것은 통계가 엄연히 증명하는 사실이었다. 이를테면, 매년 부상을 입는 경찰관의 수는 경찰에게 학대당하는 사람의 수에 비하면 아무것도 아니었다.

스톡홀름만 그런 것도 아니었다. 가령 뉴욕에서는 매년 평균 7명의 경찰관이 살해되는 데 비해 택시 기사는 한 달에 2명, 주부는 일주일에 1명, 실업자는 하루에 1명씩 살해된다고 했다.

가증스러운 사회학자들에게는 성역이 없었다. 심지어 어느 스웨덴 연구진은 영국 경찰의 신화를 깨부수는 데 성공하여 그들에 대한 인상을 현실화했다. 무슨 말인가 하면, 무기를 소지하지 않는 영국 경찰이 다른 몇몇 나라의 경찰에 비해 폭력적인 상황을 유발하는 비율이 낮다는 걸 보여준 거였다. 덴마크 당국도 이 사실을 깨달아서, 이제 덴마크 경찰관들은 예외적인 상황에서만 무기 소지가 허용되었다.

하지만 스톡홀름은 그렇지 않았다.

마르틴 베크는 아까 뉘만의 시신을 내려다볼 때 문득 이 보고서가 머릿속에 떠올랐었다.

지금도 그랬다. 마르틴 베크는 보고서의 결론이 옳다고 믿었다. 그리고 비록 역설적인 생각이기는 해도, 그 결론과 지금 자신이 당면한 살인 사건 사이에 모종의 관계가 있다고 믿었다.

경찰관이 되어 위험한 게 아니다. 오히려 경찰관이 남들에게 위험한 존재다. 이것은 부정할 수 없는 사실이었다. 하지만 마르틴 베크가 방금 전까지 난자된 경찰관의 시신을 내려다보고 있었던 것 또한 사실이었다.

스스로도 놀랍게도, 마르틴 베크의 입꼬리가 씰룩거리기 시작했다. 한순간 그는 레예링스가탄에서 쿵스가탄으로 내려가는 계단에 주저앉아서 이 얼크러진 상황에 웃음을 터뜨릴 것 같은 기분이 들었다.

그런데 역시 그 기묘한 논리 때문에, 집에 가서 총을 챙기는 게 좋겠다는 생각이 갑자기 들었다.

그가 총을 들여다보기라도 한 것은 일 년도 더 된 일이었다.

스투레플란 광장 쪽에서 빈 택시가 왔다.

마르틴 베크는 손을 들어 택시를 세웠다.

택시는 차체가 노랗고 양옆에 까만 줄이 그어진 볼보였다. 스톡홀름 택시의 색을 검은색으로 제한했던 옛 규정이 느슨해진 덕분에 등장한 변화였다. 마르틴 베크는 조수석에 탔다.

"셰프만가탄 8번지 부탁합니다."

그렇게 말하는 순간, 마르틴 베크는 기사를 알아보았다. 기사는 비번일 때 부업으로 택시를 모는 경찰관들 중 한 명이었다. 마르틴 베크가 그를 알아본 것은 순전히 우연이었다. 며칠 전, 중앙역 앞에서 유난히 서투른 순경 두 명이 처음에는 온화했던 젊은 술꾼을 집적거려 발끈하게 만들더니 결국 자신들이 화나서 날뛰는 걸 본 일이 있었다. 지금 운전하는 남자는 그 순경 중 한 명이었다.

남자는 스물다섯 살쯤 되어 보였고, 엄청나게 수다스러웠다.

타고나기를 수다스러운 사람인데 본업에서는 가끔 툴툴거리는 것 외에는 말할 일이 없으니 부업에서 보충하는 것 같았다.

위생국의 도로 물청소 차가 잠시 앞을 막았다. 부업하는 순경은 안달을 내면서, 리처드 애튼버러 주연의 영화 〈릴링턴 플레이스 10번가〉 광고판을 흘끔 보았다.

"'롤링톤 팰리스 10번가'? 흥." 기사가 무슨 사투리처럼 말했다. "사람들이 저딴 쓰레기를 보고 싶어 한단 말이죠. 끔찍한 살인과 미친 인간들이 나오는 영화를. 제 생각은 말입니다, 그건 창피한 일이라 이겁니다."

마르틴 베크는 잠자코 끄덕였다. 마르틴 베크 경감을 알아보지 못한 게 분명한 기사는 그의 끄덕임을 격려로 알고 계속 지껄였다.

"하지만 또 말입니다, 사실 문제를 일으키는 건 외국인들이라 이겁니다."

마르틴 베크는 대꾸하지 않았다.

"하지만 또 말입니다, 모든 외국인을 하나로 싸잡는 건 실수라 이겁니다. 예를 들면요, 저하고 같이 이 택시를 모는 친구는 포르투갈 사람이거든요."

"그런가요."

"네, 그런데 말입니다, 그렇게 훌륭한 사람이 또 없단 말입니다. 그 친구는 절대 빈둥거리는 법이 없고 뼈빠지게 일하죠. 운전은 또 얼마나 잘한다고요. 왜 그런지 아십니까?"

마르틴 베크는 고개를 저었다.

"그게 말입니다, 아프리카에서 사 년 동안 탱크를 몰았기 때문이랍니다. 아시겠지만 포르투갈이 거기서, 앙골라라는 데서 해방전쟁을 벌이고 있잖습니까. 포르투갈 사람들이 거기서 자신들의 자유를 쟁취하기 위해서 개처럼 싸우고 있단 말입니다. 그런데 여기 스웨덴에서는 그런 뉴스가 한마디도 안 나오죠. 제가 말하는 친구는 거기서 사 년 동안 볼셰비키를 수백 명 쏴 죽였단 말입니다. 그 친구를 보면 군대라는 게, 규율이라는 게 얼마나 좋은 것인지 알 수 있죠. 그냥 시키는 대로 딱딱 한다니까요. 게다가 그 친구는 제가 아는 누구보다도 돈을 많이 벌어요. 만약에 술 취한 핀란드 놈팡이를 태웠다, 그러면 반드시 요금의 백 프로를 팁으로 뜯어낸다 이겁니다. 복지 수당에 빌붙어서 사는 그런 놈들은 당해도 싸죠."

그 순간 다행히 택시가 마르틴 베크가 사는 건물 앞에 섰다. 그는 기사에게 기다리라고 이른 뒤 집으로 올라갔다.

7.65밀리미터 발터 권총은 잠가둔 책상 서랍에 얌전히 들어 있었다. 탄창도 제자리, 즉 옆방의 또 다른 잠긴 서랍 속에 있었다. 마르틴 베크는 권총에 탄창을 끼우고 탄창 하나를 더 챙겨서 코트 오른쪽 주머니에 넣었다. 하지만 어깨띠를 찾는 데는 오 분쯤 걸렸다. 어깨띠는 옷장에 쌓인 오래된 넥타이와 티셔츠 더미 속에 있었다.

밖으로 나오니, 수다스러운 기사는 노란 택시에 기대서 흥겹게 콧노래를 부르고 있었다. 기사가 마르틴 베크에게 정중하게 문을 열어준 뒤 운전석에 올라서 다시 수다를 늘어놓으려고 입을 열었을 때, 마르틴 베크가 말했다.

"쿵스홀름스가탄 37번지로 갑시다."

"하지만 거기는……."

"맞아요, 경찰서. 셉스브론 길로 가주면 좋겠습니다."

기사는 순식간에 얼굴이 빨개졌다. 그후에는 목적지에 도착할 때까지 한 번도 입을 벙긋하지 않았다.

마르틴 베크에게는 고마운 일이었다. 그는 이러니저러니 해도 이 도시를 사랑했고, 이 도시는 바로 이 장소와 이 시각에 가장 아름답다고 여겼다. 아침 햇살이 만을 반짝반짝 비췄다. 바닷물은 잔잔했다. 그 모습만 봐서는 유감스러운 현실인 심각한 수질 오염을 떠올릴 수 없었다. 그가 젊었을 때는, 아니 최근까지만 해도 저 물에서 헤엄칠 수 있었다.

부두에는 우뚝한 굴뚝과 까만 돛대를 지닌 오래된 화물 증기선이 정박해 있었다. 요즘은 보기 드문 배였다. 이른 아침부터 다니는 유르고르덴 페리가 활기차게 물살을 일으키면서 수면을 갈랐다. 굴뚝은 새까맸고 선체에 적힌 이름에는 흰 페인트칠이 되어 있었지만, 그래도 그는 배를 알아보았다. 유르고르덴 5호였다.

"영수증 드릴까요?" 경찰서 앞에서 기사가 가라앉은 목소리로 물었다.

"주세요. 고맙습니다."

마르틴 베크는 강력반 사무실이 있는 층으로 올라갔다. 그다음 서류를 좀 뒤지고 전화를 몇 통 걸면서 간간이 뭔가를 적었다.

한 시간 뒤, 그는 한 인간의 삶을 아주 피상적인 수준으로나마 요약해냈다. 메모는 이렇게 시작되었다.

스티그 오스카르 에밀 뉘만.

1911년 11월 6일 세플레 출생.

양친: 아버지는 벌목 노동자 오스카르 아브라함 뉘만, 어머니는 카린 마리아 뉘만, 옛 성은 루트게르손.

학력: 세플레에서 초등학교 2년, 세플레에서 중등학교 2년, 오몰에서 고등학교 5년*.

1928년 정규군 입대, 1930년 일병 진급, 1931년 상병 진급, 1933년 병장 진급, 부사관학교 입학.

그후 스티그 오스카르 에밀 뉘만은 경찰관이 되었다. 처음에는 베름란드에서 지방 보안관으로 일했고, 그 뒤에 스톡홀름에서 경찰관이 되었다. 불황이었던 1930년대에 그렇게 빨리 승진한 것은 군 경력을 인정받은 덕분이었다.

2차세계대전이 터지자 그는 다시 군인이 되었다. 진급을 더했고 정체 모를 특수 임무를 많이 수행했다. 전쟁 말미에 칼스보리로 전출되었다가 1946년에 예편했고, 일 년 뒤에 다시 스톡홀름 경찰관 명단에 등장했다. 이제 경사로.

마르틴 베크가 경위 과정을 밟던 1949년에 뉘만은 벌써 경감

---

* 1970년대 초에 총 9년의 의무교육제도가 도입되기 전, 스웨덴의 학제는 몇 가지 형태가 있어서 일률적이지 않았다. 하지만 2년-2년-5년의 학제는 가장 일반적인 형태였다.

보였고, 몇 년 뒤에는 처음으로 서장이 되었다.

뉘만은 경감으로서 시내의 여러 경찰서에서 서장을 지내면서도 간간이 예의 특수 임무를 맡아 앙네가탄의 옛 경찰서로 불려갔다.

거의 경력 내내 제복 경찰관이었음에도 불구하고 뉘만은 고위층의 총애를 받는 사람 중 하나였다.

뉘만이 더 승진하여 스톡홀름 행정경찰 전체를 다스리는 자리에 오르지 못한 건 전적으로 상황 탓이었다.

어떤 상황?

마르틴 베크는 답을 알았다.

1950년대 말, 스톡홀름 경찰은 대폭적인 물갈이를 겪었다. 새 지휘부와 새 분위기가 주입되었다. 군대식 사고방식은 인기를 잃었고 보수적 견해는 더이상 장점으로 간주되지 않았다. 본부의 변화는 각 구역 경찰서에도 어느 정도 퍼졌다. 자동적인 승진은 더이상 당연시되지 않았고, 좀더 민주적인 분위기로 바뀌는 과정에서 행정경찰 내부의 프로이센주의를 비롯한 전통적 기풍이 약해졌다. 뉘만은 눈앞에서 기회가 떠내려가는 걸 지켜본 많은 사람 중 한 명이었다.

마르틴 베크가 보기에 스톡홀름 경찰 역사에서 가장 좋았던 시기는 1960년대 전반이었다. 당시는 모든 사정이 나아지는 듯했다. 상식이 경직성과 파벌주의를 이길 것 같았고, 충원의 문이 넓어졌으며, 시민들과의 관계도 나아지는 듯했다. 하지만 1965년의 경찰 국영화가 긍정적 추세를 망가뜨렸다. 이후에는 모든 희망적 전망이 물거품이 되고 모든 좋은 취지가 좌절되었다.

하지만 뉘만에게는 이미 늦은 일이었다. 그즈음에는 그가 마지막으로 서장을 지낸 지가 벌써 칠 년 가까이 되었다.

그동안 그는 주로 민방위 조직 같은 일을 맡았다.

하지만 질서 유지의 달인이라는 평판만큼은 건재했기에 뉘만은 1960년대 말부터 잦아진 대규모 시위와 관련하여 전문가로서 분주하게 자문을 주고 다녔다.

마르틴 베크는 별 내용 없는 메모의 마지막 몇 줄을 다시 읽어보면서 목덜미를 긁적였다.

1945년 결혼, 자녀는 둘, 1949년생 안네로테와 1956년생 스테판.
1970년 병으로 조기 퇴직.

그러고는 볼펜을 들어서 그 끝에 적어넣었다.

1971년 4월 3일 스톡홀름에서 사망.

마르틴 베크는 자신이 쓴 메모를 다시 한번 읽어본 뒤 시계를 보았다. 6시 50분이었다.

뢴은 어쩌고 있나 궁금했다.

11.

도시가 깨어나서 하품하며 기지개 켰다.

군발드 라르손도 그랬다. 깨어나서 하품하며 기지개 켰다. 그다음 큼직한 털북숭이 손으로 자명종을 끄고, 담요를 홱 젖히고, 털이 북슬북슬한 긴 다리를 침대에서 휙 내렸다.

그는 가운을 입고 슬리퍼를 신고 창으로 가서 날씨를 확인했다. 날은 맑았고 기온은 영상 3도였다. 그가 사는 볼모라는 숲속에 고층 아파트들이 모여 선 교외 주거지였다.

그는 거울을 보았다. 그 속에는 키는 변함없이 192센티미터이지만 몸무게는 요즈음 105킬로그램이 나가는 건장한 금발 남자가 있었다. 그는 해가 갈수록 체중이 늘었다. 이제 흰 실크 가운 아래로 불룩 튀어나온 것은 순수한 근육만이 아니었다. 그래도 그는 아직 몸이 좋았고 스스로는 어느 때보다도 튼튼하다고 느꼈는데, 그것만 해도 대단한 일이었다. 그는 찌푸린 눈썹 밑의 파란 눈동자를 몇 초간 정면으로 응시했다. 그러고는 금발 머리카락을 손으로 쓸어넘긴 뒤 손가락으로 입술을 잡아당겨서 크고 건강한 이를 점검했다.

그다음 우편함에서 조간신문을 가져와서 부엌으로 갔다. 아침을 차렸다. 트와이닝스의 아이리시 브렉퍼스트 차를 끓이고 토스트를 굽고 달걀을 두 알 삶았다. 버터, 체더치즈, 세 종류의 스코틀랜드 마멀레이드를 꺼냈다.

그는 차린 걸 먹으면서 신문을 읽었다.

스웨덴은 국제 아이스하키 대회에서 고전을 면치 못했다. 감독과 트레이너와 선수는 공공연히 서로 책임을 떠넘기면서 스포츠맨십 부재를 더욱 여실히 증명해 보였다. 스웨덴 텔레비전 내에서도 집안싸움이 벌어지고 있었다. 독점 방송사의 중앙 관리 본부는 여러 채널에서 송출되는 뉴스 서비스에 대한 통제력을 유지하기 위해서 갖은 수를 다 쓰고 있었다.

그게 바로 검열이지, 군발드 라르손은 생각했다. 투명 비닐 장갑을 낀 손으로 하는 검열. 자본주의사회의 검열이란 전형적으로 그런 식이지.

제일 큰 뉴스는 독자들에게 스칸센 동물원의 새끼 곰 세 마리의 이름을 붙일 기회가 주어진다는 소식이었다. 그보다 덜 눈에 띄는 자리에는 40세 예비군들의 신체 조건이 18세 신병들보다 더 낫더라는 군대의 조사 결과를 체념한 기색으로 보도한 기사가 실려 있었다. 그리고 교양 없는 독자에게 읽힐 위험이 없는 문화면에는 로디지아에 관한 기사가 실려 있었다.

군발드 라르손은 차를 마시고 달걀을 먹고 토스트를 여섯 조각 먹으면서 그 기사를 읽었다.

그는 로디지아에 가본 적이 없었다. 하지만 남아공, 시에라리온, 앙골라, 모잠비크에는 자주 가봤다. 그 시절에 그는 선원이었고, 이미 주관이 뚜렷한 사람이었다.

식사를 마친 그는 설거지를 하고 신문을 쓰레기통에 던졌다. 토요일이니 우선 시트를 교체한 뒤 침대를 정리했다. 그날 입을 옷을 신중하게 골라서 침대에 단정하게 펼쳐두었다. 가운과 잠옷을 벗고 샤워했다.

그가 혼자 사는 아파트에는 좋은 물건을 알아볼 줄 알고 중시하는 취향이 드러나 있었다. 가구, 러그, 커튼은 물론이고 이탈리아제 흰 가죽 슬리퍼부터 노르트멘데의 회전식 컬러 텔레비전까지 모든 게 일류였다.

군발드 라르손은 스톡홀름 강력반 선임 경사였다. 그가 이 이상 승진할 일은 없었다. 사실은 진작에 잘리지 않은 것이 이상했다. 동료들은 그를 특이한 사람으로 여겼고, 대부분 그를 싫어했다. 그도 동료들을 싫어할 뿐 아니라 자신의 원래 가족과 상류층 배경도 싫어했다. 형제자매는 그를 역겨워했다. 그가 자신들과는 다른 세계관을 가진 것이 한 이유였지만 더 큰 이유는 그가 경찰관이라는 점이었다.

군발드 라르손은 샤워하면서 자신이 오늘 죽을까 생각해보았다.

무슨 예감 같은 건 아니었다. 이를 닦은 뒤 마지못해 스투레가탄 거리의 브롬스 사립학교로 등교하던 여덟 살 때부터 그는 매일 아침 똑같은 생각을 했다.

렌나르트 콜베리는 자면서 꿈을 꾸고 있었다. 유쾌한 꿈은 아니었다. 전에도 더러 꾸었던 꿈인데, 그때마다 그는 식은땀 범벅으로 깨어나서 군에게 말했다.

"나 좀 안아줘. 악몽을 꿨어."

그러면 오 년 동안 아내로 함께 살아온 군이 그를 안아주었고, 그러면 그는 금세 다른 생각을 싹 잊었다.

꿈에서는 딸 보딜이 건물 5층의 열린 창가에 서 있었다. 그는 아이에게 달려가려고 하지만 다리가 마비되어서 움직일 수가 없고, 아이는 결국 슬로모션처럼 천천히 떨어지기 시작한다. 아

어느 끔찍한 남자

이는 울부짖으면서 그에게 팔을 뻗고, 그는 아이를 붙잡으려고 안간힘을 쓰지만, 몸이 뜻대로 움직여주지 않는다. 아이는 내내 울부짖으면서 추락한다.

콜베리는 벌떡 깼다. 악몽 속 아이의 비명은 시끄러운 자명종 소리로 바뀌었고, 위를 보니 보딜이 그의 정강이에 걸터앉아 있었다.

보딜은 『고양이 여행』이라는 책을 읽고 있었다. 세 살 반이라서 아직 글을 몰랐지만, 군과 그가 워낙 자주 읽어준 책이라서 이야기를 달달 외우고 있었다. 보딜이 속삭였다.

"파란 코에 캘리코 천으로 된 옷을 입은 할아버지가 왔습니다."

그때 그가 자명종을 끄자 아이가 속삭임을 뚝 그치고 낭랑한 목소리로 말했다. "안녕!"

콜베리는 고개를 돌려 군을 보았다. 군은 퀼트 이불을 코까지 덮고 잠들어 있었다. 관자놀이에 헝클어진 까만 머리카락이 약간 축축했다. 그는 손가락을 입에 대고 속삭였다.

"쉿. 엄마를 깨우지 마. 그리고 아빠 다리에 앉지 마. 아프단다. 이리 와서 누워."

그는 아이가 자신과 군 사이에 이불을 덮고 누울 수 있도록 공간을 마련해주었다. 책을 건넨 아이는 그의 겨드랑이에 고개를 묻고 자리잡았다.

"읽어줘." 아이가 요구했다.

그는 책을 치웠다.

"지금은 안 돼. 신문 가져왔니?"

보딜이 꾸물꾸물 그의 배를 넘어가서 침대 옆 바닥에 떨어져 있는 신문을 주웠다. 그는 끙 소리를 내면서 아이를 들어 다시 옆에 눕혔다. 신문을 펼치고 읽기 시작했다. 국제 뉴스가 실린 12면까지 다 읽었을 때, 보딜이 말했다.

"아빠?"

"응."

"요야킴이 말썽 부렸어."

"응."

"기저귀를 벗어서 벽에 똥을 발랐어. 엄청 많이 발랐어."

콜베리는 신문을 내려놓고 다시 끙 소리를 내면서 일어났다. 아이들 방으로 가보았다. 곧 한 살이 되는 요아킴이 아기 침대 안에 서 있다가 아빠를 보고는 난간을 쥐었던 손을 놓고 베개에 엉덩방아를 통통 찧었다. 요아킴이 벽을 예쁘게 꾸며두었다는 보딜의 말은 과장이 아니었다.

콜베리는 한 팔로 아들을 번쩍 들어서 욕실로 데려갔다. 샤워 기로 몸을 닦아주고, 아이를 수건으로 감싸서 아직 자는 군 옆 에 데려다 놓았다. 그다음 아이의 이불과 잠옷을 헹구고, 침대

어느 끔찍한 남자

와 벽지를 닦고, 새 기저귀와 바지를 꺼냈다. 그동안 보딜이 깡총깡총 그를 쫓아다녔다. 이번만큼은 아빠가 자신이 아니라 동생에게 짜증을 낸다는 사실이 자못 흡족한지, 아이는 쯧쯧 혀를 차면서 동생의 말썽을 한껏 나무랐다. 청소를 마치니 7시 30분이 넘었다. 다시 자는 건 물건너간 일이었다.

그는 침실에 들어서자마자 기분이 좋아졌다. 군이 깨어서 요아킴과 놀고 있었다. 무릎을 끌어올리고 아이의 겨드랑이를 두 손으로 잡아서 다리로 롤러코스터를 태워주고 있었다. 군은 매력적이고 육감적인데다가 지성과 유머 감각을 갖춘 여성이었다. 콜베리는 늘 군 같은 여자와 결혼하고 싶었는데, 꽤 많은 여자를 사귀어보다가 그 희망을 거의 접은 터였던 마흔한 살이 되어서야 군을 만났다. 콜베리보다 열네 살 아래인 군은 오래 기다릴 만한 여성이었다. 둘의 관계는 처음부터 친밀하고 솔직했으며 조금도 꼬여 있지 않았다.

군이 즐거워서 까르륵대는 아기를 높이 들어올리면서 그에게 미소를 지었다.

"잘 잤어? 벌써 요아킴을 목욕시켰어?" 군이 물었다.

콜베리는 지금까지 한 일을 설명했다.

"저런. 잠깐 와서 누워." 군이 시계를 흘끗 보고 말했다. "아직 시간 있어."

사실은 시간이 빠듯했지만, 그는 쉽게 설득되었다. 그는 군의 목 밑에 팔을 끼우고 곁에 누웠다. 하지만 곧 다시 일어나서 요아킴을 들고 아이 방으로 갔다. 거의 다 마른 매트리스에 아이를 눕히고, 아이에게 새 기저귀와 타월 천 오버올을 입히고, 침대에 장난감을 몇 개 넣어준 뒤 군에게 돌아갔다. 보딜은 거실 러그에 앉아서 장난감 집을 가지고 놀고 있었다.

잠시 후 보딜이 방에 들어와서 두 사람을 보았다.

"말 타기 놀이다." 아이가 명랑하게 말했다. "아빠가 말이야."

보딜이 그의 등에 기어오르려고 했지만, 그는 아이를 떨쳐내고 문을 닫았다. 아이들은 이후 한동안 두 사람을 찾지 않았다. 그는 사랑을 나눈 뒤 하마터면 아내의 품에서 잠들 뻔했다.

콜베리가 길을 건너서 차로 갈 때, 셰르마르브링크 지하철역의 시계는 8시 23분을 가리켰다. 그는 차에 타기 전에 뒤돌아서 부엌 창으로 내다보고 선 군과 보딜에게 손을 흔들었다.

그가 출근하는 곳은 베스트베리아알레였으니 도심을 통과할 필요는 없었다. 오르스타와 엔스케데를 질러서 가면 되었고, 덕분에 최악의 정체 구간은 피할 수 있었다.

운전하는 동안 렌나르트 콜베리는 아일랜드 민요를 음정이 하나도 맞지 않게 휘파람으로 불러젖혔다.

해가 났고, 공기에서는 봄이 느껴졌고, 지나치는 화단에는

어느 끔찍한 남자

크로커스와 중의무릇꽃이 피어 있었다. 콜베리는 기분이 좋았다. 만약 일진이 좋다면, 일을 일찍 마치고 이른 오후에 집에 갈 수 있을 것이다. 군이 아르비드 노르드크비스트 식료품점에서 뭔가 맛있는 것을 사 올 테고, 두 사람은 아이들을 재운 뒤 저녁을 먹을 것이다. 결혼한 지 오 년이 된 지금, 두 사람이 생각하는 즐거운 저녁이란 집에서 둘이 오붓하게 맛있는 저녁을 함께 지은 뒤 느긋하게 먹고 마시고 대화하는 거였다.

콜베리는 미식가였다. 그래서 그동안 살이 좀 쪘다. 콜베리 자신의 표현을 빌리자면 좀 "풍만해졌다". 하지만 살집을 보고 그가 굼뜨겠거니 하고 생각하는 사람이 있다면 그야말로 큰 착각이었다. 콜베리는 의외로 잽싸고 유연한데다가 예전에 낙하산병으로 훈련받을 때 배웠던 각종 기술과 재주를 아직 구사할 줄 알았다.

콜베리는 휘파람을 그쳤다. 그러고는 지난 몇 년 동안 머릿속을 떠나지 않는 문제를 생각하기 시작했다. 그는 갈수록 일이 싫어졌다. 할 수만 있다면 경찰을 그만두고 싶었다. 하지만 간단한 문제가 아니었다. 그가 일 년 전에 경감보로 승진해서 봉급이 올랐다는 사실이 문제를 더 복잡하게 만들었다. 46세의 경감보가 다른 분야에서 그만큼 보수가 좋은 일자리를 찾기는 쉽지 않았다. 군은 계속 그에게 돈 걱정은 하지 말라고 말했고,

아이들이 쑥쑥 크고 있으니까 자신이 곧 다시 일할 수 있을 거라고 말했다. 군은 전업주부로 있던 지난 사 년 동안 공부를 병행해서 새 언어를 두 가지 더 배웠으니 다시 취직하면 분명 전보다 월급을 더 많이 받을 수 있을 터였다. 보딜을 낳기 전에 중역 비서로 일했던 군은 지금도 언제든지 보수가 좋은 일자리를 구할 수 있었다. 하지만 콜베리는 군이 진심으로 원하지 않는데도 등 떠밀리는 기분으로 취직하는 건 바라지 않았다.

게다가 콜베리 자신이 전업주부가 되는 모습을 상상하기가 어려웠다. 그는 천성이 좀 게으르기는 해도 어느 정도 활동과 변화가 있는 생활을 필요로 하는 사람이었다.

남부 경찰서에 차를 대면서 콜베리는 마르틴 베크가 쉬는 날이라는 사실을 떠올렸다.

그건 곧 내가 하루 종일 일해야 한다는 뜻이지, 콜베리는 생각했다. 둘째로, 하루 종일 말 통하는 사람 하나 없이 일해야 한다는 뜻이지. 사기가 금세 추락했다.

기운을 내기 위해서 콜베리는 엘리베이터를 기다리는 동안 다시 휘파람을 불었다.

12.

콜베리가 코트를 벗기도 전에 전화가 울렸다.

"네, 콜베리입니다……. 뭐라고요?"

그는 어지러운 책상 옆에 서서 멍하니 창밖을 보았다. 콜베리는 유쾌한 사생활에서 불쾌한 직장일로 재깍 넘어오는 일이 다른 몇몇 동료만큼, 이를테면 마르틴 베크만큼 쉽지 않았다.

"무슨 일이라고요? 모른다고요? 알았습니다. 내가 간다고 전해주세요."

다시 차로 내려갔다. 이번에는 정체를 피할 길이 없었다.

콜베리는 8시 45분에 쿵스홀름스가탄에 도착하여 차를 세웠다. 차에서 내릴 때, 막 자기 차를 몰고 나가는 군발드 라르손과 마주쳤다.

두 사람은 고개를 끄덕했지만 말을 나누진 않았다. 콜베리는 복도에서 뢴을 만났다.

"자네도 왔군." 뢴이 말했다.

"그래, 무슨 일이야?"

"누가 스티그 뉘만을 베어 죽였어."

"베어 죽여?"

"그래, 총검으로." 뢴이 침울하게 대답했다. "사밧스베리 병원에서."

"방금 라르손을 봤어. 거기 가는 건가?"

뢴이 끄덕였다.

"마르틴은?"

"멜란데르 방에."

콜베리는 뢴을 뜯어보았다.

"자네 엄청 지친 것 같군."

"맞아." 뢴이 대답했다.

"집에 가서 좀 자지 그러나?"

뢴은 구슬픈 눈으로 콜베리를 쳐다본 뒤에 가던 길을 계속 갔다. 손에 서류를 쥔 것으로 보아 계속 일해야 하는 모양이었다.

콜베리는 문을 딱 한 번 두드리고 들어갔다. 메모지를 내려다보던 마르틴 베크는 고개를 들 생각조차 하지 않았다.

"왔나." 마르틴 베크가 말했다.

"뢴이 말하는 게 다 무슨 소리야?"

"여기. 이걸 읽어봐."

마르틴 베크는 콜베리에게 타이핑된 종이 두 장을 건넸다. 콜베리는 책상에 엉덩이를 걸치고 앉아서 읽었다.

"어떻게 생각해?" 마르틴 베크가 물었다.

"뢴이 보고서를 끝내주게 못 쓴다고 생각해."

말은 그렇게 했지만, 콜베리의 목소리는 낮고 진지했다. 그가 오 초 뒤에 이어 말했다.

"고약한 상황이군."

"맞아. 나도 그렇게 생각해." 마르틴 베크가 대꾸했다.

"어떻던가?"

"자네 상상보다 더 심해."

콜베리는 고개를 흔들었다. 콜베리의 상상력에는 이상이 없었다.

"이놈을 당장 붙잡아야 해."

"그것도 맞아." 마르틴 베크가 대꾸했다.

"단서는?"

"약간. 발자국 몇 개. 지문도 좀 있을 거야. 하지만 뭘 목격하거나 소리를 들었다는 사람은 아무도 없어."

"시원찮네. 시간이 걸리겠어. 게다가 이놈은 위험한 놈인데."

마르틴 베크가 끄덕였다.

뢴이 문을 살며시 노크한 뒤 들어왔다.

"아직까지는 소득이 없어. 지문 말이야." 뢴이 말했다.

"지문은 아무짝에도 쓸모없어." 콜베리가 말했다.

"발자국을 꽤 정확하게 뜬 것도 있어. 부츠 아니면 묵직한 작업화야."

"그것도 아무짝에 쓸모없어." 콜베리가 말했다. "고깝게 듣진 마. 나중에는 그런 게 귀중한 증거가 될 수 있겠지. 하지만 우리가 지금 당장 해야 할 일은 뉘만을 살해한 놈을 붙잡는 거야. 증거로 범행에 엮는 건 놈을 잡아들인 다음에 해도 돼."

"논리가 이상한데." 뢴이 말했다.

"나도 알아. 하지만 지금은 신경쓰지 말자고. 우리에게는 중요한 단서가 몇 개 더 있으니까."

"그래, 살인 무기." 마르틴 베크가 곰곰이 생각하며 말했다. "오래된 카빈 총검."

"그리고 동기." 콜베리였다.

"동기?" 뢴이었다.

"당연하지. 복수. 생각할 수 있는 동기는 그것뿐이야." 콜베리였다.

"하지만 만약 복수라면……."

뢴은 말을 맺지 않았다.

"뉘만을 벤 자가 다른 사람들에게도 복수를 계획하고 있을 가능성이 있지." 콜베리가 대신 말했다. "따라서……."

"우리는 신속히 그를 찾아내야 해." 마르틴 베크였다.

"그렇지." 콜베리였다. "자, 자네들은 어디까지 생각해봤나?"

뢴은 울적한 얼굴로 마르틴 베크를 보았고, 마르틴 베크는 창밖을 보았다.

콜베리가 나무라는 눈으로 두 사람을 보았다.

"잠깐." 다시 콜베리였다. "자네들, 이 질문은 던져봤나? 뉘만은 과연 누구였는가?"

"뉘만이 누구였느냐고?"

뢴이 어리둥절해하면서 대꾸했고, 마르틴 베크는 말이 없었다.

"그래. 뉘만은 누구였는가? 더 정확히 말하자면, 뉘만은 뭘 하는 사람이었는가?"

한참 뒤에 마르틴 베크가 대답했다. "경찰관이었지."

"그건 완전한 대답이 못 돼." 콜베리가 다그쳤다. "자자, 자네 둘 다 그를 알았잖나. 뉘만은 뭐였지?"

"경감이었지." 뢴이 웅얼거리고는 지친 듯 눈을 깜박거렸다.

"전화를 몇 통 걸어야겠어." 뢴은 애매하게 말하고 떠났다.

"자······." 콜베리는 뢴이 문을 닫고 나간 뒤에도 재차 물었다. "뉘만은 뭐였지?"

마르틴 베크는 콜베리와 눈을 마주치면서 마지못해 대답했다. "나쁜 경찰이었지."

"틀렸어. 잘 들어. 뉘만은 천하의 막돼먹은 경찰이었어. 최악의 개자식이었어."

"자네가 그렇게 말한 거야, 내가 아니라." 마르틴 베크가 말했다.

"그래. 하지만 자네도 내 말이 옳다는 건 인정해야 해."

"난 뉘만을 잘은 몰랐어."

"슬쩍 빠져나가려고 하지 마. 자네도 그 사실을 알 만큼은 그를 알았잖아. 에이나르는 인정하고 싶지 않아 했지. 그릇된 충성심 때문에. 하지만 자네는 내게 모든 패를 솔직하게 까고 말해야 해."

"좋아." 마르틴 베크가 말했다. "내가 들은 소문이 다 좋기만 한 건 아니었어. 하지만 난 그와 함께 일한 적은 없어."

"자네의 표현은 정확하지 않아." 콜베리가 말했다. "누가 되었든 뉘만과 함께 일한다는 건 불가능한 일이었어. 뉘만이 내리는 지시를 받아서 그대로 실시하는 것만 가능했지. 물론 요행히 그에게 지시하는 입장이 되었다면야 지시할 수도 있었겠지

어느 끔찍한 남자

만, 그 지시는 사보타주를 당하거나 대놓고 무시되었을 거야."

"자네는 스티그 뉘만의 전문가인가 봐." 마르틴 베크가 살짝 짓궂게 말했다.

"맞아. 난 자네들이 모르는 사실을 알지. 하지만 그 이야기는 나중에 하고, 우선은 그가 개자식에다가 형편없는 경찰관이었다는 사실부터 짚고 넘어가자고. 그는 오늘날까지도 경찰 전체의 수치야. 나로 말하자면, 그와 같은 도시에서 같은 시기에 경찰로 일했다는 사실만으로도 창피해."

"그렇다면 창피해야 할 사람이 한둘이 아니겠군."

"맞아. 하지만 그런 분별력을 갖춘 사람은 많지 않지."

"그렇다면 런던의 모든 경찰관은 챌리너*를 부끄럽게 느껴야 겠고."

"또 틀렸어. 챌리너와 그 수하들은 비록 엄청난 만행을 저질 렀지만 결국에는 재판정에 섰지. 그 사실로 보아 런던 경찰에는 장기적으로나마 어떤 한계가 있었던 거야."

마르틴 베크는 생각에 잠겨서 관자놀이를 문질렀다.

---

* 해럴드 챌리너는 2차세계대전 중 영국 특공대로 복무한 뒤 경찰이 되었던 남자다. 경찰로 일하는 동안 시민들을 무턱대고 폭행하고 잡아들이다가 무고한 사람 수십 명을 감옥에 보내는 등, 직권남용을 저질러서 결국 고발되었지만 정신이상으로 판정되어 병원에 있다가 풀려났다. 영국 경찰은 지병을 이유로 퇴직하여 처벌을 피하는 것을 '챌리너처럼 하다'라고 표현한다고 한다.

"하지만 뉘만의 이름은 한 번도 더럽혀지지 않았어. 왜인지 알아?"

콜베리는 자기 질문에 스스로 대답해야 했다.

"왜냐하면 경찰관을 신고해봐야 아무 소용 없다는 걸 모두가 알기 때문이지. 보통 사람은 경찰에 대해서 아무런 법적 권리를 누리지 못해. 일개 순경에게 제기한 소송도 이길 수 없는데 어떻게 경감에게 소송을 제기해서 이기겠나?"

"과장이야."

"지나친 과장은 아냐, 마르틴. 지나친 과장은 아니라고. 자네도 알잖아. 망할 연대감이란 것이 우리의 제2의 천성이 되었단 말야. 우리는 단결심을 세뇌당했다고."

"이 직업에서는 단합이 중요해." 마르틴 베크가 말했다. "늘 그랬어."

"그리고 우리에게는 단합심만 남겠지."

콜베리는 잠시 숨을 고른 뒤 말을 이었다.

"좋아. 경찰은 하나로 뭉친다, 그건 자명한 명제지. 하지만 무엇에 대항하여 뭉치는 거지?"

"그 질문에 누가 답할 수……."

마르틴 베크는 말을 맺지 않았다.

"누가 답하는 날이 오더라도, 자네나 나는 그런 날을 못 보겠지." 콜베리가 단호하게 말했다.

"이런 이야기가 뉘만과 무슨 상관이지?"

"엄청 상관있지."

"어떻게?"

"뉘만은 죽었으니까, 우리는 이제 그를 변호할 필요가 없어. 뉘만을 죽인 놈은 아마 정신이 나갔을 테고, 그 자신에게나 다른 사람들에게나 위험할 거야."

"자네 말은 우리가 범인을 뉘만의 과거에서 찾을 수 있다는 건가?"

"그래. 틀림없이 그럴 거야. 그리고 보면 자네가 했던 비유가 완전히 틀린 것만은 아니었어."

"무슨 비유?"

"챌리너와 비교한 것."

"난 사실 챌리너 사건의 진실을 몰라." 마르틴 베크는 약간 섬뜩한 기분이었다. "자네는 알겠지?"

"아니. 아무도 모를걸. 하지만 그에게 학대당한 사람이 많았다는 것, 그리고 경찰관들이 법정에서 한 위증 때문에 그보다 더 많은 사람이 지나치게 긴 감옥살이를 선고받았다는 건 알지. 그들의 부하들도 상사들도 그 사실을 방임했고."

"상사들은 조직에 대한 그릇된 충성심에서, 부하들은 제 목이 잘릴까 봐 그랬겠지."

"그보다 더 나빠. 부하들 중 일부는 그냥 그래야만 하는 줄 알고 그랬어. 다른 방식은 배우질 못했던 거야."

마르틴 베크는 일어나서 창가로 갔다.

"뉘만에 대해서 자네는 알지만 우리는 모르는 내용이란 걸 말해봐."

"또 뉘만은 많은 젊은 경찰관들에게 직접 명령하는 위치에 있었어. 제멋대로 명령할 수 있었지."

"오래된 이야기야."

"그렇게 오래되진 않았어. 지금 경찰에 있는 사람들 중에는 그에게 배운 사람이 많다고. 그게 무슨 뜻인지 알겠나? 그가 오랫동안 수많은 젊은 경찰관들을 타락시켰다는 뜻이야. 그래서 그 친구들은 처음부터 이 직업에 대해 그릇된 태도를 갖게 됐지. 게다가 그들 중에는 뉘만을 대단히 존경하고 자신도 언젠가 그처럼 되기를 꿈꾸는 이들이 많다고. 뉘만처럼 강경하고 고압적인 경찰관이 되기를. 이해하겠어?"

"그래." 마르틴 베크는 힘없이 대답했다. "무슨 말인지 알겠어. 그렇게 여러 번 말할 것 없어."

마르틴 베크는 몸을 돌려서 콜베리를 보았다.

"그렇다고 해서 내가 그 말을 믿는 건 아냐. 자네는 뉘만을 알았지?"

"그래."

"그 밑에서 일한 적 있나?"

"그래."

마르틴 베크가 눈썹을 치켰다.

"언제?" 못 믿겠다는 듯한 말투였다.

"세플레 출신의 끔찍한 남자." 콜베리가 혼잣말했다.

"뭐?"

"세플레 출신의 끔찍한 남자. 우리는 그를 그렇게 불렀어."

"어디서?"

"군대에서. 전쟁중에. 난 스티그 뉘만에게서 많은 걸 배웠지."

"어떤 걸?"

"좋은 질문이야." 콜베리는 정신이 딴 데 팔린 듯했다.

마르틴 베크가 콜베리를 살피듯 보았다.

"어떤 거, 렌나르트?" 마르틴 베크의 목소리는 나지막했다.

"돼지가 꽥꽥거리지 못하도록 하면서 불알을 자르는 법. 역시 그 돼지가 꽥꽥거리지 못하도록 하면서 다리를 자르는 법. 눈알을 파내는 법. 결국에는 갈가리 찢고 껍질을 벗기는 법. 역시 찍소리도 못 내게 하면서."

콜베리는 몸을 떨었다.

"어떻게 하는지 아나?"

마르틴 베크는 고개를 흔들었다.

콜베리는 창밖을 보았다. 건너편 지붕들 위의 차갑고 파란 하늘을 올려다보았다.

"아, 그에게 정말 많은 걸 배웠지. 양에게 매매거릴 틈도 주지 않고 피아노줄로 멱을 따는 법. 다 자란 살쾡이와 함께 벽장에 갇혔을 때 놈을 처리하는 법. 총검을 치켜들고 고함을 지르면서 소에게 돌진해서 배에 칼을 꽂는 법. 그때 고함을 제대로 지르지 않으면 어떻게 되는 줄 아나. 벽돌을 가득 채운 배낭을 메고 훈련탑 사다리를 올라야 해. 오십 번 오르내려야 해. 말이 나왔으니까 말인데, 살쾡이를 죽여선 안 돼. 다시 써야 하니까. 대신 어떻게 제압하는지 아나?"

"몰라."

"단검으로 벽장 벽에 꽂는 거야. 가죽을 뚫어서."

"자네 낙하산병 아니었나?"

"맞아. 뉘만이 우리의 백병전 교관이었지. 백병전 기술 외에도 많은 걸 가르쳐줬지만. 뉘만은 내게 갓 도축한 동물의 내장에 파묻혀 있는 기분을 가르쳐줬고, 방독면 속에서 토했을 때 내 토사물을 먹어치우는 방법을 가르쳐줬고, 자취를 남기지 않기 위해서 내가 눈 똥을 먹어버리는 방법도 가르쳐줬어."

"뉘만은 계급이 뭐였지?"

"병장. 뉘만이 가르쳐준 건 교실에서는 배울 수 없는 것들이었어. 이를테면 사람의 팔다리를 부러뜨리는 법, 목울대를 으스러뜨리는 법, 엄지로 찔러서 눈알이 튀어나오게 만드는 법. 그런 건 살아 있는 동물에게 실제로 해봐야만 배울 수 있어. 양이나 돼지가 간편한 대상이었지. 우리는 살아 있는 동물에게 다양한 무기를 시험해보기도 했어. 주로 돼지들에게. 물론 요즘처럼 미리 마취해준다거나 하는 허튼짓은 일체 없었지."

"그게 정상적인 훈련 과정이었나?"

"몰라. 하지만 그게 무슨 의미가 있어? 애초에 그런 짓을 정상이라고 부를 수 있나?"

"없겠지."

"설령 어떤 황당한 이유에서든 그런 훈련이 필요하다고 해도, 그런 짓을 굳이 즐기면서 자랑스럽게 할 필요는 없잖아."

"없지. 그런데 뉘만은 그랬다는 거지?"

"그랬을 거야. 그리고 그 기술을 애들에게 가르쳤지. 흉포함을 자랑하는 법, 잔인함을 즐기는 법. 세상에는 그런 재주를 타고나는 사람이 있어."

"한마디로 뉘만은 사디스트였다?"

"최고의 사디스트. 스스로는 그걸 '강인함'이라고 불렀어. 그는 타고나기를 강인한 사람이었고, 우리에게도 늘 진정한 남자라면 육체적으로나 정신적으로나 강인한 것만이 중요하다고 말했어. 그리고 약자를 괴롭히는 짓을 장려했지. 그것도 군인 교육의 일부라고 말하면서."

"그렇다고 해서 꼭 사디스트라고 볼 수는 없어."

"뉘만이 사디스트였다는 사실은 여러 측면에서 드러났어. 그는 규율을 엄청나게 중시했거든. 그야 규율을 지키는 건 좋다 이거야, 하지만 제멋대로 처벌을 가하는 건 다른 문제잖아. 뉘만은 지극히 사소한 일을 트집 잡아서 매일 몇 명씩 괴롭혔어. 단추를 잃어버렸다, 뭐 그런 일로. 뉘만에게 덜미를 잡힌 사람은 양자택일해야 했지."

"무슨 양자택일?"

"보고와 구타 사이에서. 정식으로 보고가 올라가면, 사흘간 영창에 갇혀 있어야 하고 군 경력에도 기록이 남지. 그래서 대부분의 훈련생은 맞는 편을 택했어."

"어떻게 맞는데?"

"나는 그 미끼를 딱 한 번 물었어. 어느 토요일 밤에 늦게 복귀했거든. 담을 넘었지. 당연히 뉘만에게 걸렸고, 나는 맞는 쪽을 선택했어. 내 경우에는, 입에 비누를 물고 차려 자세로 서서 뉘만이 주먹으로 내 갈비뼈를 두 대 부러뜨리는 걸 견뎠어. 그는 그다음에 내게 커피와 케이크를 대접하면서 내가 정말로 강인한 남자, 진정한 군인이 될 수 있을지도 모르겠다고 말하더군."

"그래서?"

"난 전쟁이 끝나자마자 신속하고 깔끔하게 군대에서 쫓겨나도록 손썼지. 그러고는 경찰이 되었고. 그런데 내가 여기 와서 처음 만난 사람 중 하나가 세상에 뉘만이었지 뭐야. 그는 벌써 경사였어."

"뉘만이 경찰이 된 뒤에도 같은 수법을 썼단 말이야?"

"똑같진 않았겠지. 경찰에서 그런 짓을 저지르고도 무사할 순 없었을 테니까. 하지만 이런저런 말도 안 되는 짓을 무수히 저질렀을 거야. 부하들에게, 시민들에게. 오랫동안 그런 소문을 자주 들었어."

"고발을 당했을 텐데." 마르틴 베크가 곰곰이 말했다.

"물론. 하지만 그런 신고서들은 깡그리 폐기되었을 거라고 봐. 우리의 그 잘난 단결심 덕분에. 아마 몽땅 쓰레기통에 처박혔을 거야. 애초에 신고되지도 않은 게 대부분이었을 테고. 따라서 경찰 내에서는 아무것도 못 찾을 거야."

마르틴 베크는 문득 좋은 생각이 났다.

"옴부즈맨*. 심한 가혹 행위를 당한 사람들 중에는 옴부즈맨에 진정서를 접수한 사람이 있었을 거야."

"헛수고야." 콜베리가 대꾸했다. "뉘만 같은 인간은 자신이 아무 잘못도 저지르지 않았다고 증언해줄 부하를 반드시 마련해 두지. 젊은 애들, 그의 청을 거절하면 일터가 생지옥이 될 애들로. 또 이미 세뇌되어서 그런 짓을 하면서도 충성하는 것뿐이라고 생각하는 이들로. 일반인이 경감을 힐책하기란 불가능해."

"맞는 말이야." 마르틴 베크는 인정했다. "하지만 옴부즈맨은 진정서를 폐기하지 않아. 설령 아무 조치를 취하지 않더라도. 접수한 진정서를 모두 보관해두니까 거기 분명히 있을 거야."

"그럴듯한 생각이군." 콜베리가 천천히 말했다. "사실은 좋은 생각이야. 자네가 한 건 했어."

콜베리는 잠시 생각하다가 말을 이었다.

"경찰의 비행을 일일이 기록해두는 민간 단체가 있다면 제일 좋겠지만, 안타깝게도 이 나라에는 그런 게 없지. 그래도 옴부즈맨에서 뭔가 나올지도 몰라."

"살인 무기에서도." 마르틴 베크가 말했다. "카빈 총검은 군대에서 나왔을 거야. 아무나 손에 넣을 수 있는 물건이 아니야.

---

* 여기에서 말하는 옴부즈맨은 정식 명칭이 '의회 옴부즈맨(Riksdagens ombudsmän)'이지만 보통은 '사법 옴부즈맨(Justitieombudsmannen)'이라는 뜻의 'JO'라고 불리는 제도다. 스웨덴이 1809년에 세계 최초로 옴부즈맨 제도를 만들었던 것은 의회가 왕의 행정 활동을 견제하려는 의도였다. 현재는 시민이 법 집행 기관이나 공무원에 대해 청원한 사건을 의회에서 임명된 옴부즈맨이 조사하는 형태로 운영된다.

어느 끔찍한 남자

뢴에게 이 점을 파보라고 해야겠군."

"그렇게 해. 뢴과 함께 옴부즈맨 센터에도 가보고."

"자네는 뭘 하려고?"

"가서 뉘만을 볼까 생각중이야." 콜베리가 대답했다. "라르손이 가 있는 건 알지만 신경 안 써. 대체로 나 자신을 위해서 보려는 거니까. 내가 어떻게 반응할지 알고 싶어. 욕지기가 날 수도 있겠지만, 최소한 내가 뱉은 토사물을 도로 먹으라고 강요할 사람은 없겠지."

마르틴 베크는 이제 아까처럼 지쳐 보이지 않았다. 그가 몸을 곧게 폈다.

"렌나르트?"

"응?"

"뉘만을 뭐라고 불렀다고 했지? 세플레 출신의 끔찍한 남자?"

"응. 뉘만은 자신이 세플레 출신이란 걸 끊임없이 강조했어. 세플레 남자들은 강인하다, 진짜 남자들이다, 하고 말했어. 그리고 그는 분명 끔찍한 인간이었어. 내가 본 사람들 중 최고로 가학적인 남자였어."

마르틴 베크는 콜베리를 한참 쳐다보았다.

"어쩌면 자네가 옳을지도 모르겠어."

"그럴 가능성이 있지. 행운을 빌어. 뭔가 찾아내기를."

왠지 몰라도 막연히 위험하다는 느낌이 다시 마르틴 베크를 엄습했다.

"힘든 하루가 될 것 같군."

"그러게. 그럴 조짐이 농후하네. 자네의 충성심은 좀 치료되었나?" 콜베리가 물었다.

"그런 것 같아."

"뉘만에게 더이상 쓸데없는 충성심을 발휘할 필요가 없다는 걸 잊지 마. 참, 그리고 보니 오랫동안 뉘만의 확고부동하게 충성스러운 조수로 행세해온 인간이 있었던 게 떠오르는군. 홀트라는 남자야. 아직 경찰에 남아 있다면 지금쯤 지구대장이 됐을 텐데. 누가 그를 직접 만나서 얘기해봐야 해."

마르틴 베크는 끄덕였다.

뢴이 문을 긁으면서 들어왔다. 비틀거리는 모습이 피로로 쓰러지기 일보 직전 같았다. 수면 부족으로 충혈된 뢴의 눈은 자꾸 감기려 했다.

"이제 뭘 할까?" 뢴이 물었다.

"할 일이 많아. 할 수 있겠나?"

"뭐, 할 수 있을 것 같아." 뢴은 하품을 참으면서 말했다.

13.

마르틴 베크는 콜베리가 뉘만의 충성스러운 조수라고 묘사했던 남자의 신상 정보를 어렵지 않게 모았다. 그의 이름은 하랄드 홀트였고, 성인이 된 후 줄곧 경찰관으로 일해왔다. 홀트의 경력은 경찰 내부 자료만으로도 쉽게 재구성할 수 있었다.

홀트는 열아홉 살에 팔룬의 지방 보안관보로 일하기 시작했고, 지금은 지구대장이었다. 마르틴 베크가 찾은 정보에 따르면, 홀트와 뉘만이 처음 함께한 것은 1936년과 1937년에 스톡홀름의 같은 구역에서 순찰 경관으로 일할 때였다. 두 사람은 1940년대 중순에 시내의 다른 구역에서 재회했다. 둘 중 더 어린 뉘만은 그때 이미 경사였고, 홀트는 아직 순경이었다.

1950년대와 1960년대에 홀트는 제 나름 착실히 진급했고,

뉘만 밑에서 여러 차례 일했다. 뉘만은 아마 특수 임무에 함께할 보좌를 직접 고를 수 있었을 텐데 그때 그가 선호한 사람 중한 명이 훌트였던 것 같았다. 그리고 만약 뉘만이 정말로 콜베리가 말한 그런 인간이었다면, 그것은 물론 의심할 이유가 없는 사실인데, 뉘만의 "확고부동하게 충성스러운 조수"였다는 사람도 아마 대단히 흥미로운 정신 상태를 가진 사람일 터였다.

마르틴 베크는 하랄드 훌트가 궁금해졌다. 그래서 콜베리의 충고를 따라 그를 직접 만나보기로 결심했다. 먼저 전화를 걸어서 훌트가 집에 있는 걸 확인한 뒤 택시를 타고 레이메르스홀메섬의 주소로 찾아갔다.

훌트는 섬의 북단, 롱홀름스카날렌 해협에 면한 공동주택 중한 곳에 살았다. 집은 주변 지형에서 제일 높은 지점에 서 있었고, 일렬로 선 집들이 끝나는 지점에서 길도 뚝 끊겼으며, 길 건너편은 바다로 이어진 가파른 절벽이었다.

일대는 처음 개발된 1930년대 말로부터 달라진 점이 거의 없는 듯했다. 위치가 위치이다 보니 섬을 통과하는 차량 통행도 없었다. 레이메르스홀메는 드나드는 다리가 하나뿐인 작은 섬이고, 몇 안 되는 건물들은 드문드문 흩어져 있다. 오래된 양조장, 역시 오래된 공장들과 창고들이 섬의 3분의 1을 차지했다. 주택들 사이에 마당과 공터가 넓게 펼쳐져 있었고, 롱홀름스비

어느 끔찍한 남자

켄 만에 면한 해변은 사람의 손길을 타지 않아서 오리나무와 사시나무와 수양버들 같은 자연 식생이 물가까지 무성하게 우거졌다.

하랄드 홀트는 건물 2층의 방 두 개짜리 집에서 혼자 살았다. 집은 깨끗하고 단정했다. 너무 단정해서 적적해 보일 지경이었다. 사람이 살지 않는 집 같군, 마르틴 베크는 생각했다.

홀트는 예순쯤 되어 보였다. 크고 듬직한 체구, 각진 턱, 무표정한 회색 눈을 가진 사내였다.

두 사람은 창가의 반들반들하고 낮은 탁자에 마주앉았다. 탁자에는 아무것도 없었다. 창턱에도 아무것도 없었다. 그뿐 아니라 그 집에는 평범한 생활품이라고 할 만한 물건이 거의 없었다. 가령 종이가 한 장도 없었다. 신문조차 없었다. 마르틴 베크의 눈에 띈 책이라고는 작은 현관 선반장 위에 단정하게 세워진 세 권짜리 전화번호부뿐이었다.

마르틴 베크는 재킷 단추를 끄르고 넥타이를 살짝 풀었다. 플로리다 담뱃갑과 성냥갑을 꺼내고 재떨이를 찾아보았다.

홀트가 그의 시선을 좇았다.

"전 담배를 안 피웁니다. 평생 집에 재떨이를 둬본 적도 없는 것 같군요."

홀트는 부엌 찬장에서 흰 잔 받침을 가져왔다.

"뭘 좀 드릴까요?" 홀트가 다시 앉기 전에 물었다. "저는 벌써 마셨습니다만 커피를 내드릴 순 있습니다."

마르틴 베크는 고개를 저었다. 홀트가 국가범죄수사국 살인수사과 책임자인 자신에게 존칭을 써야 하는지 말아야 하는지 약간 고민한다는 게 느껴졌다. 홀트가 계급과 규율을 중시하는 옛날 사람이라는 뜻이었다. 홀트는 쉬는 날인데도 경찰복 바지, 연푸른색 셔츠, 넥타이 차림이었다.

"쉬는 날 아닙니까?" 마르틴 베크가 물었다.

"저는 거의 늘 제복을 입습니다. 그게 편합니다." 홀트는 무덤덤하게 대답했다.

"집이 좋군요." 마르틴 베크는 창밖 풍경을 흘끗 보면서 말했다.

"네, 그렇죠. 외롭긴 하지만."

홀트는 크고 두툼한 두 손을 한 쌍의 곤봉처럼 앞의 탁자에 내려놓은 뒤 마르틴 베크를 응시했다.

"혼자 삽니다. 아내는 삼 년 전에 죽었습니다. 암으로. 그후로는 무료하게 지냅니다."

홀트는 술도 담배도 하지 않았다. 책은 읽지 않을 게 분명했고, 신문도 보지 않는 것 같았다. 밖이 서서히 어두워지는 동안 그가 텔레비전 앞에 우두커니 앉아 있는 모습이 눈에 선했다.

어느 끔찍한 남자

"무슨 일입니까?"

"스티그 뉘만이 죽었습니다."

반응이 없었다. 남자는 손님을 공허한 눈으로 볼 따름이었다.

"네."

"알고 계셨겠죠."

"아니요. 하지만 뜻밖의 소식은 아닙니다. 스티그는 아팠으니까. 스티그의 육신이 그를 저버렸죠."

홀트는 언제 자신의 육신도 자신을 저버릴까 생각하는 사람처럼 곤봉 같은 두 손을 내려다보았다.

한참 뒤에 홀트가 물었다. "스티그를 알았습니까?"

"잘은 몰랐습니다. 당신을 아는 것 정도." 마르틴 베크가 대답했다.

"안다고도 못 하겠군요. 경감님하고 저는, 나는 두어 번 만난 게 전부이니까요."

홀트는 그 즉시 좀더 격식 없는 말투로 바꿔서 말을 이었다.

"나는 죽 행정경찰에만 있었습니다. 형사들하고는 어울릴 기회가 많지 않았죠."

"반면에 뉘만은 잘 아셨죠?"

"네. 오래 함께 일했습니다."

"뉘만은 어떤 사람이었습니까?"

"아주 좋은 사람이었습니다."

"제가 듣기로는 반대던데요."

"누가 그럽니까?"

"여러 사람이."

"잘못된 얘깁니다. 스티그 뉘만은 아주 좋은 사람이었습니다. 내가 말할 수 있는 건 그게 답니다."

"아하. 그렇다면 빠진 정보를 보충해주실 수 있겠네요." 마르틴 베크가 대꾸했다.

"무슨 정보 말입니까?"

"예를 들면, 당신도 많은 사람이 뉘만을 비판했다는 걸 알고 있겠죠. 뉘만을 싫어하는 사람이 많았다는 걸."

"아니요. 그런 얘기는 모릅니다."

"정말입니까? 또 예를 들면, 뉘만에게는 그만의 방식이 있었다던데요."

"그는 훌륭한 사람이었습니다." 홀트가 단조롭게 되뇌었다. "아주 유능했습니다. 진짜 사내였고, 최고의 상사였습니다."

"하지만 가끔 거친 수단을 동원했죠?"

"누가 그럽니까? 이제 그가 죽었으니까 옳다구나 하고 그를 헐뜯으려는 사람들이 말했겠죠. 그런 소리는 다 거짓말입니다."

"뉘만은 상당히 강압적인 편 아니었습니까?"

"상황에 따라서 꼭 필요한 정도로만 그랬습니다. 그 밖의 말은 다 중상모략입니다."

"하지만 뉘만에 대한 불평이 많이 제기되었던 건 알고 있죠?"

"아니요. 모릅니다."

"다르게 말해보죠. 저는 당신이 안다는 걸 압니다. 그의 직속 부하로 일했으니까요."

"새빨간 거짓말입니다. 훌륭하고 유능한 경찰관의 이름을 더럽히려는 거짓말."

"어떤 사람들은 뉘만이 결코 훌륭한 경찰관이 아니었다고 생각합니다."

"진실을 모르고 지껄이는 사람들 얘깁니다."

"당신은 진실을 알고요."

"그래요, 압니다. 스티그 뉘만은 내가 모신 최고의 지휘관이었습니다."

"어떤 사람들은 당신도 딱히 훌륭한 경찰관은 못 된다고 생각하던데요."

"그럴지도 모르죠. 경력에 오점은 없습니다만, 그래도 나는 훌륭한 경찰관이 아닐지도 모릅니다. 하지만 스티그 뉘만을 끌어내리려는 건 전혀 다른 얘기입니다. 만약에 누가 내 앞에서 그딴 소리를 하면……."

"하면?"

"입을 닥치게 해주죠."

"어떻게?"

"그건 내가 알아서 합니다. 나는 산전수전 다 겪었어요. 이일을 잘 압니다. 바닥부터 배웠으니까."

"스티그 뉘만에게?"

훌트는 다시 자기 손으로 시선을 떨어뜨렸다.

"그래요. 그렇게 말할 수도 있겠군요. 그는 내게 많은 걸 가르쳐줬으니까."

"예를 들면, 위증하는 법 말입니까? 서로 보고서를 베껴서 새빨간 거짓말에 지나지 않는 소리에 입을 맞추는 법? 유치장에 갇힌 사람을 윽박지르는 법? 경찰서로 유치인을 데려오는 도중에 어디 으슥한 곳에 차를 세우고 그 가련한 인간을 좀 손봐주고 싶다면 어느 장소가 제일 좋은가 하는 정보?"

"그런 이야기는 듣도 보도 못했습니다."

"전혀?"

"전혀."

"소문으로도 못 들었습니까?"

"그래요. 최소한 뉘만과 관련해서는."

"그러면 경찰이 기병도를 차고 다니던 시절에 뉘만을 도와서

어느 끔찍한 남자

파업 참가자를 벤 적도 없습니까? 뉘만의 명령을 따라서?"

"없습니다."

"대학생 농성자들을 말로 짓밟은 적은? 맨몸으로 시위에 나선 어린 학생들을 곤봉으로 때린 적은? 역시 뉘만의 지시를 따라서?"

홀트는 꼼짝하지 않고 앉아서 태연히 마르틴 베크를 볼 뿐이었다.

"없습니다. 그런 일은 한 번도 한 적 없습니다."

"경찰에 얼마나 오래 계셨습니까?"

"사십 년."

"뉘만은 언제부터 알았습니까?"

"1930년대 중순부터."

마르틴 베크는 으쓱하고는 차분하게 말했다.

"이상하네요. 그런데도 제가 지금까지 말한 이야기를 전혀 들어보지 못했다니. 스티그 뉘만은 질서 유지의 전문가로 일컬어졌는데요."

"일컬어진 정도가 아니에요. 최고였지."

"뉘만이 그 분야에서 한 일 중 하나로 경찰이 시위나 파업이나 소요 사태에 어떻게 대응해야 할지 그 방법을 제안한 것이 있었죠. 제안서에서 뉘만은 경찰이 기병도를 뽑아 들고 군중을

급습하는 방법 따위를 추천했습니다. 기병도가 사라진 뒤에는 경찰봉으로. 오토바이 경찰이 군중 속으로 오토바이를 몰고 들어가서 해산시키는 방법도 제안했죠."

"그런 일은 본 적 없습니다."

"맞습니다. 그 전술은 금지되었으니까요. 그랬다가는 경찰관이 오토바이에서 떨어져 다칠 위험이 너무 크다고 판단했죠."

"난 그런 일은 전혀 모릅니다."

"네, 아까도 모른다고 하셨죠. 뉘만은 또 최루 가스와 물대포 사용에 대해서도 독자적인 견해를 갖고 있었고, 전문가로서 그 견해를 공개적으로 밝혔습니다."

"내가 아는 건 스티그 뉘만이 꼭 필요한 것 이상의 무력은 결코 쓰지 않았다는 것뿐입니다."

"개인적으로는?"

"부하들이 그러는 것도 허락하지 않았고."

"한마디로 뉘만은 늘 옳았다? 늘 규정을 지켰다?"

"그래요."

"아무도 불평할 일이 없었다?"

"그래요."

"그런데도 뉘만을 직권남용으로 고발한 사람들이 있었단 말이죠." 마르틴 베크가 말했다.

"지어낸 말들이겠지요."

마르틴 베크는 일어나서 몇 발자국 오락가락했다.

"제가 말하지 않은 사실이 하나 있습니다. 이제 말씀드리죠."

"나도 말하고 싶은 게 있습니다." 홀트가 말했다.

"뭡니까?"

남자는 미동 없이 앉은 채 눈길만 창을 향했다.

"나는 쉬는 날에도 별로 할 일이 없습니다." 홀트가 입을 열었다. "아까 말했듯이, 마야가 죽은 뒤로는 삶이 무료해졌죠. 자주 여기 창가에 앉아서 지나가는 차를 헤아립니다. 하지만 이런 골목에는 차가 많이 다니지 않죠. 그래서 대체로 그냥 앉아서 생각이나 합니다."

홀트가 잠시 입을 닫았다. 마르틴 베크는 기다렸다.

"생각할 일도 많지 않습니다. 내가 살아온 인생에 대한 생각 외에는. 나는 이 도시에서 사십 년을 제복 경찰로 일했습니다. 그동안 얼마나 많은 사람이 내게 토했는지 압니까? 얼마나 많은 사람이 내게 침 뱉고, 혀 내밀고, 나를 돼지니 살인자니 하고 불렀는지 압니까? 내가 얼마나 많은 자살 현장을 치웠는지 압니까? 얼마나 많은 시간을 돈도 못 받고 초과근무했는지 압니까? 나는 평생 이 사회의 법과 질서를 유지하기 위해서 개처럼 일했습니다. 점잖은 시민들이 평화롭게 살 수 있도록, 조신

한 여자들이 강간당하지 않도록, 도둑이 상점 유리창을 깨고 눈에 보이는 걸 몽땅 훔쳐가는 일이 없도록. 폭삭 썩은 시체를 처리한 날, 집에 돌아와서 저녁을 먹으려고 앉으면 소맷부리에서 크고 허연 구더기가 떨어지곤 했습니다. 알코올 금단증상에 시달리는 엄마 대신 아기 기저귀를 갈아주곤 했습니다. 집 나간 새끼 고양이를 찾아줬고, 칼부림하는 사람을 막아섰습니다. 그동안 상황은 점점 더 나빠지기만 했죠. 폭력과 유혈 사태가 점점 더 많아졌고, 점점 더 많은 사람이 우리를 헐뜯었죠. 사람들은 늘 경찰에게 사회를 보호해줄 것을 요구하죠. 한때는 노동자들에 대항해서, 학생들에 대항해서, 나치에 대항해서, 공산주의자들에 대항해서. 하지만 이제는 보호하고 자시고 할 게 아무것도 남지 않았죠. 그래도 우리는 견뎠습니다. 조직 내부의 높은 사기 덕분에. 그리고 만약에 스티그 뉘만 같은 사람이 더 많았다면 사태가 오늘날처럼 되진 않았을 겁니다. 그러니 혹시 동료를 뒤에서 헐뜯는 소리를 듣고 싶은 거라면 나 말고 다른 사람을 찾아가보는 게 좋을 겁니다."

홀트는 두 손을 몇 센티미터쯤 들어올렸다가 쿵 하고 탁자를 세게 내리쳤다.

"자, 한바탕 웅변을 해버렸군요. 말해버리니 기분이 좋습니다. 그쪽도 순경이었겠죠?" 홀트가 물었다.

어느 끔찍한 남자

마르틴 베크는 끄덕였다.

"언제?"

"이십 년 전, 전쟁 직후에."

"그래요. 좋았던 시절이지." 홀트가 말했다.

뉘만을 옹호하는 연설은 끝난 모양이었다. 마르틴 베크는 목청을 가다듬었다.

"이제 제가 할말을 하죠. 뉘만은 병으로 죽은 게 아닙니다. 살해되었습니다. 우리 생각에는 복수가 범행 동기인 것 같습니다. 범인이 다른 사람들도 명단에 올려두었을 가능성이 있습니다."

홀트가 벌떡 일어나서 현관으로 나갔다. 벽에 걸린 제복 재킷을 내려서 입었다. 어깨띠를 조이고 권총집을 바로 했다.

"제가 찾아온 건 이 질문을 하고 싶어서였습니다." 마르틴 베크가 계속 말했다. "스티그 뉘만을 죽이고 싶어 할 만큼 그를 미워했던 사람이 누굴까요?"

"아무도 없습니다. 이제 가봐야 합니다."

"어디로?"

"일하러." 홀트는 이렇게 말한 뒤 문을 열어 보였다.

14.

에이나르 뢴은 팔꿈치를 탁자에 대고 손에 머리를 괸 채 읽고 있었다. 너무 피곤해서, 글자와 단어와 문장이 스르르 흘러가거나 축 늘어지거나 펄쩍 튀어오르는 것 같았다. 그가 낡은 레밍턴 타자기로 아무 실수 없이 뭔가를 타이핑하려고 할 때마다 꼭 글자가 위로 혹은 아래로 튀어서 찍히는 것처럼. 그는 하품을 하고 눈을 깜박이고 안경을 닦은 뒤 처음부터 다시 읽어보았다.

뢴의 앞에 놓인 글은 국영 주류 판매점의 갈색 종이봉투 조각에 손으로 쓴 글이었다. 맞춤법이 엉망이고 작성자의 손이 떨린 기색이 역력했지만 끈기 있게 정성껏 쓴 것 같았다.

스톡홀름 사법 옴부즈맨 귀하

어느 끔찍한 남자

올해 2월 2일에 저는 술을 마셨읍니다 봉급 받아서 레나트 보드카를 쿼터 샀읍니다 유르고르덴 페리 선착장에 안자서 노래했읍니다 그런데 경찰차가 왔읍니다 경찰관 세 명이 아직 애들이었고 나는 그 애들 아빠만큼 나이 만슙니다 하지만 만약에 애가 있다면 그런 못댄 놈들 아니라 인간이면 좋겠읍니다 차에서 내려서 나를 회색 폭스바겐 승합차로 끌고 갔읍니다 거기에 소매에 줄이 달린 경찰관이 또 있었읍니다 그 사람이 내 머리카락을 잡고 다른 경찰관들이 차에 태우고 그 사람이 내 얼굴을 바닥에 쿵쿵 때려서 피가 낫는데 그때는 피 나는 줄을 몰랐읍니다 그다음에 내가 철창에 있는데 덩치 큰 사람이 와서 문틈으로 나를 보고 웃고 다른 경찰관에게 문을 열라고 하고 소매에 널븐 줄이 있는 코트를 벗고 셔츠를 것고 철창에 들어와서 똑바로 서라고 하고 내가 경찰을 돼지라고 욕했다고 하고 내가 그랬을 수도 있지만 돼지라고 했다는지 나치라고 했다는지 모르겠는데 그때는 아무튼 술이 깼는데도 그 사람이 배를 주먹으로 때리고 다른 데도 때리고 내가 쓰러지니까 발로 배를 차고 다른 데도 차고 경찰을 놀리는 새끼는 어떠케 되는지 알겠지 하고 말했읍니다 저는 아침에 풀려낫읍니다 그때 소매에 줄이 있고 나를 차고 욕하고 때린 경찰관이 누구입니까 물었지만 자기들이 마음이 바끼어서 진짜로 본때를 보여주기 전에 꺼지라고 했읍니다 하지만 이름이 빌포르드이고 예테보리에서 왔다는 다른 경찰관이 나를 차고 욕하고 때린 사람은 뉘만 경감님이라고 알려주고 조용히 있는 게 좋다고 말했읍니다 저는 몇일 동안 생각해봤읍니다 저는 평범한 시민이고 술을 마시고 노래한 것 말고는 잘못한 게 업고 저의 권리를 찾고 십습니다 왜냐하면 평생 뼈빠지라 일한 불쌍한 술 치한 사람을 차고 때리는 사람은 경찰관이 되면 안 됩니다 왜냐하면 그런 사람은 좋은 사람이 아닙니다 이 이야기가 사실임을 맹세합니다

노동자 욘 베르틸손 올림

같이 일하는 친구 중에 별명이 교수인 친구가 있는데 그 친구가 저한테 이렇게 적어서 요즘 자주 잇는 이런 일을 고쳐야 한다고 말해서 이렇게 씁니다

공식 답변: 진정서에 언급된 경찰관은 스티그 오스카르 뉘만 경감이지만 그는 이 일을 전혀 모름. 지구대장 하랄드 홀트는 진정인 베르틸손을 체포했던 것을 기억함. 베르틸손은 말썽꾼이자 주정뱅이로 유명하다고 함. 베르틸손을 체포하는 과정에서, 그리고 이후 유치장에서 폭력은 쓰지 않았다고 함. 뉘만 경감은 심지어 비번이었음. 당직이었던 세 순경은 베르틸손에게 폭력이 쓰인 일은 없었다고 증언함. 진정인은 알코올의존증으로 정신이 온전하지 않은 듯하며 자주 말썽을 부림. 어쩔 수 없이 개입하는 순경들을

부당하게 몰아붙이는 습관이 있음.

끝에 붉은 도장이 찍혀 있었다. '기각'.

뢴은 울적하게 한숨을 쉬고는 진정인의 이름을 수첩에 적었다. 토요일에 일터에 처박혀서 시간외근무를 하게 된 여자 직원이 여봐란듯이 탕 하고 서류함 서랍을 닫았다.

여자는 뉘만의 이름이 어떤 식으로든 언급된 진정서를 지금까지 일곱 통 찾아주었다.

이제 하나를 처리했으니 여섯 통이 남았다. 뢴은 차례대로 읽었다.

다음 편지는 묵직한 리넨지에 완벽한 맞춤법으로 깔끔하게 타이핑되어 있었다. 본문은 다음과 같았다.

이달 14일 토요일 오후, 저는 폰토니에르가탄 15번지 건물 앞 인도에 다섯 살 딸과 함께 서 있었습니다.

저희는 그 건물에 병문안을 간 제 아내를 기다리고 있었습니다. 저희는 시간을 때우려고 인도에서 술래잡기를 하기 시작했습니다. 제 기억에 길에 다른 사람은 없었습니다. 그리고 말씀드렸듯이 토요일 오후였기 때문에 가게들은 다 닫았습니다. 따라서 하기의 일을 목격한 다른 증인은 없습니다.

제가 딸을 붙잡아서 번쩍 들었다가 내려놓았을 때, 순찰차 한 대가 와서 인도에 바싹 댔습니다. 순찰차에서 순경 두 명이 내려서 제게 다가왔습니다. 그중 한 명이 즉각 제 팔을 잡고 "개자식, 애한테 무슨 짓이야?" 하고 말했습니다. (미리 밝히자면, 저는 면바지와 바람막이 재킷을 입고 모자를 쓴 편한 복장이었습니다. 모두 깨끗하고 산 지 얼마 안 된 옷들이었지만, 문제의 순경에게는 허름해 보였을 수도 있을 것입니다.) 저는 너무 놀라서 바로 대꾸하지 못했습니다. 그러자 다른 순경이 제 딸의 손을 잡고 엄마한테 가보라고 말했습니다. 저는 그제야 제가 아빠라고 말했습니다. 그랬더니 순경이 제 팔을 등뒤로 꺾고 순찰차 뒷좌석에 저를 밀어넣었습니다. 몹시 아팠습니다. 경찰서로 가는 길에 한 순경이 주먹으로 제 가슴, 옆구리, 배를 때리면서 계속 "추잡한 아동 추행범"이니 뭐니 하는 욕설을 내뱉었습니다.

경찰서에서 저는 유치장에 갇혔습니다. 한참 뒤에 문이 열리더니 스티그 뉘만 경감이 들어왔습니다(당시에는 그의 이름을 몰랐지만 나중에 알아냈습니다). 그는 "네가 어린 여자애들을 쫓아다니는 놈인가? 내가 그 버릇을 고쳐주지" 하고 말하고 제 배를 세게 때렸습니다. 저는 너무 세게 맞아서 앞으로 고꾸라졌습니다. 숨을 고르자마자 제가 그 아이의 아빠라고 말했지만, 그는 아랑곳없이 무릎으로 제 사타구니를 찼습니다. 그 뒤에도 계속 저를 때렸는

어느 끔찍한 남자

데, 그러던 중 누군가가 와서 제 아내와 딸이 찾아왔다고 전했습니다. 제 말이 사실이란 걸 안 경감은 사과는 고사하고 자신의 행동을 변명하는 말 한마디 없이 저더러 가보라고만 말했습니다.

이에 저는 상기한 사건을 귀하가 살펴봐주시기를 바라며, 아무 죄 없는 시민을 가혹하게 다룬 뉘만 경감과 두 순경이 응분의 대가를 치르기를 요청합니다.

스투레 망누손

엔지니어

공식 답변: 뉘만 경감은 진정인을 기억하지 못함. 스트룀 순경과 로셍크비스트 순경은 진정인을 체포했던 것을 시인하지만, 진정인이 아이를 대하는 태도가 이상해서 그랬다고 주장함. 순경들은 진정인을 차에 태우고 내리게 하는 데 필요한 것 이상의 무력은 쓰지 않았다고 함. 당시 경찰서에 있었던 순경 다섯 명 중 진정인이 험한 취급을 받은 걸 목격했다는 사람은 아무도 없음. 뉘만 경감이 유치장에 들어가는 걸 보았다는 사람도 없으며, 모두들 경감이 들어가지 않았다고 볼 수 있을 것 같다고 진술함. 기각.

뢴은 종이를 옆으로 치우고 수첩에 메모한 뒤 다음 진정서로 넘어갔다.

스톡홀름 옴부즈맨 귀하

지난 금요일인 10월 18일, 저는 외스테르말릉스가탄의 친구 집에서 열린 파티에 갔습니다. 그랬다가 밤 10시쯤 다른 친구 하나와 함께 우리집으로 가려고 택시를 불렀습니다. 우리가 택시를 기다리면서 건물 현관에 서 있을 때 경찰관 두 명이 길 건너편에서 걸어왔습니다. 순경들은 길을 건너서 우리에게 다가오더니 우리더러 그 건물에 사느냐고 물었습니다. 우리는 아니라고 대답했고, 그러자 순경들은 "그러면 여기서 얼쩡거리지 말고 딴 데로 가봐" 하고 말했습니다. 우리는 택시를 기다리는 중이라고 말하고 계속 거기 있었습니다. 그러자 순경들은 우리를 좀 거칠게 붙잡아서 밀어내면서 딴 데로 가라고 말했습니다. 하지만 우리는 호출해둔 택시를 타고 싶었습니다. 그래서 그렇게 말했습니다. 그런데도 두 순경은 우리를 밀어내려고 했고, 우리가 계속 버텼더니 한 명이 경찰봉을 꺼내어 제 친구를 때리기 시작했습니다. 저는 친구를 보호하려고 했고 그러다가 저도 몇 대 맞았습니다. 이제 순경들은 둘 다 경찰봉을 꺼내어 우리를 힘껏 때렸습니다. 저는 어서 택시가 와서 그걸 타고 그 자리를 벗어날 수 있기를 바랐지만 택시는 오지 않았고, 결국 친구가 "이러다 맞아 죽겠어, 피하자" 하고 말했습니다. 우리는 칼라베겐으로 달려간 뒤 그곳에서 버스를 타고 우리집으로 왔습니다. 집에 와보니 둘 다 여기저기 멍이 들었습니다. 제 오른쪽 손목은 붓기 시작했고 심하게 멍이 들었습니다. 우리는 그 순경들이 있을 것으로 추측되는 경찰서로 가서 사건을 신고하기로 결심했습니다. 그래서 택시로 경찰서에 갔습니다. 두 순경은 안 보였지만 대신 뉘만 경감이라는 사람이 있었습니다. 경감은 우리에게 순경들이 돌아올 때까지 기다리라고 말했습니다. 순경들이 새벽 1시에 돌아오자, 뉘만 경감은 두 순경과 우리 둘까지 네 사람을 자기 방으로 불렀습니다. 그곳에서 우리는 당한 일을 말했습니다. 뉘만은 순경들에게 우리 말이 사실이냐고 물었고 순경들은 아니라고 대답했습니다. 경감은 당연히 순경들의 말을 믿었습니다. 그러고는 우리에게 정직하고 성실한 경찰관들을 음해하려는 수작을 그만두는 게 좋을 거라며 만일 또 그러면 본때를 보여주겠다고 말했습니다. 그다음에 썩 꺼지라고 말했습니다.

이제 저는 그때 뉘만 경감의 행동이 타당했는지 의문이 듭니다. 제가 진술한 내용은 절대 사실입니다. 제 친구가 증인입니다. 우리는 술에 취하지도 않았습니다. 저는 월요일에 직장 의사에게 손을 보여주었고, 의사는 지금 제가 동봉하는 진단서를 써주었습니다. 우리는 두 순경의 이름은 알아내지 못했지만 얼굴을 보면 알아볼 수 있습니다.

올로프 요한손 드림

뢴은 진단서의 내용을 완벽하게 이해하지는 못했다. 하지만 대충 손과 손목에 관절액이 새어 나와서 부었고 만약에 부기가 저절로 가라앉지 않는다면 주사로 빼내야 하며 식자공인 환자는 그런 일이 없도록 당분간 일을 삼가야 한다는 내용인 듯했다.

뢴은 이어서 공식 답변을 읽어보았다.

공식 답변: 스티그 O. 뉘만 경감은 사건을 기억함. 하지만 베리만 순경과 셰그렌 순경은 늘 정직하고 양심적인 근무 태도를 보여왔기 때문에 그들의 증언을 의심할 이유가 없었다고 함. 베리만 순경과 셰그렌 순경은 진정인과 그 친구를 경찰봉으로 때린 일은 없었다고 주장함. 오히려 그들이 거칠게 대들었으며 술에 취한 상태였던 것 같다고 말함. 셰그렌 순경은 두 남자 중 최소한 한 명에게서는 술냄새가 진하게 풍겼다고 주장함. 기각.

여자가 서랍을 탕탕 여닫던 걸 그만두고 뢴에게 왔다.

"그해의 서류 중에서는 뉘만 경감이 언급된 걸 더 못 찾겠습니다. 더 예전으로 거슬러 올라가지 않는 한……."

"아뇨, 됐습니다. 지금까지 찾은 것만 가져다주세요." 뢴이 애매하게 대답했다.

어느 끔찍한 남자

"더 계실 겁니까?"

"금방 끝납니다. 이것들을 훑어보기만 할 겁니다." 뢴이 대답하자, 여자가 그의 등뒤에서 멀어졌다.

뢴은 안경을 벗어 닦은 뒤 다시 읽기 시작했다.

하기 서명인은 홀몸으로 직장에서 일하면서 아이 하나를 키우는 양육자입니다. 아이는 네 살입니다. 일하는 동안에는 아이를 탁아소에 맡겨둡니다. 저는 일 년 전 남편이 교통사고로 죽은 뒤로 정신적으로나 육체적으로나 건강이 좋지 않습니다.

지난 월요일에 저는 평소처럼 아이를 탁아소에 맡기고 출근했습니다. 그런데 오후에 직장에서 무슨 일이 있었습니다. 무슨 일인지 여기에 자세히 적진 않겠지만, 아무튼 그 때문에 신경이 날카로워졌습니다. 직장 의사는 제 상태를 알기 때문에 제게 진정제 주사를 놔준 뒤 택시로 집에 보냈습니다. 저는 집에 왔지만 주사가 효과가 별로 없는 것 같아서 진정제를 두 알 더 먹었습니다. 그 후 탁아소에 있는 아이를 데리러 갔습니다. 제가 두 블록을 걸어갔을 때 순찰차가 와서 서더니 경찰관 두 명이 차에서 내려서 저를 뒷좌석에 밀어넣었습니다. 저는 약 때문에 좀 어지러웠습니다. 그래서 어쩌면 길에서 좀 비틀거렸을지도 모릅니다. 하지만 경찰관들이 저를 깔보는 것으로 봐서 그 사람들은 제가 술 취했다고 생각하는 것 같았습니다. 저는 상황을 설명하고 아이를 데리러 가야 한다고 말했지만, 그들은 계속 저를 비웃기만 했습니다.

경찰서에서 그들은 저를 대장에게 데려갔습니다. 그런데 그 사람도 제 말을 들어주지 않았고 그들에게 "한숨 재워서 깨워 보내라"라고 지시했습니다.

유치장에는 버저가 있었습니다. 저는 그걸 계속 눌렀습니다. 하지만 아무도 오지 않았습니다. 저는 아이를 데리러 가야 한다고 고래고래 소리쳤지만, 아무도 들어주지 않았습니다. 탁아소는 오후 6시에 닫습니다. 그때까지 아이를 데리러 가지 않으면 탁아소 선생님들이 당연히 불편해합니다. 그런데 저는 5시 30분에 유치장에 갇혔습니다.

저는 누가 되었든 좋으니까 관심을 끌려고 애썼습니다. 탁아소에 전화를 걸게 해달라고, 그래서 아이를 부탁하려고 애썼습니다. 정말로 애가 끓어서 어쩔 줄을 몰랐습니다.

하지만 그 사람들은 밤 10시가 되어서야 저를 풀어줬습니다. 그때 저는 너무 걱정되고 괴로워서 미칠 지경이었습니다. 아직도 그 충격에서 회복하지 못해서 병가를 내고 쉬고 있습니다.

편지를 쓴 여자는 자신의 주소, 탁아소 주소, 직장명, 의사 이름, 자신이 끌려갔던 경찰서 이름도 적어두었다.

편지 뒷면에 적힌 답변 내용은 이랬다.

공식 답변: 본문에 언급된 순경은 한스 렌나르트 스벤손과 예란
브로스트룀을 말함. 두 순경은 여자가 잔뜩 취한 듯하기에 선의로
그런 것이라고 진술함. 스티그 오스카르 뉘만 경감은 여자가 약에
너무 취한 나머지 횡설수설했다고 말함. 기각.

뢴은 편지를 내려놓고 한숨을 쉬었다. 국가경찰청장의 인터뷰
에서 지난 삼 년간 옴부즈맨에 경찰 직권남용을 고발한 진정서
가 총 742통이 접수되었으며 그중 검사에게 전달되어 법적 조치
가 취해진 사건은 한 건뿐이라는 사실을 읽었던 게 떠올랐다.

그게 무슨 뜻이겠어, 뢴은 생각했다.

청장이 그 통계를 공표했다는 사실은 뢴이 그 양반의 지적 능
력에 대해 기존에 내렸던 평가를 새삼 확인해줄 뿐이었다.

다음 글은 짧았다. 스프링 노트에서 뜯은 괘선 종이에 연필
로 쓴 편지였다.

존경하는 옴부즈맨께.

지난 금요일에 저는 술에 취했습니다. 전에도 만취한 적 있었고
그때 경찰이 저를 경찰서로 데려가면 하룻밤 자고 나오고 그랬기

때문에 이날만 특이한 건 아니었습니다. 저는 말썽을 부리지 않는 조용한 사람입니다. 그래서 지난 금요일에 경찰이 저를 데려갔을 때도 평소처럼 유치장에서 하룻밤 자고 나오면 되겠지 하고 생각했는데, 슬프게도 착각이었습니다. 전에도 그 경찰서에서 본 적 있는 경찰관 한 명이 유치장으로 들어와서 저를 때리기 시작했습니다. 저는 아무 잘못도 안 했기 때문에 놀랐습니다. 그런데도 그 경찰관은 제게 욕을 퍼붓고 난리를 부렸습니다. 그 사람이 틀림없이 서장인 것 같았는데, 아무튼 그가 저를 때리고 욕했습니다. 이에 저는 그 경찰관이 또 그런 짓을 벌이지 않도록 이렇게 신고합니다. 그는 키가 크고 덩치도 좋았고 재킷에 금으로 된 견장이 달려 있었습니다.

요엘 요한손 드림.

공식 답변: 진정인은 문제의 경찰서뿐 아니라 여러 곳에서 무수히 자주 주정을 부렸음. 언급된 경찰관은 스티그 뉘만 경감인 듯. 경감은 진정인의 이름은 익숙하지만 직접 본 적은 없다고 주장함. 자신이든 다른 경찰관이든 유치장에 있는 진정인을 괴롭힌 일은 없었다고 말함. 기각.

뢴은 수첩에 메모하면서 나중에 자기 글씨를 알아볼 수 있었

어느 끔찍한 남자

으면 좋겠다고 생각했다. 남은 두 진정서를 읽기 전에 안경을 벗고 욱신거리는 눈을 비볐다. 눈을 몇 번 깜박거린 뒤 다시 읽었다.

제 남편은 헝가리 출신이라서 스웨덴어를 잘하지 못합니다. 그래서 아내인 제가 대신 씁니다. 제 남편은 오래전부터 간질을 앓았기 때문에 지금은 퇴직한 상태입니다. 병 때문에 가끔 발작을 일으켜서 쓰러지는데, 보통은 언제 발작이 날지 느낌이 오기 때문에 집에 머무릅니다. 하지만 느낌이 오지 않을 때도 있습니다. 그러면 어디에서든 발작을 겪을 수 있습니다. 남편은 의사에게 처방받은 약을 복용하고 있고, 저는 결혼해서 함께 사는 동안 남편을 보살피는 방법을 터득했습니다. 제가 강조하고 싶은 것은 제 남편이 절대 하지 않았고 앞으로도 하지 않을 일은 바로 음주라는 것입니다. 남편은 죽는 한이 있어도 술을 입에 대지 않습니다.
이제 남편과 저는 지난 일요일에 남편이 지하철에서 집으로 걸어오다가 겪은 일을 신고하고자 합니다. 남편은 축구 시합을 관람하고 돌아오는 길이었습니다. 그런데 지하철에 앉아 있을 때 곧 발작이 올 것 같다는 느낌이 들었다고 합니다. 그래서 서둘러 걸어오다가 길에서 쓰러졌는데, 깨어나보니 자신이 유치장 침대에 누워 있더라고 합니다. 그때쯤 남편은 몸이 나았지만 약을 먹어야 했습니다. 아내인 제가 기다리는 집으로 돌아가고 싶었습니다. 하지만 남편은 몇 시간이나 더 있다가 풀려났습니다. 경찰관들은 제 남편이 취했다고 생각했는데, 남편은 술을 한 방울도 입에 대지 않는 사람이니 취한 건 절대로 아니었습니다. 남편은 풀려나기 전에 경감의 방으로 불려갔습니다. 그곳에서 경감에게 자신은 취한 게 아니라 아픈 거라고 설명했습니다. 하지만 경감은 남편의 말을 들으려고도 하지 않았습니다. 오히려 남편에게 앞으로는 맑은 정신으로 다니는 게 좋을 거라고 말했고 주정뱅이 외국인이라면 질리게 겪었다고 말했습니다. 그러니까 제 남편이 주정뱅이 외국인이라는 말이었습니다. 하지만 남편이 스웨덴어를 잘 못하는 건 어쩔 수 없는 일입니다. 남편은 경감에게 자신은 술을 마시지 않는다고 말했습니다. 그러자 경감은 남편의 말을 잘못 들었는지 어쨌는지 벌컥 화를 내면서 남편을 바닥에 쓰러뜨렸고, 그다음에 멱살을 쥐고 일으켜서 밖으로 내던졌습니다. 남편은 그제야 집에 왔습니다. 저는 물론 밤새 미치도록 걱정하면서 병원마다 죄다 전화를 걸어봤습니다. 경찰이 아픈 사람을 끌고 가서 유치장에 처넣고는 그이가 흉악한 범죄자인 것처럼 때리기까지 할 줄을 제가 어떻게 알았겠습니까?

저희에게는 시집간 딸이 하나 있습니다. 딸이 저희에게 옴부즈맨에 신고하라고 알려주었습니다. 축구 경기가 끝난 것은 7시였지만, 남편이 귀가했을 때는 자정이 넘어 있었습니다.

에스테르 너지 드림.

공식 답변: 진정서에 언급된 경감은 스티그 오스카르 뉘만으로,
경감은 너지를 기억하지만 그를 정중하게 대했으며 가급적 빨리
집에 보내주었다고 진술함. 너지를 경찰서로 데려왔던 라르스 이
바르 이바르손 순경과 스텐 홀름그렌 순경은 남자가 술이나 약에
취한 것 같은 몸가짐이었다고 주장함. 기각.

마지막 진정서는 경찰관이 작성한 것이라는 점에서 가장 흥
미로웠다.

스톡홀름 16, 사서함 16327, 베스트라 트레드고르스가탄 4번지,
의회 옴부즈맨 사무실.
본인은 1961년 9월 1일과 1962년 12월 31일에 스티그 오스카르
뉘만 경감과 팔몬 하랄드 홀트 경사의 직무유기에 대해서 본인이
제기했던 청원을 사법 옴부즈맨 센터가 재검토 및 재고해주시기
를 정중히 요청합니다.
오케 레인홀드 에릭손 순경

"아, 이 사람." 뢴이 혼잣말했다.

이어서 공식 답변을 보았더니, 특이하게도 답변이 본문보다 길었다.

공식 답변: 언급된 청원이 과거에 이미 꼼꼼히 조사되었던 점, 청원에 관련된 사건이 일어났다고 하는 시점이 오래된 점, 그리고 진정인이 지난 몇 년간 진정서를 무수히 자주 올렸던 점을 고려할 때 문제의 청원을 현재 재검토할 이유는 없다고 판단됨. 그리고 본 조사자가 알기로는 진정인의 지난 주장을 뒷받침할 만한 사실이나 증거가 새롭게 등장한 것도 없으므로, 진정인의 이번 청원은 다른 조치 없이 기각하기로 결정함.

뢴은 고개를 설레설레 흔들면서 자신이 제대로 읽은 건지 모르겠다고 생각했다. 어쩌면 아닐지도. 아무튼 조사자의 이름을 읽지 못하겠다는 것만은 분명한 사실이었고, 뢴도 에릭손 순경 사건에 대해서는 나름대로 아는 바가 있었다.

글자가 스르르 흐르거나 뒤틀리는 현상이 아까보다 심해졌다. 여자가 문서를 한 뭉치 더 가져와서 뢴의 오른 팔꿈치 옆에 놓았을 때, 그는 자신도 모르게 그것을 손으로 물리칠 뻔했다.

"더 거슬러 올라갈까요?" 여자가 퉁명스럽게 물었다. "홀트

어느 끔찍한 남자

라는 사람이 언급된 서류도 찾아볼까요? 그쪽 성함이 언급된 서류도?"

"안 그래도 될 것 같습니다." 뢴은 온순하게 대꾸했다. "이 마지막 문서에 나오는 이름들만 옮겨 적으면 가도 됩니다. 우리 둘 다."

뢴은 눈을 깜박거리면서 수첩에 끄적끄적 적었다.

"원하신다면 울홀름 씨의 진정서들도 찾아올 수 있는데요." 여자가 신랄하게 말했다.*

---

* 울홀름은 세상만사에 불평불만이 많아서 옴부즈맨에 진정서를 남발하기로 유명한 경찰관으로 '마르틴 베크' 시리즈 4권 『웃는 경관』에 처음 등장한 뒤 5권 『사라진 소방차』에도 재등장했다. 그 대목들을 읽어보면 4권에서 울홀름과 함께 임무를 수행했던 뢴도 그에게 고발당했다는 걸 알 수 있다.

15.

사밧스베리 병원으로 가던 중, 렌나르트 콜베리는 문득 자신이 참가하고 싶은 우편 체스 토너먼트 대회에 신청비를 내지 않았다는 사실을 떠올렸다. 접수 마감이 월요일이었다. 그는 바사파르켄 공원 옆에 차를 대고 텐스토페트 식당 맞은편의 우체국으로 갔다.

우편환 송금서를 작성한 뒤 콜베리는 줄에 서서 얌전히 차례를 기다렸다.

바로 앞에는 염소가죽 코트를 입고 털모자를 쓴 남자가 서 있었다. 콜베리가 줄에 섰을 때면 으레 그렇듯이, 앞사람은 하필이면 복잡한 용무를 스무 가지쯤 갖고 있는 사람 같았다. 남자는 우편환 송금서, 대금상환우편물 수취서, 항공우편물 따위를 한 묶음 들고 있었다.

콜베리는 듬직한 어깨를 으쓱하고 한숨을 쉰 뒤 기다렸다. 그때 앞사람이 든 종이 꾸러미에서 작은 종잇조각 하나가 빠져서 나풀나풀 바닥에 떨어졌다. 우표였다. 콜베리는 몸을 숙여서 우표를 집었다. 앞사람의 어깨를 두드렸다.

"이걸 떨어뜨리셨습니다."

고개를 돌려 콜베리를 본 남자의 갈색 눈에 놀란 표정, 상대를 알아본 표정, 싫어하는 표정이 차례대로 떠올랐다.

"이걸 떨어뜨리셨습니다." 콜베리는 다시 말했다.

"망할 놈의 세상." 남자가 느리게 웅얼거렸다. "우표만 떨어뜨려도 경찰이 참견하나."

콜베리는 우표를 내밀었다.

"가져요." 남자는 이렇게 대꾸하고 고개를 휙 돌렸다.

잠시 후, 우편 업무를 다 처리한 남자는 콜베리에게는 눈길조차 주지 않고 걸어나갔다.

콜베리는 어안이 벙벙했다. 무슨 농담인가도 싶었지만 남자에게는 농담하는 기색이 전혀 없었다. 콜베리는 원래 얼굴을 잘 알아보지 못해서 아는 사람인데도 못 알아보기 일쑤였으니, 상대가 자신을 알아보는데도 콜베리는 상대가 누구인지 감도 잡히지 않는다는 사실 자체는 이상할 게 없었다.

콜베리는 신청비를 보냈다.

그러고는 의심하는 눈초리로 우표를 살펴보았다. 우표는 꽤 예뻤다. 새가 그려져 있었다. 새롭게 발매된 우표 시리즈 중 한 점이었는데, 만약 콜베리가 정확히 이해한 것이라면 이 우표를 단 우편물은 특별히 더 더디게 전달되도록 보장한다는 것 같았다. 우체국이 곧잘 벌이는 교묘한 술책이었다.

아니야, 우체국은 사실 썩 잘 돌아가는 편이니까 불평해선 안 돼, 콜베리는 생각했다. 게다가 몇 년 전에 도입된 우편번호 제도의 여파에서 아직 완전히 회복하지 못한 것 같으니까.*

콜베리는 인생이란 얼마나 기이한가 하는 상념에 빠진 채 병원으로 차를 몰았다.

살인이 일어난 병동은 여태 출입이 통제되고 있었다. 뉘만의 병실도 크게 달라진 점이 없었다.

하지만 이제 그곳에는 군발드 라르손이 있었다.

렌나르트 콜베리와 군발드 라르손은 서로 그다지 좋아하지 않았다. 하기야 군발드 라르손을 좋아하는 사람은 한 손가락으로 너끈히 꼽을 수 있었고, 그 사람이 누구인지도 다들 알았다. 뢴이었다.

---

* 스웨덴은 이 소설의 배경으로부터 삼 년 전인 1968년에 우편번호 제도를 도입했다.

　　　　　　　　　　　　　　　어느 끔찍한 남자

자신들이 함께 일해야 할지도 모른다는 생각은 콜베리에게나 군발드 라르손에게나 몹시 달갑지 않은 생각이었다. 하지만 현재로서는 그럴 위험이 크지 않은 듯했다. 두 사람은 단지 불가피한 상황 때문에 한방에 있는 것뿐이었다.

그 상황이란 뉘만이었고, 그 뉘만은 참으로 불쾌한 모습이어서, 콜베리는 저도 모르게 "으음" 하고 신음했다.

군발드 라르손이 마지못해 동의한다는 듯이 찡그리고는 물었다.

"이자를 알았나?"

콜베리는 끄덕였다.

"나도. 이자는 이 조직에 강림한 최고의 개새끼들 중에서도 최고의 개새끼였지. 다행히 나는 함께 일할 일이 많지 않았지만."

군발드 라르손은 행정경찰로 일한 적이 없었다. 형식상 잠깐 적을 둔 것이 전부였다. 그는 경찰이 되기 전에 선원이었다. 처음에는 해군에서, 다음에는 상선에서 일했다. 따라서 콜베리나 마르틴 베크처럼 바닥부터 차근차근 밟아온 경우라고는 할 수 없었다.

"수사는 어떻게 되고 있나?" 콜베리가 물었다.

"뻔한 사실 외에는 별 단서가 없어 보이는데. 웬 미친놈이 저 창으로 들어와서 이자를 난도질했다는 것, 그것도 인정사정없이 난도질했다는 것 외에는."

콜베리가 끄덕였다.

"하지만 저 총검은 흥미롭단 말이야." 군발드 라르손이 혼잣말처럼 중얼거렸다. "저걸 휘두른 놈은 방법을 제대로 알았어. 저런 칼에 익숙한 놈이라고. 어떤 놈이 그럴까?"

"맞는 말이야." 콜베리가 맞받았다. "예를 들면 군인. 아니면 도축업자."

"경찰관." 군발드 라르손이 덧붙였다.

스웨덴 경찰을 통틀어서 군발드 라르손만큼 동료애와 그릇된 충성심에 쉽게 감염되지 않는 자가 또 없을 터였다.

"너무 나간 생각이야, 라르손."

"그럴지도. 자네도 이 사건에 붙나?"

콜베리가 끄덕였다.

"자네도?"

"그런 것 같군."

두 사람은 기쁜 기색이라고는 눈곱만큼도 없는 얼굴로 서로를 보았다.

"어쩌면 같이 일하지 않아도 될지도 몰라." 콜베리가 말했다.

"어떤 상황에서도 희망을 버려선 안 되지." 군발드 라르손이 말했다.

16.

오전 10시가 다 되어가는 시각, 마르틴 베크는 쇠데르멜라르스트란드 거리를 걸어서 슬루센 부두 쪽으로 가면서 내리쬐는 햇살에 땀을 흘렸다. 해가 그렇게 따가운 건 아니고 리다르피에르덴 만에서 불어오는 바람도 찼지만, 그는 따뜻한 겨울 코트를 입고 빠르게 걷고 있었다.

그는 쿵스홀름스가탄까지 태워주겠다는 홀트의 제안을 거절했다. 차에서 잠들까 봐 걱정되기도 했고 힘차게 걸으면 정신이 날 것 같았다. 그는 코트 단추를 끄르고 발걸음을 늦췄다.

슬루센에서 공중전화로 쿵스홀멘 경찰서에 전화를 걸었더니 뢴은 아직 돌아오지 않았다고 했다. 뢴이 돌아올 때까지는 그가 딱히 할 일이 없었고, 뢴은 최소한 한 시간은 더 있어야 복귀할 듯했다. 만약 지금 집에 간다면 침대에 십 분은 누워 있을 수 있었다. 마르틴 베크는 몹시 피곤했다. 침대 생각이 간절했다. 자명종을 맞춰두면 한 시간은 잘 수 있었다.

그는 단호한 걸음걸이로 슬루스플란 광장을 가로질러 예른토리스가탄 거리로 갔지만, 예른토리에트 광장으로 나온 뒤에는 걸음을 늦췄다. 생각해보니 자명종이 울려서 한 시간 뒤에 깼을 때도 여전히 피곤할 터였고, 일어나기가 무진장 힘들 터였고, 다시 옷을 입고 쿵스홀름으로 돌아가기가 정말로 싫을 터였다. 하지만 잠시라도 좋으니 옷을 벗고 샤워라도 한다면 좋을 것 같았다.

그는 자신의 우유부단함에 마비된 것처럼 광장 한가운데에 우뚝 섰다. 피곤 탓으로 돌려도 되겠지만 짜증이 나기는 마찬가지였다.

방향을 바꿔서 셉스브론 쪽으로 갔다. 셉스브론에 다다르면 어떻게 할지 자신도 알 수 없었지만 순간 지나가는 택시를 보고 얼른 마음을 정했다. 어딘가로 가서 사우나를 하기로.

므두셀라만큼 늙어 보이는 기사는 계속 덜덜 떨었다. 노인은 이가 몽땅 빠진 듯했고 귀도 먹은 듯했다. 조수석에 탄 마르틴 베크는 기사가 시력만큼은 간직하고 있기를 바랐다. 기사는 개인택시를 갖고 있지만 한동안 운행하지 않았던 것 같았다. 방향

어느 끔찍한 남자

을 몇 번이나 잘못 꺾은데다가 한번은 우측통행이 도입된 걸 깜박한 사람처럼 왼쪽 차선으로 넘어갔다*. 내내 음침하게 중얼거리다가 주기적으로 마른기침을 터뜨렸는데 그때마다 늙고 메마른 몸이 흔들렸다. 마침내 기사가 센트랄바데트 욕탕 앞에 차를 세웠을 때, 마르틴 베크는 자신이 온전한 몸으로 어딘가에 도착했다는 사실에 놀란 나머지 팁을 너무 많이 줬다. 사시나무처럼 떨리는 노인의 손을 보고는 영수증도 받지 않기로 했다.

마르틴 베크는 매표 창구에서 잠시 망설였다. 평소에는 수영장이 있는 아래층을 이용했지만 지금은 수영이 내키지 않았다. 그래서 대신 한증탕이 있는 위층 표를 샀다.

만약을 위해서, 수건을 건네주는 욕탕 직원에게 11시에 깨워달라고 부탁했다. 그러고는 제일 뜨거운 사우나실로 들어가서 앉았다. 곧 온몸의 땀구멍에서 땀이 흘렀다. 샤워를 한 뒤 작은 냉탕에 몸을 잠시 담갔다. 물기를 닦고 대형 수건으로 몸을 감고 자기 칸막이에 들어가서 누웠다.

눈을 감았다.

뭔가 위안이 되는 생각을 떠올리고 싶었지만 생각은 자꾸 하

---

* 스웨덴은 원래 차량이 좌측통행을 했지만 이 소설의 배경으로부터 사 년 전인 1967년에 우측통행으로 바뀌었다.

랄드 홀트에게 돌아갔다. 쓸쓸하고 몰개성적인 집에서 할 일 없이 혼자 우두커니 앉아 있는 홀트. 쉬는 날에도 제복을 입는 홀트. 경찰관으로 일하는 것 외에는 인생에 다른 일이 아무것도 없는 홀트. 일마저 빼앗긴다면 그의 인생에는 아무것도 남지 않을 것이다.

마르틴 베크는 홀트가 퇴직 후에는 어떻게 지낼지 궁금했다. 어쩌면 탁자에 손을 얹고 창가에 앉은 채로 조용히 시들어갈지도 모른다.

홀트에게 사복이 한 벌이라도 있을까? 아마 없을 것이다.

마르틴 베크는 눈이 욱신거리고 눈꺼풀이 따끔거렸다. 눈을 뜨고 천장을 보았다. 너무 피곤해서 잠도 오지 않았다. 팔로 얼굴을 가리고 긴장을 풀려고 애썼다. 하지만 소용없었다. 온몸의 근육이 잔뜩 긴장해 있었다.

마사지실에서 누가 몸을 철썩철썩 때리는 소리, 돌의자에 물을 좍좍 끼얹는 소리가 들려왔다. 근처의 다른 칸에서 누가 드르렁드르렁 코를 골았다.

마르틴 베크의 눈앞에 갑자기 뉘만의 절단된 시신이 떠올랐다. 콜베리가 해준 말도 떠올랐다. 뉘만이 사람을 죽이는 법을 가르쳐줬다는 말.

마르틴 베크는 사람을 죽인 적이 없었다.

어느 끔찍한 남자

그러면 과연 어떤 기분일까 상상해보았다. 총으로 쏘아 죽이는 것을 상상한 건 아니었다. 그건 그다지 어렵지 않을 것 같았다. 방아쇠를 당기는 데 드는 힘은 실제로 사람을 죽이는 총알의 힘에 비하면 아무것도 아니니까. 총으로 죽이는 데는 물리적인 힘이 많이 들지 않거니와, 피해자와의 거리가 멀기에 죽인다는 행위가 그다지 직접적으로 느껴지지 않을 것이다. 하지만 사람을 손수 죽이는 것, 밧줄로든 칼로든 총검으로든 손수 죽인다는 것은 전혀 다른 일이다. 그는 병실의 돌바닥에 널브러져 있던 시신을 떠올렸다. 쩍 갈라진 목, 피, 배에서 쏟아져 나온 내장. 자신은 결코 그런 식으로 사람을 죽일 순 없으리라.

마르틴 베크는 그동안 경찰로 살면서 자신이 겁쟁이일까 하는 질문을 스스로에게 자주 던져보았다. 그리고 나이가 들수록 대답을 확실히 알 것 같았다. 그래, 나는 겁쟁이야. 하지만 젊었을 때와는 달리 이제는 그 답이 크게 신경쓰이지 않았다.

한편 자신이 죽음을 두려워하는가 하는 질문에 대해서는 대답에 확신이 들지 않았다. 남이 어떻게 죽었는지를 캐는 것이 직업이다 보니 자신의 죽음에 대한 두려움은 옅어졌다. 마르틴 베크가 자신의 죽음을 상상하는 일은 거의 없었다.

욕탕 직원이 칸을 똑똑 두드려서 11시가 되었다고 알려주었다. 그는 한숨도 눈을 붙이지 못한 상태였다.

17.

마르틴 베크는 뢴을 보고 죄책감이 들었다. 지난 서른 시간
동안 눈을 붙인 시간은 두 사람이 같았지만, 달리 말해 한숨도
못 잔 것은 둘 다 마찬가지였지만, 그래도 마르틴 베크는 뢴에
비하면 편하게 시간을 보냈다. 호사스럽게 보냈다고 할 수도 있
었다.

뢴은 이제 눈 흰자위가 코만큼 빨갰고, 뺨과 이마는 병자처
럼 파리했고, 아래 눈두덩은 불룩하고 거뭇했다. 뢴은 하품을
쩍쩍 하면서 책상 서랍을 더듬어 전기면도기를 찾았다.

피곤한 영웅들이로군, 마르틴 베크는 생각했다.

마르틴 베크는 마흔여덟 살이고 뢴은 마흔세 살이니 둘 중에
서는 뢴이 더 젊었지만, 밤을 꼬박 새우고도 말짱하던 시절이

옛말이라는 건 둘 다 같았다.

그리고 뢴은 여전히 자진하여 정보를 풀어놓을 생각은 없는 듯했다. 마르틴 베크는 하는 수 없이 먼저 물었다.

"뭐 좀 찾았나?"

뢴은 자기 수첩이 죽은 고양이라도 되는 양, 혹은 멀리하고 싶은 물건이라도 되는 양 불쾌해하면서 그것을 가리켰다.

"저기⋯⋯." 뢴의 목소리는 잠겨 있었다. "이름을 스무 개쯤 적어 왔어. 뉘만이 서장이던 마지막 해랑 그 이전 두어 해 동안 접수된 진정서만 훑어서 그를 고발했던 사람들의 이름과 주소를 적어 왔어. 진정서를 전부 다 살펴보려고 했다면 하루 종일 걸렸을 거야."

마르틴 베크가 끄덕였다.

"정말이야." 뢴이 계속 말했다. "내일도 모레도⋯⋯ 글피까지 봐야 했을걸."

"그보다 더 오래된 것들까지 뒤질 필요는 없을 것 같아. 자네가 지금 찾아온 것들도 꽤 오래된 것들이지."

"그런 것 같아."

뢴은 전기면도기 줄을 질질 끌면서 힘없이 방을 나갔다.

마르틴 베크는 뢴의 책상에 앉아서 미간을 찌푸리며 뢴의 글씨를 해독하기 시작했다. 좁쌀만 하게 끼적인 뢴의 글씨는 늘 알아보기 어려웠다. 아마 영원히 알아보기 어려울 것이다.

메모를 다 읽은 뒤 그는 속기용 노트에 이름, 주소, 고발 사유를 옮겨 적었다.

욘 베르틸손, 육체 노동자, 예트가탄 20번지, 구타.

이런 식이었다.

뢴이 세면실에서 돌아왔을 때는 명단 작성이 끝나 있었다. 총 스물두 명이었다.

뢴은 세수를 했다고 해서 썩 나아진 건 없어 보였다. 세상에 그보다 더 딱해 보일 수는 없을 것 같던 아까의 모습보다 오히려 더 딱해 보였다. 마르틴 베크는 뢴이 기분만이라도 덜 꾀죄죄하게 느끼기를 바랐다. 그가 덜 피곤하게 느끼기를 바라는 건 불가능한 요구였다.

약간의 격려가 필요한 상황일까? 요즘은 그런 걸 '펩 토크'라고 부르던데.

"자, 에이나르. 우리 둘 다 집에 가서 자야 하는 상태인 건 알아. 하지만 조금만 더 버티면 뭔가 건설적인 실마리를 찾아낼 수 있을지도 몰라. 해볼 만하잖아?"

"그런 것 같군." 뢴의 말투는 회의적이었다.

"예를 들어, 자네가 앞의 열 명을 맡고 내가 나머지를 맡으면 이들의 현재 소재를 금방 알아낼 수 있을 거야. 이 사람들을 용의선상에서 지우는 소득이라도 있겠지. 어때?"

"자네가 그렇다면 그렇겠지."

뢴의 목소리에 확신이라고는 없었다. 결의나 의욕 같은 건 더 말할 것 없었다. 뢴은 눈을 깜박이면서 몸을 부르르 떨었다. 하지만 곧 책상에 얌전히 앉아서 전화기를 당겼다.

마르틴 베크도 내심으로는 이 작업이 무의미해 보인다는 것을 인정했다.

뉘만이 그동안 경찰관으로 일하면서 괴롭혔던 사람은 넉넉히 수백 명은 될 것이다. 그중 극소수만이 진정서를 썼을 테고, 뢴이 간략한 조사로 알아낸 이름은 그중에서도 또 소수일 것이다.

하지만 마르틴 베크는 오랜 경험을 통해서 자신들이 하는 일은 대부분 무의미하다는 것을 알았고, 장기적으로는 소득이 있는 작업이라도 처음에는 거의 모두 무의미해 보인다는 것도 알았다.

그는 옆방으로 가서 전화를 걸기 시작했다. 하지만 겨우 세 통을 걸고는 생각이 곁길로 새는 바람에 수화기에 손을 얹고 가만히 있었다. 명단에 있는 사람들 중 누구의 소재도 알아내지 못했지만, 이제 그는 전혀 다른 문제를 생각하고 있었다.

잠시 후 그는 수첩을 꺼내 뒤적여서 뉘만의 집 전화번호를 찾은 뒤 그곳으로 전화를 걸었다. 뉘만의 아들이 받았다.

"뉘만입니다."

소년의 목소리는 어른처럼 진지했다.

"베크 경감이란다. 아까 만났지."

"네."

"어머니는 어떠시니?"

"아, 괜찮으세요. 훨씬 나아지셨어요. 블롬베리 선생님이 와서 어머니가 몇 시간 잘 수 있게 해주셨어요. 이제 훨씬 나아지신 것 같아요. 사실은…….."

소년의 목소리가 잦아들었다.

"사실은?"

"……전혀 예상하지 못했던 일은 아니니까요." 소년이 머뭇머뭇 말했다. "아빠가 돌아가신 거요. 엄청 아프셨으니까요. 엄청 오랫동안."

"어머니가 전화를 받을 수 있을까?"

"네, 그럴 거예요. 부엌에 계세요. 잠시만요, 불러올게요."

"고맙다."

멀어지는 발소리가 들렸다.

뉘만은 어떤 남편이자 아버지였을까? 그의 가정은 화목해 보

어느 끔찍한 남자

였다. 마르틴 베크는 뉘만이 가족을 사랑하고 가족에게 사랑받는 가정적인 남자였을지도 모른다는 가설을 반박하는 증거는 보지 못했다.

적어도 뉘만의 아들이 눈물을 터뜨리기 일보 직전이었다는 것만큼은 분명한 사실이었다.

"여보세요? 안나 뉘만입니다."

"베크 경감입니다. 여쭤보고 싶은 일이 있어서요."

"뭔가요?"

"부군이 병원에 있다는 사실을 아는 사람이 얼마나 됐습니까?"

"많지 않았어요." 여자가 천천히 대답했다.

"아픈 지 꽤 됐었지요?"

"그건 그래요. 하지만 스티그는 남들이 그 사실을 알기를 바라지 않았어요. 물론……."

"물론?"

"아는 사람이 있기는 했죠."

"누구죠? 알려주시겠습니까?"

"일단 가족은 알았고요."

"가족이라 하면?"

"당연히 저하고 아이들, 그리고 스티그에게 남동생이 두 명 있는데요, 있었는데요, 한 명은 예테보리에 살고 다른 한 명은 보덴에 살아요."

마르틴 베크는 저 혼자 끄덕였다. 병실에 있던 편지는 뉘만의 동생들이 보낸 것이었다.

"또 누가 있습니까?"

"저는 외동이에요. 제 부모님은 돌아가셨고, 달리 가까운 친척은 없어요. 삼촌이 한 분 계시지만 미국에서 사시고 저는 만난 적도 없어요."

"두 분의 친구들은 어떻습니까?"

"우리는 친구가 많지 않은, 많지 않았던 편이에요. 간밤에 와주신 군나르 블롬베리 씨는 자주 만났죠. 스티그의 주치의였으니까요. 그러니까 블롬베리 씨는 당연히 알았고요."

"그렇군요."

"팔름 대령 부부도 있고요. 대령은 남편이 군대에 있을 때부터 알던 친구인데 그 부부도 자주 만났어요."

"또?"

"없어요. 정말 없어요. 우리는 친구라고 할 만한 사람이 손가락으로 꼽았어요. 방금 말한 이름들이 다예요."

여자가 조용해졌다. 마르틴 베크는 기다렸다.

"스티그가 자주 했던 말이 있는데……."

여자는 말을 맺지 않았다.

어느 끔찍한 남자

"뭐라고 말했습니까?"

"경찰관은 친구가 많을 수 없는 법이라고요."

그건 만고의 진리지, 마르틴 베크는 생각했다. 마르틴 베크도 친구가 없었다. 콜베리와 딸뿐이었다. 오사 토렐이라는 여성도 친구라고 할 수 있겠지만 오사도 이제 경찰관이었다. 굳이 더하자면 말뫼의 페르 몬손 형사도 친구라고 할 수 있을지도.

"그분들은 부군이 사밧스베리 병원에 있다는 걸 알았다는 거지요?"

"그건 아니고요. 그이가 있는 곳을 정확히 안 사람은 블롬베리 씨뿐이었어요. 그러니까 친구들 중에는."

"문병을 간 사람은?"

"스테판하고 저. 우리는 매일 갔어요."

"그뿐입니까?"

"네."

"블롬베리 씨도 안 갔습니까?"

"네. 스티그는 저하고 아들 외에는 아무도 못 오게 했어요. 스테판더러도 오지 말라고 했어요."

"왜죠?"

"자기 모습을 보이길 싫어했어요. 이해하시겠지만……."

마르틴 베크는 기다렸다.

"그게……." 여자가 이윽고 말했다. "스티그는 늘 강하고 활동적인 사람이었거든요. 그런데 마지막에는 야위고 약해졌으니까, 그런 자신을 남들이 보는 걸 부끄럽게 여겼던 것 같아요."

"음."

"스테판은 그이의 그런 생각을 신경쓰지 않았지만요. 아빠를 숭배했거든요. 둘은 아주 가까웠어요."

"따님은요?"

"스티그는 아무래도 딸을 아들만큼 신경쓰진 않았어요. 경감님은 아이가 있나요?"

"네."

"아들도 딸도 있나요?"

"네."

"그러면 아시겠네요. 부자는 특별하잖아요."

마르틴 베크는 사실 몰랐다. 그가 이 점에 대해서 어찌나 골똘히 생각에 잠겼던지 기다리다 못한 여자가 입을 열었다.

"경감님, 끊지 않으셨나요?"

"물론입니다. 이웃은 어땠습니까?"

"이웃요?"

"네. 이웃 중에서 부군이 입원한 걸 아는 사람이 있었습니까?"

"당연히 없었어요."

"부군이 댁에 없다는 건 어떻게 설명하셨습니까?"

"설명하지 않았어요. 저희는 이웃들하고 어울리고 그러진 않았으니까요."

"아드님은요? 아드님이 친구에게 말했을 수도 있지 않습니까?"

"스테판요? 아뇨, 절대 아니에요. 스테판은 제 아빠가 뭘 바라는지 잘 알았어요. 그애는 제 아빠가 싫어하는 짓을 한다는 건 생각조차 해본 적 없을걸요. 저랑 매일 저녁에 문병 간 것 빼고는. 그리고 스티그도 아마 속으로는 그게 좋았을 거예요."

마르틴 베크는 앞에 놓인 노트에 몇 마디를 적은 뒤 대화를 요약했다.

"그러면 부군이 정확히 어느 병원의 어느 병실에 있는지 알았던 사람은 부인과 스테판, 블롬베리 씨, 뉘만 경감의 두 남동생뿐이었다는 거로군요."

"네."

"다 됐습니다. 하나만 더."

"뭔가요?"

"부군이 동료들 중에서 어울렸던 사람은 누굽니까?"

"무슨 말씀인지."

마르틴 베크는 펜을 내려놓고 엄지와 검지로 콧잔등을 마사

지하면서 생각했다. 내 질문이 그렇게 엉성했나?

"그러니까, 경찰서 사람들 중에서 부군과 부인이 종종 만났던 사람은 누구였습니까?"

"아무도 없었는데요."

"네?"

"무슨 말씀인지 모르겠어요."

"부군에게 친구로 지내는 동료가 없었습니까? 일터 밖에서도 가끔 만나는?"

"없었어요. 스티그와 제가 결혼해서 산 이십육 년 동안 저희 집에 들어온 다른 경찰관은 한 명도 없었어요."

"정말입니까?"

"정말이에요. 간밤에 경감님과 동료분이 오신 게 유일한 예외였어요. 하지만 그땐 스티그가 죽은 뒤였으니까."

"심부름꾼이라도 왔을 것 아닙니까? 부군을 데리러 오거나 부군에게 뭔가 전달하려고 온 부하라도?"

"그런 건 있었죠. 당번병들."

"네?"

"스티그는 집에 찾아온 사람들을 그렇게 불렀어요. 그런 일이야 가끔 있었죠. 하지만 그런 사람도 집안으로는 들이지 않았어요. 스티그는 그 원칙을 철저히 지켰어요."

어느 끔찍한 남자

"정말입니까?"

"네, 늘. 순경이 그이를 데리러 오거나 뭘 주러 오거나 해도 절대 집안에 들이진 않았어요. 만약에 저나 아이들이 문을 열었을 때는, 찾아온 사람이 누가 되었든 일단 밖에서 기다리라고 말하고 문을 다시 닫았어요. 그러면 스티그가 나갔어요."

"그렇게 하자는 건 부군의 생각이었습니까?"

"네. 스티그는 우리에게 반드시 그렇게 해야 한다고 확실히 일렀어요."

"아무리 그래도 오래 함께한 동료들이 있었을 텐데요. 그런 사람들에게도 그렇게 했습니까?"

"네."

"부인은 그들을 전혀 모르고요?"

"네. 안다고 해도 이름뿐이에요."

"그래도 부군이 그들에 대한 이야기를 가끔 했겠죠?"

"거의 안 했어요."

"상사에 대해서는?"

"그것도 거의 안 했어요. 스티그의 원칙은 일이 사생활에 절대 끼어들지 못하도록 하는 거였으니까요."

"부인도 동료들의 이름은 안다고 하셨죠. 누굽니까?"

"음, 높은 분들요. 국가경찰청장은 당연히 알았고요, 또 주

경찰청장, 경무관……."

"행정경찰 경무관 말입니까?"

"네. 다른 경무관이 또 있나요?"

뢴이 서류를 들고 들어왔다. 마르틴 베크는 뢴을 멍하니 보다가 정신을 차리고 대화를 이었다.

"부군이 직접 함께 일한 사람들의 이름도 몇 명쯤은 언급했을 텐데요."

"네. 적어도 한 명은 알아요. 그이가 무척 신뢰하는 부하가 있었어요. 홀트라는 분. 스티그가 그분 이름은 가끔 말했어요. 제가 그이를 만나기 전부터 오래 함께 일한 사이라고."

"부인도 홀트 씨를 알겠군요?"

"아뇨. 제가 기억하기로 뵌 적은 한 번도 없어요."

"한 번도?"

"네. 하지만 전화 통화는 해봤어요."

"그게 답니까?"

"네."

"뉘만 부인, 잠시 기다려주시겠습니까?"

"그럼요."

마르틴 베크는 수화기를 책상에 내려놓았다. 손가락 끝으로 이마선을 꾹꾹 누르면서 열심히 생각했다. 뢴이 하품했다.

마르틴 베크가 다시 수화기를 귀에 댔다.

"뉘만 부인?"

"네."

"홀트 씨의 이름을 아십니까?"

"네. 우연히도 알아요. 팔몬 하랄드 홀트. 하지만 계급은 몰라요."

"우연히 안다고요?"

"네, 우연히. 지금 제 앞에 그 이름이 적혀 있거든요. 전화기 옆 메모지에. 팔몬 하랄드 홀트라고."

"누가 적었죠?"

"제가요."

마르틴 베크는 아무 말도 하지 않았다.

"어젯밤에 홀트 씨가 전화해서 남편을 바꿔달라고 했어요. 스티그가 아프다고 하니까 엄청 당황하시더군요."

"그래서 그에게 병실 주소를 알려주셨습니까?"

"네. 꽃을 보내고 싶다고 해서. 아까 말했듯이 그분이라면 제가 알거든요. 제가 주소를 알려준 건 그분밖에 없는 것 같아요. 물론……."

"물론?"

"물론 국가경찰청장이나 경무관께는 알려드렸지만……."

"알겠습니다. 홀트 씨에게 병실 주소를 알려주셨군요?"

"네."

여자가 잠시 조용해졌다.

"왜 그러시죠?" 여자가 혼란이 싹튼 목소리로 물었다.

"아무것도 아닙니다." 마르틴 베크는 달래듯이 말했다. "아무 일도 아닐 겁니다."

"하지만 경감님이……."

"모든 걸 꼼꼼히 확인해야 해서 그런 겁니다. 뉘만 부인, 도움이 많이 되었습니다. 고맙습니다."

"고맙습니다." 여자는 어리둥절한 듯 대답했다.

"고맙습니다." 마르틴 베크는 반복하고 끊었다.

뢴은 문기둥에 기대어 서 있었다.

"지금 당장 가능한 데까지는 다 확인했어." 뢴이 말했다. "두 명은 죽었어. 에릭손이란 친구에 대해서는 아무것도 못 알아내겠고."

"으응." 마르틴 베크는 무심하게 대답하면서 노트에 이렇게 적었다.

팔몬 하랄드 홀트.

18.

만약 홀트가 출근했다면 틀림없이 자리에 있을 터였다. 그도 나이가 꽤 지긋하니까 서류 업무만 할 터였다. 적어도 공식적으로는.

하지만 2분서 마리아 경찰서에서 마르틴 베크의 전화를 받은 사람은 상황 파악이 안 되는 듯했다.

"홀트요? 아니, 없는데요. 토요일과 일요일은 늘 쉽니다."

"오늘 아예 안 나왔다는 겁니까?"

"네."

"확실합니까?"

"네. 아무튼 난 못 봤습니다."

"다른 사람들에게 물어봐주겠습니까?"

"무슨 다른 사람들?"

"우리가 일손이 아무리 달려도 그렇지, 2분서 전체에 사람이 한 명뿐이라는 얘기는 아니겠죠." 마르틴 베크는 살짝 짜증이 났다. "경찰서 전체에 당신 혼자만 있는 건 아닐 것 아닙니까?"

"그야 당연히 아닙니다." 남자는 약간 수그러졌다. "잠깐 기다리세요. 물어보겠습니다."

수화기가 달그락 탁자에 놓이는 소리, 남자가 쿵쿵 걸어가는 소리가 들렸다.

그다음 멀리서 이렇게 외치는 목소리가 들렸다.

"이봐들. 오늘 홀트 본 사람 있어? 살인수사과의 거만한 베크가 전화로 묻는데 말이야……."

뒷말은 소음과 다른 목소리들에 묻혀서 들리지 않았다.

마르틴 베크는 지친 눈으로 륀을 보면서 기다렸다. 륀은 그보다 더 지친 눈으로 손목시계를 보았다.

마리아 경찰서의 남자는 왜 마르틴 베크를 거만하다고 여길까? 아마 마르틴 베크가 남들을 이름으로 부르지 않아서일 것이다. 마르틴 베크는 상대가 새파랗게 젊은 순경이라도 이름으로 부르기가 꺼려졌고, 남이 자신을 "마르틴"이라고 부르는 것도 영 어색했다.

그렇다고 해서 그가 격식을 따지는 사람인 것은 아니었다.

스티그 뉘만 같은 사람은 이럴 때 어떻게 반응했을까?

전화기에서 달가닥거리는 소리가 들렸다.

"훌트 말입니다……."

"네?"

"사실은 잠깐 왔었다는군요. 대충 한 시간 반 전에. 하지만 곧장 다시 나갔답니다."

"어디로?"

"그건 아무도 모릅니다."

마르틴 베크는 이 일반화는 따지지 않고 넘어갔다.

"고맙습니다."

그는 확실히 해두고자 훌트의 집으로 전화를 걸어보았다. 예상대로 아무도 받지 않았다. 그는 벨이 다섯 번 울린 뒤 끊었다.

"누굴 찾는 거야?" 뢴이 물었다.

"훌트."

"아."

뢴을 관찰력이 좋은 사람이라고는 말할 수 없겠군, 마르틴 베크는 슬쩍 짜증이 났다.

"에이나르?"

"응?"

"어젯밤에 훌트가 뉘만의 아내에게 전화해서 병실이 어딘지 물었대."

"응."

"왜 그랬을까 따져봐야 하지 않을까."

"꽃이라도 보내려고 그랬겠지." 뢴이 무심히 대답했다. "훌트랑 뉘만은 단짝이었으니까."

"뉘만이 사밧스베리 병원에 있단 걸 아는 사람이 많지 않았던 모양이야."

"그러니까 훌트가 전화해서 물어봤겠지." 뢴이 맞받았다.

"우연치고는 희한하지."

마르틴 베크의 말은 질문이 아니었다. 그에 맞게 뢴은 굳이 대답하지 않고 대신 화제를 바꿨다.

"내가 에릭손이란 사람을 못 찾겠다고 말한 건 들었어?"

"어떤 에릭손?"

"오케 에릭손. 늘 진정서를 쓰던 순경 말이야."

마르틴 베크는 끄덕였다. 그 이름이 사람들 입에 자주 오르내리던 시절은 퍽 오래되었지만 그도 여태 그 이름을 기억했다. 하지만 굳이 기억하고 싶은 이름은 아니었고 지금은 훌트를 생각하느라 바빴다.

마르틴 베크가 훌트와 이야기를 나눈 지 두 시간도 되지 않았다. 그때 훌트는 어떻게 행동했던가? 처음에 훌트는 뉘만이 살해당했다는 소식에 아무 반응을 보이지 않았다. 그러더니 일하러 가야 한다고 나섰다.

마르틴 베크는 그 상황에서 이상한 점을 느끼지 못했다. 홀트는 좀 무디고 둔한 사람으로 충동적인 성격과는 거리가 멀었다. 그런 홀트가 동료가 살해되었을 때 자진하여 수사를 거들려고 나선 것은 완벽하게 자연스러운 행동이었다. 마르틴 베크도 그런 상황이라면 똑같이 행동할 것이다.

이상한 것은 전화였다. 홀트는 왜 어젯밤이 아니라 더 일찍 뉘만의 아내에게 연락해보지 않았을까? 그냥 안부를 물으려고 걸었던 거라면 왜 하필 밤에 걸었을까?

만약 홀트가 꽃을 보내는 것 이외의 다른 이유에서 뉘만의 행방을 알고 싶었던 거라면…….

마르틴 베크는 이 생각을 억지로 몰아냈다.

홀트가 정말 밤늦게 전화했을까?

정확히 몇 시에?

정보가 더 필요했다.

마르틴 베크는 한숨을 푹 쉬고 세 번째로 수화기를 들어서 안나 뉘만의 집으로 걸었다.

이번에는 여자가 직접 받았다.

"아, 네." 체념한 목소리였다. "베크 경감님."

"죄송합니다. 그 전화 통화에 대해서 몇 가지 더 여쭤볼 게 있어서요."

"뭔가요?"

"홀트 씨가 어젯밤에 전화했다고 하셨죠?"

"그런데요?"

"몇 시였습니까?"

"꽤 늦었어요. 정확히 언제였는지는 모르겠어요."

"대충이라도 언제였을까요?"

"음……."

"잠자리에 드신 뒤였습니까?"

"아뇨……. 아, 기다려보세요."

여자가 수화기를 내려놓았다. 마르틴 베크는 손가락으로 책상을 초조하게 도드락거렸다. 여자가 누군가와, 아마도 아들과 말하는 소리가 들렸지만 내용은 정확히 들리지 않았다.

"여보세요?"

"네."

"스테판이랑 이야기해봤어요. 어젯밤에 같이 텔레비전을 봤거든요. 처음에는 험프리 보가트가 나오는 영화를 봤는데, 별로여서 채널 2로 돌렸어요. 베니 힐이 진행하는 쇼를 하더군요. 그 프로그램이 시작된 지 얼마 지나지 않아서 전화가 울렸어요."

"좋습니다. 쇼가 시작된 뒤로 얼마쯤 지난 때였습니까?"

"몇 분밖에 안 됐어요. 길어야 오 분."

"고맙습니다, 부인. 이제 하나만 더 여쭙겠습니다."

"네, 뭔가요?"

"홀트 씨가 정확히 뭐라고 말했는지 기억하십니까?"

"아뇨, 문장을 정확히 기억하진 못해요. 그분이 스티그를 바꿔달라고 했고, 그래서 저는…….."

"말을 끊어서 죄송합니다. 그가 '스티그 좀 바꿔주십시오' 하고 물었습니까?"

"아뇨, 당연히 아니죠. 깍듯했어요."

"어떻게요?"

"먼저 미안하다고 말한 뒤, 뉘만 경감과 통화할 수 있겠느냐고 물었어요."

"왜 미안하다고 했죠?"

"너무 늦게 걸었으니까요."

"부인은 뭐라고 대답했습니까?"

"누구냐고 물었죠. 정확히는 '전화 거신 분이 누군지 여쭤봐도 될까요?' 하고 말했어요."

"그랬더니 그가 뭐라고 대답했습니까?"

"'저는 뉘만 경감의 동료입니다'. 뭐 그런 식으로요. 그다음에 자기 이름을 말했어요."

"부인은 뭐라고 말씀하셨습니까?"

"요전 통화에서 말했듯이, 저는 그 이름을 알았어요. 전에도
집으로 전화한 적 있는 분이고, 스티그가 정말로 높게 평가하는
몇 안 되는 동료 중 하나라는 것도 알고요."

"전에도 전화한 적 있다고요. 얼마나 자주 했습니까?"

"몇 번 안 되기는 해요. 하지만 스티그가 건강했을 때는 집에
있으면 늘 직접 전화를 받았으니까, 홀트 씨란 분이 제가 아는
것보다 훨씬 더 많이 걸었을 수도 있어요."

"그래서 부인은 그다음에 뭐라고 말씀하셨습니까?"

"아까 다 말씀드렸는데요."

"너무 집요하게 구는 것 같다면 죄송합니다." 마르틴 베크는
사과했다. "하지만 중요한 일일 수도 있습니다."

"스티그가 아프다고 말했어요. 그랬더니 그분이 놀라고 안타
까워하더군요. 그러면서 병세가 심각하느냐고 물었고……."

"그래서요?"

"저는 안타깝게도 꽤 심각하다고, 그래서 스티그는 지금 병원
에 있다고 말했어요. 그랬더니 그분이 병문안을 가도 되느냐고
묻더군요. 저는 남편이 아마 원하지 않을 것 같다고 말했어요."

"그가 그 대답을 받아들이던가요?"

"그럼요. 하랄드 홀트 씨는 스티그를 잘 아는 분이니까요. 동료로서."

"하지만 꽃을 보내고 싶다고 했다고요?"

유도신문이군, 마르틴 베크는 속으로 생각했다. 젠장할.

"맞아요. 그리고 위문편지를 쓰고 싶다고 했어요. 그래서 제가 스티그는 사밧스베리 병원에 있다고 알려줬고, 병실 번호도 알려줬어요. 스티그가 홀트는 올바르고 믿을 수 있는 사람이라고 몇 번이나 말했던 걸 기억하니까요."

"그랬더니?"

"그분이 다시 미안하다고 말했어요. 그러고는 고맙다고 하고 안녕히 주무시라고 말했어요."

마르틴 베크도 여자에게 고맙다고 말했고, 마음이 급한 나머지 안녕히 주무시라고도 말할 뻔했다. 마르틴 베크는 전화를 끊자마자 뢴에게 물었다.

"어젯밤에 텔레비전 봤나?"

뢴이 상처받은 표정을 지었다.

"아니, 당연히 안 봤겠지. 당직이었으니까. 하지만 채널 2에서 베니 힐 쇼가 몇 시에 시작했는지는 알아봐줄 수 있겠지?"

"아마도." 뢴은 이렇게 대답하고 구부정히 휴게실로 향했다.

신문을 들고 돌아온 뢴은 한참 살펴본 뒤 말했다.

"9시 25분."

"그러면 홀트는 밤 9시 30분쯤 전화했다는 거군. 급한 용무가 있는 게 아니라면 너무 늦은 시각인데."

"급한 용무가 없었다나?"

"있더라도 말하지 않은 모양이야. 하지만 뉘만이 어디 있는지 알아내는 건 잊지 않았지."

"그야 꽃을 보내려고 그랬겠지."

마르틴 베크는 뢴을 한참 쳐다보았다. 지금 머릿속에 떠오른 생각을 철저히 짚어보고 싶었다.

"에이나르, 잠깐 들어보겠나?"

"응."

마르틴 베크는 지난 스물네 시간 동안 홀트의 행적에 대해서 자신이 아는 바를 뢴에게 다 말해주었다. 홀트가 건 전화 내용, 레이메르스홀메의 집에서 자신과 나눴던 대화, 현재 그의 행방을 모르겠다는 사실까지.

"홀트가 뉘만을 죽였다고 생각하는 거야?"

뢴의 입에서 나온 말치고는 드물게 직설적이었다.

"아니, 그렇게 생각하는 건 아니지만."

"좀 무리한 가설 같은데. 좀 이상하고." 뢴이 말했다.

"하지만 홀트의 행동도 아무리 좋게 봐도 이상해."

뢴은 대답하지 않았다.

"아무튼 홀트를 찾아서 통화에 대해 몇 가지 물어봐야겠어." 마르틴 베크가 힘차게 말했다.

뢴은 마르틴 베크의 힘찬 목소리에 전혀 감명받지 않은 듯 쩍 하품을 했다.

"그러면 무전을 쳐." 뢴이 말했다. "어디 멀리 가진 않았을 테니까."

마르틴 베크는 놀라서 뢴을 보았다.

"그래, 그것참 건설적인 제안인데."

"'건설적인' 제안이란 게 무슨 뜻이야?" 뢴은 불쾌한 추궁을 당한 사람처럼 대꾸했다.

마르틴 베크는 다시 전화기를 들었다. 누구든 하랄드 홀트의 소재를 아는 사람은 홀트에게 즉시 쿵스홀름스가탄의 강력반으로 연락하라고 전하라는 지시를 무전으로 모두에게 내보내라고 당부했다.

통화를 마친 뒤, 그는 손으로 머리를 감싸쥐고 계속 앉아 있었다.

여전히 뭔가 아귀가 맞지 않았다. 어쩐지 위험하다는 느낌도 여전했다. 누구 때문일까? 홀트? 아니면 마르틴 베크가 간과한 다른 사람?

"좀 이상하긴 해." 뢴이 말했다.

"뭐가?"

"음, 만약에 내가 자네 아내에게 전화해서 자네를 바꿔달라고……."

뢴이 말을 뚝 끊었다가 다시 중얼거렸다.

"아냐, 그럴 일은 없겠지. 자네는 이혼했으니까."

"무슨 말을 하려고 했는데?"

"아무것도 아냐." 뢴이 찜찜한 얼굴로 대답했다. "제대로 생각하고 말했어야 하는데. 자네 사생활에 간섭하고 싶진 않아."

"무슨 말을 하려고 했는데?"

뢴은 더 적당한 표현을 생각한 뒤에 입을 열었다.

"음, 만약에 자네가 결혼한 상태인데 내가 자네 아내에게 전화해서 자네를 바꿔달라고 한다면, 그런데 자네 아내가 내게 누구냐고 묻는다면……."

"그러면?"

"음, 나는 '에이나르 발렌티노 뢴입니다' 하고 대답하진 않을 거야."

"그게 누군데?"

"나. 내 이름이야. 영화배우* 이름을 따서. 우리 어머니가 가끔 별나게 굴곤 하셨거든."

어느 끔찍한 남자

마르틴 베크는 단숨에 집중했다.

"그러니까······."

"홀트가 뉘만의 아내에게 전화해서 '저는 팔몬 하랄드 홀트입니다' 하고 말하는 건 좀 이상하다는 거야."

"홀트의 전체 이름은 어떻게 알았나?"

"자네가 거기 멜란데르의 노트에 적어뒀잖아. 게다가······."

"게다가?"

"게다가 내 자료에도 나오는 이름이거든. 오케 에릭손이 옴부즈맨에 보낸 진정서에."

마르틴 베크의 눈동자가 서서히 또렷해졌다.

"좋아, 에이나르. 정말 훌륭해."

뢴이 하품했다.

"당직이 누구지?" 마르틴 베크가 갑자기 물었다.

"군발드. 하지만 나갔어. 그런 점에서는 가망이 없다니까."

"그래도 딴 사람이 있겠지."

"응. 스트룀그렌."

"멜란데르는?"

---

* 이탈리아계 할리우드 배우로서 영화계 최초의 남성 섹스 심벌이라고도 불렸던 루돌프 발렌티노를 말한다.

"집에 있을걸. 요즘은 토요일마다 쉬던데."

"에릭손이라는 친구를 자세히 살펴봐야겠어." 마르틴 베크가 말했다. "문제는 내가 그 친구의 일을 자세히 기억하진 못한다는 거야."

"나도 마찬가지야. 하지만 멜란데르는 기억하겠지. 멜란데르는 모든 걸 기억하니까."

"스트룀그렌에게 오케 에릭손에 대해서 찾을 수 있는 자료란 자료는 몽땅 찾아오라고 해. 그리고 멜란데르에게 전화해서 이리 오라고 해. 당장."

"쉽지 않을걸. 멜란데르는 이제 경감보라고. 순순히 휴식을 포기하려고 하지 않아."

"내 이름을 대." 마르틴 베크가 말했다.

"그럴 거야." 뢴은 이렇게 말하고 발을 끌며 방을 나갔다.

이 분 후, 뢴이 돌아와서 말했다.

"스트룀그렌이 찾아보고 있어."

"멜란데르는?"

"온대. 하지만……."

"하지만?"

"기분이 썩 좋은 목소리는 아니야."

그렇겠지, 기분이 좋기까지 바랄 순 없겠지.

마르틴 베크는 기다렸다. 일단은 홀트가 나타나기를 기다렸다. 그다음에는 어서 프레드리크 멜란데르와 이야기할 수 있기를 기다렸다.

프레드리크 멜란데르는 강력반의 귀한 자원이었다. 멜란데르는 기억력이 비상했다. 못 견디게 따분한 인간이었지만, 수사관으로서는 특별한 자질을 지닌 사람이었다. 난다 긴다 하는 현대 기술도 멜란데르 앞에서는 맥을 추지 못했다. 멜란데르는 특정 사람이나 주제에 관해서 지금까지 자신이 보고 듣고 읽은 것을 모조리 기억했다가 몇 분 만에 그 내용을 머릿속에서 가지런히 정렬하여 명료한 이야기 형식으로 들려줄 줄 알았다.

세상에 그런 일을 할 수 있는 컴퓨터는 아직 없었다.

멜란데르가 서툰 것은 글씨 쓰기였다. 마르틴 베크는 멜란데르의 노트에 적힌 글씨를 보았다. 깨알만 하고 독특한 그 필체는 남들은 절대 알아먹을 수 없었다.

19.

뢴이 문기둥에 기대어 킬킬거렸다. 마르틴 베크는 의아한 눈으로 뢴을 보았다.

"왜 웃나?"

"그게, 자네도 경찰관을 찾고 있고 나도 경찰관을 찾고 있는데 혹시 같은 사람일지도 모른다는 생각이 들어서."

"같은 사람?"

"아냐, 그럴 리는 없지." 뢴이 냉큼 말했다. "오케 에릭손은 오케 에릭손이고 팔몬 하랄드 홀트는 팔몬 하랄드 홀트지."

마르틴 베크는 뢴을 집에 보내야 하나 싶었다. 어쩌면 뢴이 여태 경찰서에 있는 것이 불법일 수도 있었다. 연초부터 시행된 새 규정에 따라, 스웨덴 경찰관들은 이제 시간외근무를 일 년에 총 150시간, 한 분기에 총 50시간 이상은 할 수 없었다. 그것은 이론적으로는 경찰관들의 봉급이 오른다는 뜻이지만, 일을 무한정 많이 할 수는 없다는 뜻이기도 했다. 예외가 적용되는 경우는 하나, 대단히 긴박한 상황뿐이었다.

지금이 그런 상황일까? 아마도.

아니면 뢴을 체포해야 할까? 일사분기가 겨우 나흘이 지났을 뿐인데, 뢴은 이미 시간외근무 허용량을 다 썼다. 틀림없이 수사 역사상 처음 있는 일일 것이다.

이 점을 제외하면, 수사는 이제 정례적 단계를 밟기 시작했다. 최소한 스트룀그렌이 오래된 서류를 산더미처럼 찾아왔고 이따금 좀더 가지고 온다는 점에서는 그랬다. 마르틴 베크는 점점 더 넌더리 나는 심정으로 서류 더미를 보았다.

속으로는 안나 뉘만에게 더 물어야 할 질문이 무엇일까 계속 생각했다. 하지만 전화기에 손을 얹고서는 망설였다. 이렇게 금방 또 거는 건 실례가 아닐까? 뢴에게 대신 시킬까? 하지만 그러면 자신이 여자에게 다시 걸어서 뢴에 대해서도 사과해야 할 것이다.

우울한 전망에 그는 용기 내어 수화기를 들고 유족의 집으로 네 번째 전화를 걸었다.

"뉘만입니다. 여보세요?"

여자의 목소리는 통화를 거듭할 때마다 매번 조금씩 더 활기차졌다. 모든 것이 정상으로 돌아가고 있었다. 인간의 뛰어난 회복력을 보여주는 사례였다. 마르틴 베크는 정신을 가다듬었다.

"여보세요, 또 베크입니다."

"통화한 지 십 분밖에 안 됐는데……."

"압니다. 죄송합니다. 이…… 일에 대해서 이야기하는 게 힘드시겠죠."

더 나은 표현을 찾을 순 없었을까?

"익숙해지고 있어요." 여자의 목소리가 상당히 냉정했다. "이번엔 뭘 알고 싶으신가요, 베크 경감님?"

여자는 아무튼 계급만큼은 확실히 알았다.

"그 전화 이야기를 다시 했으면 합니다."

"홀트 씨 전화요?"

"네. 그 사람과 통화한 게 처음은 아니라고 하셨죠."

"네."

"목소리를 알아들으셨습니까?"

"당연히 아니죠."

"왜 당연히 아니죠?"

"왜냐하면, 만약 제가 바로 알아들었다면 누구냐고 묻지 않았을 테니까요."

어느 끔찍한 남자

맙소사, 그럼 그렇지. 역시 뢴에게 통화를 맡겼어야 했다.

"그건 생각을 못 하셨나 봐요?"

"네, 솔직히 못 했습니다."

다른 사람이라면 얼굴을 붉히거나 더듬거리거나 얼버무렸겠지만 마르틴 베크는 아니었다. 그는 개의치 않고 계속 물었다.

"그러면 아무나 전화해서 그의 이름을 댈 수도 있었겠군요?"

"아무나 전화해서 자신이 팔몬 하랄드 홀트라고 말하는 건 이상하지 않나요?"

"제 말은, 전화 건 사람이 홀트 씨가 아니었을 수도 있다는 겁니다."

"그럼 누구죠?"

좋은 질문이었다.

"나이가 많은 사람인지 젊은 사람인지 알겠던가요?"

"아뇨."

"어떤 목소리였는지 설명해보시겠습니까?"

"그게…… 또박또박했어요. 약간 걸걸하고."

홀트의 목소리를 잘 묘사한 표현이었다. 걸걸하면서도 또박또박한 목소리. 하지만 경찰관 중에는, 특히 군대 경력이 있는 사람들 중에는 그런 목소리를 가진 사람이 많았다. 물론 꼭 경찰관만 그런 것도 아니었다.

"홀트 씨에게 직접 물어보시는 편이 낫지 않을까요?"

마르틴 베크는 대답하지 않기로 했다. 그 대신 더 까다로운 주제로 과감히 넘어갔다.

"경찰로 일하다 보면 누구나 적이 한두 명 생기기 마련이죠."

"네, 전에도 그렇게 말씀하셨죠. 두 번째로 말씀 나눌 때. 이게 열두 시간도 안 되는 동안 다섯 번째 대화라는 거 아시나요?"

"죄송합니다. 부인은 부군에게 적이 있는지 모른다고 하셨죠."

"맞아요."

"하지만 부군에게 직업적으로 문제가 좀 있었다는 사실은 아시겠죠."

여자가 꼭 웃음소리 같은 것을 냈다.

"이제야말로 무슨 말을 하시는지 정말 모르겠네요."

정말이었다. 여자는 정말 웃은 거였다.

"제 말은 이겁니다." 마르틴 베크는 냉정하게 말했다. "부군이 노골적으로 직무유기를 저지르는 나쁜 경찰관이었다고 생각하는 사람들이 많다는 겁니다."

이 말이 먹혔다. 여자가 진지함을 되찾았다.

"경감님, 지금 농담하시나요?"

"아닙니다." 그는 약간 부드럽게 말했다. "농담이 아닙니다. 많은 사람이 부군을 상대로 불평을 제기했습니다."

"왜요?"

"가혹 행위로."

여자가 숨을 마셨다.

"말도 안 되는 소리예요. 그이를 딴 사람하고 헷갈리신 거예요."

"그건 아닐 겁니다."

"스티그는 제가 아는 가장 온화한 사람이었어요. 예를 들면, 우리는 늘 개를 키웠어요, 여러 마리를. 한 번에 한 마리씩 총 네 마리를 키웠는데 스티그는 개들을 사랑했어요. 아직 길이 들지 않은 때라도 얼마나 참을성 있게 돌봤는지 몰라요. 성질 한번 안 내고 몇 주씩 가르쳤어요."

"정말입니까."

"아이들에게도 손 한번 안 올렸어요. 특히 아이들이 어렸을 때는."

마르틴 베크는 아이들에게 가끔 손을 올렸다. 특히 아이들이 어렸을 때.

"그러면 부군이 직장에서 생긴 문제에 대해서 아무 말도 안 했다는 겁니까?"

"네. 전에도 말씀드렸듯이, 그이는 일 이야기는 거의 안 했어요. 그리고 저는 그런 말을 믿지 않아요. 뭔가 착오가 있는 게 분명해요."

"하지만 부군이 상당히 강경한 견해를 품고 있었던 건 사실이죠? 그러니까 전반적으로?"

"네. 그이는 사회가 도덕적 파탄을 겪고 있다고 생각했어요. 정부가 무능한 탓에."

그런 견해에 대해서야 누가 그를 나무랄 수 있겠느냐만, 문제는 스티그 뉘만은 만약 기회가 주어진다면 세상을 지금보다 더 나쁘게 몰고 갈 게 분명한 소수집단에 속하는 사람이었다는 점이었다.

"질문이 더 있나요?" 안나 뉘만이 물었다. "사실 전 할 일이 많아서요."

"아뇨, 지금은 더 없습니다. 폐를 끼쳐서 죄송합니다."

"괜찮아요."

여자의 목소리에는 확신이 없었다.

"이제 남은 건 목소리 확인을 부탁드리는 일뿐인 것 같습니다."

"훌트 씨의 목소리요?"

"네. 알아들으실 것 같습니까?"

"아마도요. 끊을게요."

"안녕히 계십시오."

마르틴 베크는 전화기를 밀었다. 스트룀그렌이 서류를 더 가지고 들어왔다. 뢴은 창가에 서서 안경을 코끝에 걸치고 밖을 내다보고 있었다.

"그래, 그렇지." 마르틴 베크는 차분하게 혼잣말했다.

그리고 덧붙였다.

"훌트는 무슨 부대 소속이었지?"

"기병대." 뢴이 대답했다.

사디스트들의 천국.

"에릭손은?"

"포병."

방은 십오 초 동안 조용했다. 이윽고 뢴이 물었다.

"총검을 생각하고 있나?"

"응."

"그래, 나도 그 생각 했어."

"무슨 생각?"

"그런 물건은 누구나 오 크로나만 주면 살 수 있다는 생각. 군대 불용품으로 흘러나온 걸 말이야."

마르틴 베크는 대답하지 않았다.

지금껏 마르틴 베크는 뢴의 능력에 감명받은 적이 한 번도 없었다. 하지만 그런 느낌이 상호적일지도 모른다는 생각 또한 한 번도 해본 적 없었다.

누가 문을 똑똑 두드렸다.

멜란데르였다.

자기 방 문을 두드리고 들어오는 사람은 세상에 멜란데르뿐일 것이다.

20.

렌나르트 콜베리는 자꾸 시간이 촉박하다는 조바심이 들었
다. 무언가 극적인 일이 벌어질 것 같다는 느낌이 들었지만 여
태까지 수사는 차질 없이 진행되었다. 경찰은 시신을 실어 내고
바닥을 깨끗이 닦았다. 피 묻은 침구를 벗겼다. 침대는 이쪽으
로, 협탁은 저쪽으로 밀어두었다. 뉘만의 소지품은 각각 비닐봉
지에 담아서 자루에 한데 넣어두었다. 자루는 누군가가 와서 가
져가기를 기다리며 복도에 놓여 있었다. 감식반도 다 떠났다.
바닥에 분필로 시신의 윤곽을 그려두어서 죽은 스티그 뉘만을
떠오르게끔 하는 흔적도 없었다. 그것은 낡은 기법이라 요즘은
거의 쓰이지 않았다. 분필 자국을 그리워하는 사람은 사진기자
들뿐인 것 같았다.

병실에 그 외에 남은 게 하나 더 있기는 했다. 손님용 의자였다. 지금 콜베리는 바로 그 의자에 앉아서 생각에 빠져 있었다.

살인을 저지른 사람은 범행 후에 보통 무엇을 하지? 콜베리는 경험상 이 질문의 대답은 한두 가지가 아니라는 것을 알았다.

콜베리도 딱 한 번 사람을 죽인 일이 있었다. 그후에 그는 무엇을 했더라? 콜베리는 그후에 오랫동안 골똘히 그 일을 반추했다. 정확히 말하자면 몇 년 동안 반추했다. 그리고 결국 공무용 권총을 반납했다. 총기 사용 면허도 반납했다. 자신은 두 번 다시 총을 지니지 않겠다고 선언했다. 그것이 벌써 몇 년 전 일이었다. 이제는 마지막으로 총을 소지했던 때, 그러니까 1964년 여름 모탈라에서 잊을 수 없는 로재나 사건을 수사했던 때의 기억조차 희미해졌다. 하지만 살인의 어두운 기억은 요즘도 불쑥불쑥 콜베리를 찾아들었다. 이를테면 거울을 볼 때. 그럴 때면 문득 저기 저 남자는 사람을 죽인 남자라는 생각이 들었다.

지금껏 경찰로 일하면서 콜베리는 반갑지 않을 만큼 많은 수의 살인자를 만났고, 폭력을 저지르고 나서 하는 행동은 사람마다 천차만별이라는 것을 배웠다. 어떤 사람은 토하고, 어떤 사람은 푸지게 먹고, 어떤 사람은 자살한다. 어떤 사람은 공황에 빠져서 무작정 달아나고, 어떤 사람은 그냥 집에 가서 잔다.

따라서 그 문제를 추측하는 것은 어려울뿐더러 자칫 수사를

어느 끔찍한 남자

엉뚱한 방향으로 이끌 수도 있기에 위험한 일이었다.

그런데도 콜베리는, 이 사건의 어떤 께름칙한 측면 때문에 뉘만을 죽인 살인자가 범행 직후에 무엇을 했고 지금은 무엇을 하고 있을지 자꾸 생각해보게 되었다.

어떤 께름칙한 측면? 일단은 겉으로 드러난 잔인성이었다. 그것은 살인자의 내면에 지독한 폭력성이 깃들어 있다는 점, 따라서 그 폭력성이 앞으로 더 분출될 가능성이 있다는 점을 말해주는 듯했다.

정말로 그렇게 단순하게 해석해도 되는 것일까? 콜베리는 자신이 뉘만에게 낙하산병 훈련을 받을 때 어땠던지 떠올려보았다. 처음에 그는 역겨워서 음식을 입에 대지 못할 지경이었지만, 오래지 않아 모락모락 김 나는 동물 내장에서 기어나오자마자 보호복을 벗고 샤워를 하고 식당으로 직행하여 커피와 케이크를 게걸스레 먹게 되었다. 그러니까 사람은 그런 일에도 얼마든지 익숙해진다.

또 께름칙한 것은 마르틴 베크의 태도였다. 콜베리는 민감한 남자였고, 자신의 상사에 대해서는 각별히 더 민감했다. 콜베리는 마르틴 베크를 속속들이 알았고, 마르틴 베크의 태도에 깃든 미묘한 뉘앙스를 늘 정확히 읽어냈다. 그런데 오늘 마르틴 베크는 불안해 보였다. 두려워하는 것 같기도 했다. 마르틴 베크가 그러는 것은 드문 일이었고, 이유 없이 그러는 것은 더 드문 일이었다.

콜베리가 지금 가만히 앉아서 살인자는 범행 후 무엇을 했을까 하는 질문을 자꾸 하는 것은 그 때문이었다.

한편 기회만 있으면 거침없이 추측을 남발하는 군발드 라르손은 아까 대뜸 이렇게 대답했다.

"자기집에 가서 총으로 자살했겠지."

그것도 물론 고려할 만한 가능성이었다. 어쩌면 정말로 그렇게 단순할 수도 있다. 군발드 라르손은 곧잘 옳은 소리를 했다. 문제는 틀린 소리도 그만큼 자주 한다는 거였다.

콜베리는 군발드 라르손의 그런 면이 지극히 인간적인 결점일 뿐이라는 사실을 인정했다. 하지만 그 이상으로 더 이해해줄 마음은 없었다. 콜베리는 군발드 라르손의 경찰관으로서의 자질을 늘 의문스럽게 여겼다.

그리고 지금, 대머리에 통통한 육십 대 남자를 거느리고 기세 좋게 걸어 들어와서 콜베리의 상념을 깨뜨린 것이 바로 그 의문스러운 자였다. 함께 온 남자는 곤혹해하는 표정이었는데, 그야 누구든 군발드 라르손과 함께 있으면 그랬다.

"이쪽은 렌나르트 콜베리." 군발드 라르손이 말했다.

콜베리는 일어나서 무슨 일인가 하는 얼굴로 낯선 남자를 보

어느 끔찍한 남자

앉다. 군발드 라르손이 간결한 소개를 마저 했다.

"이쪽은 뉘만의 의사."

두 사람은 악수했다.

"콜베리입니다."

"블롬베리라고 합니다."

그다음 군발드 라르손은 남자에게 다짜고짜 묻기 시작했다.

"이름이 뭡니까?"

"군나르입니다."

"뉘만의 몸을 봐준 지 얼마나 됐습니까?"

"이십 년이 넘었습니다."

"뉘만은 어디가 아팠습니까?"

"그게, 일반인에게는 좀 어려운 이야기일지도 모르겠습니다
만…….."

"해보세요."

"사실은 의사들에게도 꽤 복잡한 이야기입니다."

"해보세요."

"사실은 막 엑스선사진을 보고 오는 길입니다. 총 일흔 장이
더군요."

"그래서요."

"대체로 양성입니다. 잘됐죠."

"뭐라고요?"

군발드 라르손이 깜짝 놀라는 모습은 꼭 상대를 잡아먹을 사람처럼 보였다. 의사가 황급히 덧붙였다.

"아니, 물론 스티그가 살아 있었다면 잘된 일이었을 거란 말입니다. 아주 좋은 소식이었겠죠."

"무슨 뜻이죠?"

"스티그가 나았을 거란 뜻입니다."

의사는 잠시 생각해보더니 자기가 한 말을 수정했다.

"최소한 건강을 그럭저럭 되찾을 수 있었을 거란 뜻입니다."

"무슨 병이었죠?"

"아까 말씀드렸듯이, 확실한 진단을 이제야 내릴 수 있었습니다. 스티그는 췌장 체부에 중간 크기의 낭포가 있었습니다."

"뭐에 뭐가 있었다고요?"

"췌장에 혹이 났다고요. 간에도 작은 종양이 있었습니다."

"무슨 뜻이죠?"

"아까 말씀드렸듯이, 스티그가 비교적 건강하게 회복할 수 있었을 거란 뜻입니다. 낭포는 수술하면 됐겠죠. 제거할 수 있는 거였으니까요. 악성이 아니었습니다."

"악성은 뭡니까?"

"암요. 죽는 거."

군발드 라르손은 눈에 띄게 자신감이 붙은 모습이었다.

"별로 안 어렵네."

"그런데 두 분도 아시겠지만, 간은 수술이 어렵습니다. 하지만 종양은 아주 작았으니까 스티그는 최소한 몇 년 더 살 수 있었을 겁니다."

의사는 자기 말에 동의하듯이 끄덕이면서 덧붙였다.

"스티그는 튼튼하니까요. 전반적으로 좋습니다."

"뭐라고요?"

"아니, 좋았다고요. 혈압도 정상이고, 심장도 튼튼하고. 전반적인 몸 상태가 좋았습니다."

군발드 라르손은 더 궁금한 것이 없는 듯했다.

의사가 나가려고 했다.

그때 콜베리가 "잠시만요" 하고 의사를 붙잡았다.

"네?"

"뉘만의 주치의로 오래 일하셨으니까 그를 잘 아셨겠죠?"

"네."

"뉘만은 어떤 사람이었습니까?"

"그래요, 전반적인 몸 상태 말고." 군발드 라르손이 거들었다.

"나는 정신과 의사가 아닙니다." 블롬베리는 이렇게 말하면서 고개를 저었다. "내과적인 문제만 말하는 게 좋겠습니다."

콜베리는 순순히 놓아주지 않았다.

"그래도 뭔가 의견이 있을 것 아닙니까."

"모든 인간이 그렇듯이 스티그 뉘만은 복잡한 사람이었습니다." 의사는 모호하게 대답했다.

"그게 답니까?"

"네."

"고맙습니다."

"자, 그럼." 군발드 라르손이었다.

면담은 끝났다.

내과 의사가 사라진 뒤 군발드 라르손은 주변 사람을 짜증나게 하는 버릇 중 하나에 힘차게 돌입했다. 뚝 소리가 날 때까지 긴 손가락을 하나하나 차례대로 잡아 뽑는 버릇이었다. 한 손가락을 몇 번씩 잡아당겨야 할 때도 있었는데, 가령 오른손 중지는 여덟 번째 시도에서야 뚝 소리가 났다.

콜베리는 싫지만 체념한 심정으로 그 과정을 지켜보았다.

"라르손?" 끝내 콜베리가 물었다.

"왜?"

"그거 왜 하는 거야?"

"내 맘이지."

잠시 후, 콜베리는 군발드 라르손을 상대로 추측 게임을 시도했다.

"있잖아, 라르손. 자네는 뉘만을 죽인 남자의 입장에서 생각해볼 수 있겠나? 놈이 살인을 저지른 뒤에 어떤 생각을 했을지?"

"범인이 남자라는 건 어떻게 아나?"

"그런 무기를 잘 다루는 여자는 극히 드물어. 신발 사이즈가 285센티미터인 여자는 더 드물고. 자, 할 수 있겠나? 범인의 입장이 되어서 생각해보는 것?"

군발드 라르손은 흔들림 없는 파란 눈동자로 콜베리를 보았다.

"아니, 못 해. 그런 걸 어떻게 하나?"

군발드 라르손은 손을 들어 눈을 가린 금발 머리카락을 쓸어넘겼다. 그러고는 귀를 쫑긋 세웠다.

"저게 무슨 소리야?"

가까이서 고함 소리와 흥분한 목소리들이 들려왔다. 콜베리와 군발드 라르손은 즉시 밖으로 나갔다. 계단 발치에 경찰의 흑백 승합차 한 대가 서 있었고, 거기서 약 십오 미터 떨어진 지점에 젊은 순경 다섯 명과 나이 지긋한 제복 경찰관 한 명이 모여 선 사람들을 밀어내고 있었다.

순경들은 손을 맞잡고 섰고, 그들의 지휘관은 짧게 친 반백 머리카락 위로 고무 경찰봉을 들어서 위협적으로 휘두르고 있었다.

군중은 사진기자 몇 명, 흰 가운을 입은 여성 간호조무사 몇 명, 제복을 입은 택시 기사 한 명, 그 밖에 다양한 연령의 사람들로 이뤄져 있었다. 흥미진진한 구경거리를 찾아서 몰려든 평범한 시민들이었다. 그중 몇 명이 큰 소리로 항의했고, 젊은 축에 드는 사람 중 하나가 막 바닥에서 무언가를 집어 들었다. 빈 맥주캔이었다. 청년이 그것을 순경들에게 던졌다. 하지만 빗맞았다.

"잡아들여!" 지휘관이 외쳤다. "참을 만큼 참았다."

흰 경찰봉이 몇 자루 더 나타났다.

"그만!" 우렁차게 외친 것은 군발드 라르손이었다.

모든 움직임이 딱 멎었다.

군발드 라르손이 사람들을 향해 걸어갔다.

"무슨 난립니까?"

"통제구역에 다가온 사람들을 물리치고 있었습니다." 나이 지긋한 경찰관이 대답했다.

소매에 달린 금색 수장으로 보아 그는 지구대장인 듯했다.

"나 원 참, 통제하고 자시고 할 것도 없어요." 군발드 라르손이 성냈다.

"그래요, 홀트, 맞습니다." 콜베리가 나섰다. "저 친구들은 어디서 데려왔습니까?"

"아돌프프레드리크 경찰서의 긴급출동팀입니다." 남자는 자동적으로 차려 자세를 취하면서 대답했다. "저 친구들은 먼저 와 있었고 내가 방금 와서 지휘를 맡았습니다."

"허튼짓을 당장 그만둬요." 군발드 라르손이 말했다. "계단에 경비를 한 명 세워서 허가받지 않은 사람들이 건물에 들어가지 못하도록 해요. 사실 그것도 별 필요 없을 것 같구먼. 나머지 놈들은 경찰서로 돌려보내요. 차라리 거기선 뭔가 할 일이 있겠지."

경찰차 안에서 무전기가 지직거리더니 곧 쨍쨍한 목소리가 울렸다.

"하랄드 홀트는 당장 쿵스홀멘 경찰서로 연락하여 베크 경감을 찾을 것."

홀트는 아직도 경찰봉을 들고 서서 두 수사관을 부루퉁하게 쳐다보았다.

"자, 경찰서에 연락해야 하지 않습니까? 누가 찾는 것 같군요." 콜베리가 말했다.

"때 되면 합니다. 아무튼 나는 여기 자원해서 나온 겁니다." 남자가 대꾸했다.

"여기 자원자는 필요 없을 것 같군요." 콜베리가 말했다.

사실은 틀린 말이었다.

"이게 무슨 헛짓이야. 좌우간 난 볼일 다 봤어." 군발드 라르손이 말했다.

이것도 틀린 말이었다.

군발드 라르손이 자기 차로 한 걸음 성큼 내디딘 순간, 총성이 한 방 울리더니 누군가가 악쓰며 도와달라고 외쳤다.

군발드 라르손은 어리둥절하여 우뚝 선 뒤 손목시계를 보았다. 12시 10분이었다.

콜베리도 즉각 반응했다.

이것이 바로 그가 종일 기다렸던 일일까?

21.

"에릭손이라." 멜란데르가 서류 뭉치를 내려놓으면서 말했다. "이야기가 길어. 자네들도 대충은 알 텐데."

"우리는 아무것도 모른다고 가정하고 처음부터 말해줘." 마르틴 베크가 요청했다.

자신의 의자에 앉은 멜란데르가 등받이에 기대며 파이프에 담배를 재우기 시작했다.

"좋아. 그러면 처음부터. 오케 에릭손은 1935년 스톡홀름에서 태어났어. 외동이고, 아버지는 선반공. 에릭손은 1954년 고등학교를 졸업하고 이듬해 입대했다가 제대 후 경찰에 지원했어. 경찰대학에 다니면서 밤에는 FBU*에 다녔지."

멜란데르는 파이프에 정성껏 불을 붙이고 뻐끔뻐끔 연기를 피워 올렸다. 책상 맞은편에 앉은 뢴이 질책하는 기색으로 여보란 듯 기침했지만, 멜란데르는 신경쓰지 않고 계속 뻐끔거렸다.

"자, 에릭손의 그다지 흥미로울 것 없는 인생 전반부는 그렇게 요약할 수 있어. 1956년부터 에릭손은 카타리나 구역에서 순경으로 일하기 시작했지. 이후 몇 년에 대해서는 별로 할말이 없어. 내가 기억하는 한, 그는 썩 훌륭하지도 썩 나쁘지도 않은 평범한 경찰관이었어. 에릭손에 대해서 제기된 고발은 없었지만 그가 어떤 식으로든 두각을 드러낸 일도 내 기억엔 없었어."

"계속 카타리나에 있었나?" 문 옆 서류함에 한 팔을 올리고 서 있던 마르틴 베크가 물었다.

"아니. 첫 사 년 동안 서너 구역을 옮겨다녔을 거야."

멜란데르가 말을 멈추고 눈살을 찌푸렸다. 그러고는 입에서 파이프를 뽑아서 부리로 마르틴 베크를 가리켰다.

"정정하지. 에릭손이 어떤 식으로든 두각을 드러낸 일이 없었다고 말했는데, 틀렸어. 에릭손은 사격 솜씨가 좋았어. 시합이 열리면 늘 높은 등수를 차지했지."

"맞아." 뢴이 거들었다. "나도 기억해. 권총을 잘 쐈어."

---

* 의용군 훈련 프로그램(Frivillig Befälsutbildning). 전시의 국토방위 능력을 개선할 의도로 운영된 민간인 지원자 대상의 군사훈련 프로그램.

어느 끔찍한 남자

"장거리도 잘 쐈어." 멜란데르였다. "그리고 에릭손은 경찰로 일하면서도 계속 FBU 훈련을 받았어. 휴가중에 FBU 캠프에 참가하기도 하고."

"첫 몇 년간 서너 구역을 옮겨다녔다고 했지. 스티그 뉘만의 구역에 배치되었던 적도 있나?" 마르틴 베크가 물었다.

"그래, 잠시. 1957년 가을부터 1958년까지. 그후에 뉘만이 다른 곳으로 옮겼어."

"뉘만이 에릭손을 어떻게 대했는지 아나? 뉘만은 자기가 싫어하는 사람을 아주 못살게 굴었을 텐데."

"뉘만이 에릭손을 다른 젊은이들보다 더 험하게 대했다는 증거는 없어. 에릭손이 뉘만을 상대로 제기한 고발도 그 시절의 일과는 무관하고. 하지만 자네들도 알다시피 뉘만에게는, 본인의 표현을 빌리자면 '마마보이를 사나이로 길러내는' 고유의 수법이 있었으니까 오케 에릭손도 제 몫의 괴롭힘을 겪었다고 봐야겠지."

주로 마르틴 베크를 향해 말하던 멜란데르가 뢴에게로 시선을 옮겼다. 손님용 의자에 구겨진 듯 앉은 뢴은 금방이라도 잠들 것 같은 모습이었다. 마르틴 베크가 멜란데르의 시선을 좇았다.

"에이나르, 커피 한잔하는 게 어떨까?" 마르틴 베크가 말했다.

뢴이 몸을 곧추세웠다.

"응, 그거 좋겠네. 내가 가져올게."

뢴이 어기적어기적 방을 나갔다. 마르틴 베크는 뢴을 보면서 자신도 저렇게 딱해 보일까 생각했다.

뢴이 커피를 들고 돌아와서 다시 털썩 앉자 마르틴 베크가 멜란데르를 보았다.

"계속해, 프레드리크."

멜란데르는 파이프를 내려놓고 자기 커피를 홀짝였다.

"맙소사. 끔찍하네."

멜란데르는 플라스틱 머그를 치워버리고 그의 사랑하는 파이프로 돌아갔다.

"1959년 초, 오케 에릭손은 결혼했어. 상대는 그보다 다섯 살 어린 마리아라는 여자였어. 여자는 핀란드인이었지만 스웨덴에서 산 지 몇 년 되었고 사진관에서 조수로 일했지. 여자는 스웨덴어를 썩 잘하지 못했는데, 이 점이 뒤에 벌어질 사건과 관계있었을지도 몰라. 두 사람은 같은 해 십이월에 아이를 낳았어. 여자는 일을 그만두고 전업주부가 되었지. 아이가 한 살 반이 된 1961년 여름, 마리아 에릭손은 자네들도 결코 잊지 못할 사정으로 죽었어."

뢴이 슬픈 동감의 표시로 까딱였다. 아니면 깜박 존 걸까?

"잊지 못하지. 그래도 얘기해줘." 마르틴 베크가 말했다.

"그러지." 멜란데르가 말했다. "바로 이 대목에서 스티그 뉘만이 등장해. 당시 뉘만의 구역에서 경사로 있던 하랄드 홀트도. 마리아 에릭손은 그들이 있던 경찰서에서 죽었어. 술 취한 사람을 가둬두는 유치장에서. 1961년 6월 26일에서 27일로 넘어가는 밤에."

"그날 밤에 뉘만과 홀트가 파출소에 있었나?" 마르틴 베크가 물었다.

"뉘만은 순경들이 여자를 데려왔을 때 있었어. 하지만 나중에 집에 갔어. 정확히 몇 시에 갔는지는 몰라. 홀트는 그날 밤 순찰을 돌았지만, 여자가 죽은 것이 확인된 순간에는 경찰서에 있었던 게 분명해."

멜란데르는 곧게 편 클립으로 파이프를 쑤셔서 재떨이에 비웠다.

"결국 조사가 이뤄졌고 자초지종이 밝혀졌지. 상황은 이랬던 것 같아. 6월 26일, 마리아 에릭손은 딸과 함께 박스홀름의 친구 집에 갔어. 예전에 함께 일했던 사진사가 마리아에게 두 주 동안 일을 도와달라고 했고, 그동안 마리아의 여자 친구가 아이를 맡아주기로 했지. 마리아는 오후 늦게 시내로 돌아왔어. 그날 오케 에릭손은 저녁 7시에 퇴근할 예정이었고 마리아는 남편보다 먼저 귀가하고 싶었어. 그때 에릭손이 뉘만의 구역에서 일하진 않았다는 점은 짚어둬야겠지."

마르틴 베크는 슬슬 다리가 아팠다. 하지만 방에 있는 두 의자가 다 찼으니 서류함을 떠나 창가로 가서 창턱에 엉덩이를 걸쳤다. 그리고 고갯짓으로 멜란데르에게 이야기를 재촉했다.

"마리아 에릭손은 당뇨가 있었어. 규칙적으로 인슐린 주사를 맞아야 했지. 그 사실을 아는 사람은 많지 않았어. 박스홀름의 친구만 해도 몰랐거든. 마리아 에릭손은 주사기를 챙기는 걸 절대 소홀히 하지 않았어. 소홀히 했다가는 큰일나는 처지였으니까. 그런데 이유는 모르겠지만 하필이면 그날, 마리아는 주사기를 집에 놔두고 나갔어."

이제 마르틴 베크와 뢴은 멜란데르가 재구성한 사건의 자초지종을 유심히 듣고 판단하려는 사람들처럼 멜란데르를 뚫어져라 보고 있었다.

"뉘만 밑에서 일하던 순경 두 명이 저녁 7시 좀 넘어서 마리아 에릭손을 발견했어. 여자는 벤치에 앉아 있었고 기진맥진해 보였지. 순경들은 여자에게 말을 걸어보고는 여자가 약이나 술에 취했다고 판단했어. 그래서 여자를 택시에 태워 경찰서로 데려갔지. 나중에 청문회에서 순경들은 여자를 경찰서에 데려가서 어떻게 해야 할지는 생각하지 않았다고 말했어. 여자가 그만큼 손쓸 수 없는 상태로 보였다나. 한편 택시 기사는 여자가 무슨 외국어로 중얼거렸다고 진술했는데, 아마 핀란드어였겠지. 기사는 또 택시 안에서 소동이 좀 있었던 것 같기도 하다고 말했어. 순경들은 물론 부인했고."

멜란데르가 말을 잠시 멈추고 파이프를 수선스럽게 매만졌다.

"두 순경의 첫 진술에 따르면, 경찰서에서 뉘만이 여자를 보고 순경들에게 여자를 당분간 유치장에 넣어두라고 지시했대. 하지만 뉘만은 여자를 본 적도 없다고 주장했지. 순경들도 후속 청문회에서는 말을 바꿨어. 자신들이 여자를 데려왔을 때 뉘만은 다른 일로 바빴던 것 같다고 진술했지. 자신들은 곧 급한 용무가 생겨서 다시 나갔다고 했고. 한편 유치장 야간 관리인은 여자를 가두는 결정을 내린 건 순경들이었다고 진술했어. 요컨대 다들 남 탓으로 돌렸던 거야. 여자는 유치장에서 아무 소리도 내지 않았고, 그래서 관리인은 여자가 자는 줄 알았대. 여자를 수사지원부서로 넘기려면 세 시간 가까이 더 기다려야 했지. 세 시간 뒤에 마침내 교대자가 왔고, 관리인은 그제서야 유치장을 열어봤어. 그리고 여자가 죽은 걸 발견했지. 그 시점에는 훌트가 경찰서에 있었어. 구급차를 부른 게 훌트였지. 하지만 구급차는 여자를 병원으로 실어 가지 않았어. 여자가 벌써 죽었기 때문에."

"언제 죽었지?" 마르틴 베크가 물었다.

"죽은 지 한 시간쯤 된 듯했대."

뢴이 의자에서 몸을 세웠다.

"당뇨 환자는……." 뢴의 말이었다. "꼭 당뇨가 아니라도 그런 병이 있는 환자는 '이런 병이 있습니다' 하고 알려주는 카드 같은 걸 지니고 다니지 않나?"

"맞아." 멜란데르가 대답했다. "마리아 에릭손도 갖고 있었어. 핸드백에. 하지만 자네들도 알다시피, 순경들이 여자를 데려온 뒤에 바로 몸수색을 하지 않았던 게 이 사건의 한 원인이었거든. 그 구역 순찰조에는 여성이 없었어. 그러니까 수사지원부서로 넘겨져서야 몸수색이 이뤄졌겠지. 그리로 빨리 넘겨지기만 했어도."

마르틴 베크가 끄덕였다.

"청문회에서 뉘만은 자신은 여자도 핸드백도 본 적 없다고 말했어. 결국 두 순경과 유치장 관리인이 책임을 뒤집어썼지. 내가 알기로는 그들도 경고를 받는 데 그쳤어."

"오케 에릭손은 그런 일이 벌어진 걸 알고 어떻게 반응했나?" 마르틴 베크가 물었다.

"사람이 무너졌지. 두 달 병가를 냈어. 세상일에 관심을 잃은 듯 보였고. 에릭손은 그날 아내를 기다리다가 아내가 놔두고 간 주사기를 발견했지. 그래서 병원이란 병원에 죄다 전화를 걸었고, 그다음에는 차를 끌고 나가서 직접 아내를 찾아봤어. 그러느라고 시간이 꽤 흐르고 나서야 아내가 죽은 걸 알았지. 그때 놈들이 바로 에릭손에게 사실대로 얘기해줬을 것 같진 않아. 하지만 결국 에릭손이 진상을 알아냈지. 그해 구월에 에릭손이 뉘만과 홀트에 대한 첫 번째 진정서를 올린 걸 보면 말이야. 하지만 그 시점에는 조사가 종결된 뒤였어."

22.

멜란데르의 방이 조용해졌다.

멜란데르는 깍지 낀 손으로 목을 받치고 천장을 보았고, 마르틴 베크는 창턱에 기대서 이야기가 이어지기를 기다리는 구슬픈 눈으로 멜란데르를 보았고, 뢴은 그냥 의자에 앉아 있었다.

이윽고 마르틴 베크가 침묵을 깼다.

"에릭손은 아내가 죽은 뒤에 어떻게 됐나? 외부적인 사건을 말하는 게 아니라 에릭손의 심리 상태가 어떻게 바뀌었는가 하는 거야."

"글쎄, 난 정신과 의사는 아니니까." 멜란데르가 대답했다. "참고할 만한 전문가 의견도 없어. 내가 아는 한 에릭손은 1961년 9월에 복직하면서도 의사를 찾아가지 않았거든. 찾아갔어야 했

어느 끔찍한 남자

을 테지."

"아무튼 달라졌겠지?"

"맞아. 에릭손의 성격이 변했던 건 분명해."

멜란데르는 스트룀그렌이 여기저기에서 모아 온 서류 더미에 손을 얹었다.

"이거 다 읽어봤나?"

뢴이 고개를 저었다.

"일부만 봤어." 마르틴 베크가 대답했다. "그건 나중에 봐도 돼. 자네가 요약해서 들려주는 게 명료한 그림을 더 빨리 얻을 수 있는 길이야."

마르틴 베크는 칭찬을 좀더 덧붙일까 생각했으나 그만두었다. 마르틴 베크가 잘 아는바, 멜란데르는 아첨에 꿈쩍도 하지 않는 사람이었다.

멜란데르는 끄덕거리면서 파이프를 물었다.

"좋아. 오케 에릭손은 복직한 뒤로 사람들과 소통하지 않고 말도 하지 않고 가급적 혼자 지내려고 했어. 동료들이 그의 기운을 돋우려고 애썼지만 소용없었지. 동료들은 처음에는 그를 참아줬어. 다들 그 사건을 알았고 그를 딱하게 여겼으니까. 하지만 에릭손이 꼭 필요할 때 외에는 입도 벙긋하지 않는데다가 남의 말도 듣지 않았기 때문에, 결국에는 다들 그와 함께 일하는 걸 꺼리게 됐어. 에릭손은 원래 사회성이 좋았어. 동료들은 그가 최악의 시기만 넘기면 옛 모습을 되찾으리라고 기대했겠지. 하지만 그러기는커녕 계속 나빠졌어. 예민해지고, 퉁명스러워지고, 규칙에 깐깐하게 얽매였지. 불만이니 신고니 고발이니 하는 내용을 담은 진정서를 쓰기 시작했어. 몇 년간 주기적으로 그랬어. 우리도 다들 한 번쯤 에릭손에게 고발당했을 텐데."

"난 아냐." 뢴이 말했다.

"자네가 개인적으로 당한 적은 없어도 에릭손이 강력반 전체에게 보낸 편지는 본 적 있을 텐데?"

"그건 그래." 뢴이 말했다.

"에릭손은 뉘만과 훌트를 직무유기로 옴부즈맨에 고발했어. 진정서를 여러 통 보냈지. 그다음에는 제 눈에 띄는 사람을 죄다 직무유기로 신고하기 시작했어. 주지사까지. 나도 당했고, 마르틴 자네도 당하지 않았나?"

"아무렴." 마르틴 베크가 대답했다. "자기 아내의 살인 사건에 대한 수사를 개시하지 않는다는 이유로. 하지만 워낙 오래된 일이라 솔직히 난 까맣게 잊고 있었어."

"아내가 죽은 지 일 년쯤 됐을 때, 에릭손은 함께 일하기가 아예 불가능한 사람이 돼버렸어. 그래서 그곳 서장이 에릭손을 전출시켜달라고 요청했지."

"이유를 뭐라고 댔는지 아나?" 마르틴 베크가 물었다.

"그 서장은 좋은 사람이었어. 에릭손을 많이 눈감아줬던 모양이야. 하지만 결국 다른 부하들 때문에라도 더 봐줄 수 없었지. 서장은 대충 에릭손이 동료들과 불화를 일으킨다, 함께 일하기가 불가능하다, 에릭손 자신도 다른 구역으로 옮기면 더 편할 거라고 말했어. 1962년 여름, 에릭손은 새 구역으로 발령받았어. 하지만 그곳에서도 인기가 좋진 않았고, 새 상사는 예전 상사와는 달리 그를 두둔해주지 않았지. 다른 순경들이 불평을 제기했고, 그래서 에릭손은 징계도 좀 받았어."

"왜? 폭력을 썼나?" 마르틴 베크가 물었다.

"그건 아냐. 에릭손은 거칠게 군 적은 없어. 오히려 대부분의 사람들은 에릭손이 지나치게 착하다고 생각했지. 에릭손이 누구에게든 깍듯하게 대했거든. 문제는 그게 아니라 에릭손이 황당할 만큼 꼼꼼하게 군다는 점이었던 모양이야. 십오 분이면 족할 일에 몇 시간씩 매달렸어. 사소한 세부에 집착했고, 가끔은 지시를 어기면서까지 자기가 더 중요하다고 판단한 다른 일을 수행했지. 남에게 배정된 사건에 끼어들어서 권한을 침범하기도 했고. 동료며 상사며 가릴 것 없이 비판했어. 에릭손이 제기했던 고발이니 신고니 하는 게 죄다 그런 내용이야. 다른 경찰관들이 일을 소홀히 한다, 같은 구역의 견습생부터 저 위의 국가경찰청장까지 모두가. 내무부 장관도 고발했을걸. 당시에는 내무부 장관이 경찰의 최종 책임자였으니까."

"자신은 완벽하다고 생각했던 거야? 과대망상이 있었나." 뢴이 말했다.

"아까 말했지만, 나는 정신과 의사가 아니야." 멜란데르가 말했다. "하지만 내가 볼 때 에릭손은 아내의 죽음을 경찰 전체의 탓으로 돌렸던 것 같아. 비단 뉘만과 그 수하들뿐만이 아니라."

마르틴 베크는 문으로 돌아가서 평소에 좋아하는 자세, 즉 서류함에 한 팔을 올린 자세를 취했다.

"그런 일이 벌어지도록 놔두는 경찰 따위는 받아들일 수 없다는 거였군." 마르틴 베크의 말이었다.

멜란데르는 끄덕거리면서 파이프를 빨았다. 하지만 파이프는 꺼져 있었다.

"응. 적어도 내가 파악하기로는 에릭손이 그런 식으로 생각했던 것 같아."

"에릭손의 사생활에 대해서는 알려진 게 없었나?" 마르틴 베크가 물었다.

"별로 없어. 기본적으로 외톨이였던데다가 경찰 내에는 친구가 없었어. 결혼한 후에는 FBU 훈련도 그만뒀지. 사격 연습은 계속했지만, 경찰 내 체육 활동에는 참가하지 않았어."

"사적인 관계는? 딸이 있다고 했는데, 그러면…… 지금 몇 살이지?"

"열한 살." 뢴이 대신 대답했다.

"맞아." 멜란데르가 말했다. "에릭손이 직접 키웠어. 결혼해서 살기 시작한 집에서 계속 살면서."

멜란데르는 자식이 없었다. 하지만 뢴과 마르틴 베크는 혼자 아이를 기르면서 경찰관으로 일한다는 것이 현실적으로 얼마나 어려운 일일까 하는 생각에 잠겼다.

"에릭손이 출근했을 때나 그런 때 아이를 봐줄 사람이 없었나?" 뢴이 못 믿겠다는 듯이 물었다.

막 일곱 살이 된 아들을 둔 뢴은 지난 칠 년 동안, 휴가나 주말에는 더욱더, 아이 하나가 인생의 어느 시기에는 성인 두 명의 시간과 에너지를 거의 스물네 시간 내내 잡아먹을 수 있다는 사실에 자주 놀랐다.

"1964년까지는 탁아소에 맡겼어. 그리고 에릭손의 부모가 둘 다 생존해 있었기 때문에, 에릭손이 야간 근무를 할 때는 그분들이 아이를 봐줬지."

"그후에는? 1964년 이후에는?" 뢴이 물었다.

"그후에는 아마 우리가 아는 바가 없겠지." 마르틴 베크가 대신 말하고는 그렇느냐는 눈으로 멜란데르를 보았다.

"맞아. 에릭손은 그해 팔월에 잘렸어. 아무도 아쉬워하지 않았지. 에릭손과 조금이라도 관계 맺었던 사람들은 어떤 이유에서든 그저 하루빨리 그를 잊고 싶어 했어."

"에릭손이 이후에 무슨 일을 했는지도 모르나?" 마르틴 베크가 물었다.

"같은 해 시월에 야간 경비 자리에 지원한 적은 있어. 하지만 채용되었는지는 모르겠어. 그후에는 완전히 우리 시야에서 사라졌지."

"에릭손이 잘린 건, 마지막 지푸라기가 낙타의 등을 부러뜨린 탓이었나?" 뢴이 물었다.

"그게 무슨 말인가?"

"그러니까 징계가 누적되어서 잘렸나, 아니면 뭔가 특별한 잘못을 저질러서 잘렸나 하는 말이야."

"낙타의 등이 부러질 조짐은 내내 있었지. 하지만 직접적인 해고 사유는 규정 위반이야. 오케 에릭손은 8월 7일 금요일 오후에 미국 대사관 앞에서 경비를 서게 됐어. 1964년이었으니까, 아직 베트남전 반대 시위가 대규모로 벌어지진 않던 때였지. 자네들도 기억하겠지만 그 시절에는 미 대사관 앞에 사람을 달랑 한 명 배치해뒀어. 인기 없는 임무였어. 그 앞에 서서 그냥 오락가락하는 건 지겹기 짝이 없는 일이었으니까."

"그래도 그 시절에는 경찰봉을 돌릴 수 있었지." 마르틴 베크가 말했다.

"진짜 잘 돌렸던 친구를 아는데." 뢴이 말했다. "환상적이었어. 에릭손이 그 친구만큼 잘 돌렸다면 서커스단에 취직할 수 있었을 거야."

멜란데르가 피곤한 눈으로 뢴을 본 뒤 시계를 보았다.

"사가에게 점심은 집에서 먹겠다고 약속했어. 그러니까 내가 이야기를 계속하길 바란다면……."

"미안. 문득 생각이 나서." 뢴이 상처받은 표정으로 중얼거렸다. "계속해."

"아까 말했듯이, 에릭손은 대사관 경비를 서야 했어. 하지만 배를 째버렸지. 거기 가서 앞 시간 근무자와 교대하긴 했지만, 그러자마자 자리를 뜬 거야. 에릭손은 그로부터 약 일주일 전에 프레드릭스호브스가탄 거리의 어느 건물로 호출된 적이 있었거든. 건물 관리인이 지하실에서 자살한 사건이었지. 보일러실 파이프에 밧줄을 걸고 목을 매단 거야. 자살임을 의심할 이유가 없었지. 게다가 지하실의 잠긴 방에서 장물이 발견되었으니까. 카메라, 라디오, 텔레비전, 가구, 러그, 그림…… 그해에 벌어진 여러 절도 사건에서 사라졌던 물건들이 거기 잔뜩 있었단 말야. 관리인이 장물아비였던 거지. 며칠 뒤에 경찰은 그곳을 장물 보관소로 이용했던 절도범 일당을 체포했어. 자, 그 사건에서 에릭손이 해야 했던 일은 호출을 받고 파트너와 함께 출동해서 현장을 통제하는 것, 서에 보고하는 것, 자살 사건 보고서를 작성하는 것, 그게 전부였어. 그런데 에릭손은 그 사건 조사에 미진한 데가 있다는 생각을 품었단 말이야. 내가 기억하기로, 에릭손은 일단 관리인이 살해된 거라고 믿었어. 그리고 자신이 절도범 잔당을 알아내겠다고 결심했어. 그래서 에릭손은 오후 내내 대사관으로 돌아가지 않고, 물론 애초에 그 자리를 떠나선 안 되는 거였지만, 프레드릭스호브스가탄에서 주민들을 면담하고 단서를 캐고 다녔던 거야. 만약에 평범한 날이었다면 에릭손이 제자리에 없는 걸 아무도 눈치조차 못 챘겠지. 하지만 운이 나쁘려니 바로 그날 오후에 대사관 앞에서 사실상 최초의 베트남전 반대 시위가 열린 거야. 이틀 전인 8월 5일에 미국이 북베트남을 처음 공습해서 해안가에 폭탄을 왕창 떨어뜨렸지. 그래서 이제 시민 수백 명이 모여서 항의 시위를 벌인 거야. 전혀 예상치 못한 시위였기 때문에 대사관 자체 경호 요원들은 당황했고, 게다가 우리 친구 에릭손은 코빼기도 안 보였으니, 경찰이 인원을 갖춰서 모이는 데 시간이 꽤 걸렸지. 시위는 평화로웠어. 시위대는 그냥 피켓을 들고 구호를 외쳤고 대표단이 대사관으로 들어가서 대사에게 항의 서한을 전달하려고 했지. 하지

어느 끔찍한 남자

만 자네들도 알다시피 당시에는 경찰이 시위에 익숙하지 않았거든. 그래서 폭동 사태에 대한 대응 수법을 썼지. 어떻게 됐겠어, 난리가 났다 이거야. 경찰은 시위대를 잔뜩 잡아들였어. 그 과정에서 시민들을 상당히 험하게 다룬 사례도 있었고. 그 모든 사태가 에릭손 탓이 되었지. 에릭손은 중대한 직무를 방기했으니 즉각 대기 발령되었고 며칠 뒤에 공식 파면되었어. 그렇게 해서 오케 에릭손은 퇴장했지."

멜란데르는 일어섰다.

"그리고 이제 프레드리크 멜란데르도 퇴장한다네. 점심을 거르고 싶진 않아. 자네들이 오늘 또 나를 찾는 일은 없기를 바라 마지않지만, 혹시 그래야 한다면 내가 어딨는진 알겠지."

멜란데르는 담배쌈지와 파이프를 집어넣고 코트를 입었다. 마르틴 베크가 가서 멜란데르의 의자에 앉았다.

"뉘만을 죽인 게 정말 에릭손이라고 생각하나?" 문가에서 멜란데르가 물었다.

뢴은 어깨를 으쓱했고 마르틴 베크는 대답하지 않았다.

"그럴 가능성은 낮아 보이는데." 멜란데르가 말했다. "그럴 거라면 아내가 죽었을 때 진작 그랬겠지. 십 년이란 세월은 복수심과 증오심도 누그러뜨릴 수 있어. 자네들이 잘못 짚은 거야. 하지만 행운을 빌어. 안녕."

멜란데르는 떠났다. 뢴이 마르틴 베크를 보다가 입을 열었다.

"멜란데르 말이 맞을 수도 있어."

마르틴 베크는 묵묵히 책상 위의 서류를 되는대로 뒤적거리다가 대꾸했다.

"나는 멜란데르가 했던 말 중에서 딴 게 마음에 걸리는데. 에릭손의 부모 이야기. 어쩌면 그 사람들은 십 년 전에 살았던 집에서 계속 살고 있을지도 몰라."

마르틴 베크는 이제 좀더 뚜렷한 목적을 품고 서류를 뒤적거렸다. 뢴은 말이 없었지만, 마르틴 베크를 보는 눈에 열의라고는 없었다. 마르틴 베크는 찾던 것을 발견했다.

"여기 주소가 있군. 세겔토르프의 감라쇠데르텔리에베겐 거리야."

23.

차는 몸체가 까맣고 펜더가 희고 지붕에 푸른 등이 두 개 달린 크라이슬러였다. 그것만으로는 부족하다는 듯 후드와 트렁크와 양 옆면에 큼직하고 또박또박한 흰 글씨로 "경찰", "경찰", "경찰", "경찰"이라고 적혀 있었다.

번호판이 'B'로 시작하는데도, 이 순간 차는 노르툴에서 스톡홀름 시 경계를 넘어 달리고 있었다. 웁살라베겐에서 멀어지는 방향인 것도 문제이지만 더 큰 문제는 솔나 경찰서로부터 멀어지는 방향이라는 점이었다*.

---

* 1973년에 현행 제도로 바뀌기 전까지 스웨덴에서는 알파벳 하나나 둘에 숫자 다섯 자리를 결합한 번호판을 썼는데, A로 시작하면 스톡홀름 시 차였고 B로 시작하면 스톡홀름 주 차였다. 솔나는 스톡홀름 시 북쪽에 있는 스톡홀름 주 내 구역이고, 웁살라베겐은 시 북쪽 노르툴에서 북쪽으로 빠져나가는 고속도로다.

차는 새 차였다. 현대적 장비도 잘 갖춰져 있었다. 하지만 기술적 개량도 차에 탄 인력을 개선하는 데는 별 도움이 되지 못했다. 그 인력이란 칼 크리스티안손 순경과 쿠르트 크반트 순경으로, 스코네 출신의 두 금발 거한은 십이 년 가까이 순찰차를 몰면서 소수의 성공적인 임무와 압도적으로 많은 다수의 성공적이지 못한 임무를 수행해왔다.

이 순간에도 그들은 또 한 번 말썽을 향해 달려가는 듯했다.

구체적으로 설명하자면, 약 사 분 전에 크리스티안손이 울며 겨자 먹기로 '궁둥이'를 체포한 것이 화근이었다. 불운 탓도, 일에 대한 넘치는 의욕 탓도 아니었다. 유례없이 노골적이고 몰지각한 도발이 불러온 불행한 결과일 뿐이었다.

상황은 크반트가 하가 버스 터미널 가판대 앞에 차를 세우면서 시작되었다. 크반트는 지갑을 꺼내 크리스티안손에게 십 크로나를 빌려줬고, 지폐를 건네받은 크리스티안손은 차에서 내렸다.

크리스티안손은 늘 돈에 쪼들렸다. 돈만 생기면 축구 복권에 쏟아붓는 탓이었다. 그 광적인 취미를 아는 사람은 세상에 둘뿐이었다. 한 명은 물론 크반트였다. 한 순찰차를 탄 두 사람은 서로 의지하는 사이였고, 공통의 비밀이 아닌 한 어떤 비밀도 상대에게 숨길 수 없었다. 다른 한 명은 크리스티안손의 아내이자

어느 끔찍한 남자

같은 중독을 겪는 셰르스틴이었다. 부부는 함께 있을 때면 축구 복권을 작성하는 일, 그리고 직접 계산한 확률과 어린 두 자녀가 제공하는 무작위 선택지와 특별 제작한 주사위 한 쌍의 도움을 조합함으로써 몹시 복잡한 예측 체계를 개발하는 일에 바쁜 나머지 성생활마저 등한시했다.

크리스티안손은 가판대에서 《이드롯스블라데트》와 다른 전문지 두 부를 사고 크반트에게 줄 감초 젤리도 하나 샀다. 크리스티안손은 잔돈을 오른손으로 받아 주머니에 쑤셔넣었고, 왼손에 신문을 들고 차로 걸어가면서 눈으로는 벌써 《알라 레트》 1면을 훑었다. 그는 자신의 주력 팀 중 하나인 밀월이 어려운 상대인 포츠머스와의 대항전을 어떻게 치를 것인가 하는 문제를 생각하느라 여념이 없었다. 그때 뒤에서 누가 이렇게 알랑거렸다.

"이걸 놓고 가셨습니다, 경찰관 나리."

크리스티안손은 무엇인가가 소매를 스치는 걸 느끼고는 반사적으로 오른손을 주머니에서 꺼내어 그 물건을 거머쥐었다. 물건은 선득하게 차가운데다가 끈적거렸다. 크리스티안손은 깜짝 놀라서 고개를 들었다. 눈앞에 있는 것은 공포스럽게도 '궁둥이'의 얼굴이었다.

크리스티안손은 자신이 손에 쥔 것을 내려다보았다.

칼 크리스티안손은 어엿하게 근무중이었으므로 사람이 많은 공공장소에 있었다. 반짝거리는 단추가 달린 제복을 입었고, 어깨띠를 맸고, 허리에 찬 흰 권총집에 권총과 경찰봉도 갖고 있었다. 그리고 염장한 족발을 한 손에 들고 있었다.

"각자 어울리는 게 있지! 맘에 들면 좋겠네! 아니면 먹어버리시든가!"

궁둥이가 이렇게 외치고 우렁차게 웃음을 터뜨렸다.

궁둥이는 거지이자 떠돌이 행상이었다. '궁둥이'라는 별명은 자명한 이유에서 붙었다. 문제의 신체 부위가 압도적으로 시선을 끌고 그 밖의 머리와 팔다리는 그것에 덧붙은 부록처럼 보여서였다. 남자는 키가 겨우 150센티미터여서 크리스티안손과 크반트보다 36센티미터가 작았다.

하지만 두 순경이 그 남자를 탐탁지 않아 하는 건 외모가 아니라 옷 때문이었다.

궁둥이는 긴 코트 두 벌, 재킷 세 벌, 바지 네 벌, 조끼 다섯 벌을 껴입고 다녔다. 그것은 곧 주머니가 족히 쉰 개는 된다는 뜻이었다. 그리고 궁둥이는 늘 현금을 상당히 많이 가지고 다니는데, 모두 동전인데다 액면가 10외레 미만의 동전으로만 가지고 다닌다는 점으로 유명했다.

크리스티안손과 크반트는 궁둥이를 정확히 열한 번 체포했다. 하지만 경찰서로 데리고 간 건 첫 두 번뿐이었다. 그마저도 판단 미숙과 경험 부족으로 인한 실수였다.

첫 번째에 궁둥이는 총 마흔세 개의 주머니에 1외레 동전 1230개, 2외레 동전 2780개, 5외레 동전 2037개, 10외레 동전 1개를 가지고 있었다. 몸수색에는 3시간 20분이 걸렸다. 나중에 열린 재판에서 궁둥이는 민중의 지팡이를 모욕한 죄로 벌금 10크로나를 물었고 순찰차 라디에이터에 붙였던 돼지 코도 몰수당했지만, 크리스티안손과 크반트는 그 재판에 증인으로 출석해야 했고 더구나 쉬는 날에 그래야 했다.

두 번째에는 운이 더 나빴다. 그때 궁둥이는 총 예순두 개의 주머니에 무려 320크로나 93외레를 가지고 있었다. 몸수색에는 장장 일곱 시간이 걸렸다. 설상가상 나중에 열린 재판에서 궁둥이는 무죄판결을 받았는데, 그것은 스코네 사투리의 섬세한 뉘앙스를 전혀 모르는 멍청한 판사가 '푸비크'니 '뫼르뵈르'니 '고사피크'니 '푸가솔레'니 하는 표현에서 비하와 중상의 의미를 읽어내지 못한 탓이었다. 판사는 크반트가 어렵사리 번역을 시도하여 '뫼르뵈르'는 대충 '똥차'라는 뜻이라고 알려주었는데도 사건의 원고는 순찰차가 아니라 크리스티안손이라고 딱 잘라 말하면서 자신의 법정은 플리머스 세단을 모욕하는 것은 불가능한 일이라고 판단하며 특히나 다른 실용적 운송 수단에

빗댄 것만으로는 모욕죄가 성립되지 않는다고 본다고 말했다.

궁둥이도 크리스티안손과 크반트처럼 스웨덴 남부 벌판에서 자라난 몸이었기에 어떤 단어를 어떻게 써야 하는지를 잘 알았던 것이다.

그리고 크반트가 한술 더 떠서 피고를 "칼 프레드리크 구스타프 오스카르 옌손셰크"가 아니라 "궁둥이"라고 부른 순간, 재판은 보나마나 진 게임이었다. 판사는 크반트에게 공개 법정에서 수상하고 불가해한 사투리로 된 욕설을 사용해서는 안 된다고 훈계하면서 사건을 기각했다.

그리고 지금, 그 악몽이 다시 벌어질 찰나였다.

크리스티안손은 슬쩍 주변을 둘러보았다. 시민들은 모두 즐겁게 기대하는 얼굴, 아니면 벌써 키득거리는 얼굴로 쳐다보고 있었다. 설상가상으로 궁둥이는 안주머니에서 족발을 하나 더 꺼내고 있었다.

"이건 요전날 꼴까닥한 네 친척에게서 가져온 거다!" 궁둥이가 외쳤다. "그놈의 마지막 소원은 이 족발을 자기만큼 돼지 같은 놈에게 전해줬으면 좋겠다는 거였지. 그리고 모든 돼지들이 꼴까닥하면 가게 되는 데서 곧 만나자고 하던데. 지옥에 있는 커다란 돼지기름 양동이에서!"

크리스티안손은 당황한 푸른 눈으로 크반트를 찾았다. 하지만 크반트는 딴 곳을 보고 있었다. 그것은 이 일이 자신하고는 별로 혹은 전혀 관계없다고 선언하는 행동이었다.

"족발이 정말 잘 어울리네요, 나리. 하지만 꼬불꼬불한 꼬리가 없으시네요. 걱정 마십쇼, 제가 그것도 드릴 테니까!"

궁둥이가 자유로운 한 손을 다시 품에 넣었다.

이제 사방의 얼굴들이 희희낙락했다. 누군지는 모르겠지만 뒤쪽에 선 사람 하나가 큰 소리로 제 의견을 밝혔다.

"옳거니! 본때를 보여라!"

궁둥이는 크리스티안손이 망설이는 것이 적이 실망스러운 모양이었다.

"돼지 같은 짭새! 수퇘지 거시기! 암퇘지 구녕!"

궁둥이가 빽빽 소리치자 군중이 기대감으로 술렁였다.

상대를 붙잡으려는 뜻에서, 크리스티안손은 족발을 쥔 손을 쑥 내밀었다. 머릿속으로는 빠져나갈 방법을 필사적으로 궁리했다. 궁둥이의 비밀 주머니에서 수천 개의 동전이 짤랑거리는 소리가 벌써 귀에 쟁쟁했다.

"저놈이 나를 치네!"

궁둥이가 아픈 척 시늉하면서 발악했다.

"나같이 불쌍하고 아픈 인간을! 저놈이 죄 없는 행상을 치네! 내가 인간적으로 좀 친절하게 대했기로서니! 놔라, 이 망할 놈아!"

사실을 말하자면 크리스티안손은 손에 족발을 쥐고 있기에 폭력을 휘두르기에는 운신이 부자유스러웠지만 궁둥이는 크리스티안손이 다소 부적절한 무기를 사용할 틈도 주지 않고 냉큼 제 손으로 순찰차 문을 열고 뒷좌석에 탔다.

크반트는 고개도 돌리지 않고 말했다.

"칼레, 날 잡아 잡쉈 하고 놈의 손에 떨어지다니 어쩌면 그렇게 등신 같아? 다 네 잘못이야."

그러고는 시동을 걸었다.

"맙소사." 크리스티안손은 하나 마나 한 소리로 대답했다.

"그래서 어디로 가고 싶대?" 크반트가 성내며 물었다.

"솔나베겐 98번지로 갑시다." 궁둥이가 즐겁게 말했다.

궁둥이는 멍청하지 않았다. 그는 경찰서로 가자고 말하고 있었다. 그는 제 동전을 헤아릴 기회가 왔다는 사실에 기쁜 마음을 숨기지 못했다.

"우리 구역 아무데나 내려줄 순 없어. 위험해." 크반트가 말했다.

"경찰서로 가자니까." 궁둥이가 간청했다. "무전을 쳐서 우리가 곧 가니까 커피포트를 올려두라고 해. 두 사람이 동전을 세는 동안 나는 커피 한잔하게."

궁둥이가 설명을 보충할 겸 몸을 흔들었다. 아니나 다를까, 껴입은 옷가지에 숨겨진 수많은 주머니에서 수많은 동전이 불길하게 짤그랑거렸다. 궁둥이를 수색하는 것은 누가 되었든 어리석게 그를 경찰서로 데려온 사람의 몫이었다. 그것은 불가침의 불문율이었다.

"어디로 가고 싶은지 물어봐." 크반트가 말했다.

"네가 직접 물어봐." 크리스티안손이 소심하게 대답했다.

"내가 잡아들인 게 아니잖아. 나는 놈이 차에 타기 전에는 코빼기도 못 봤다고."

크반트의 장기는 아무것도 안 보고 아무것도 안 듣는 것이었다.

크리스티안손이 알기로, 궁둥이의 인간적 약점을 건드리는 방법은 하나뿐이었다. 크리스티안손은 자기 주머니에 든 잔돈을 흔들었다.

"얼마야?" 궁둥이가 욕심스레 물었다.

크리스티안손은 10크로나에서 남은 잔돈을 꺼내어 셌다.

"적어도 6크로나 50외레."

"이건 뇌물인데." 궁둥이가 투덜거렸다.

이 상황을 법으로 따지자면 어떻게 되는지는 크리스티안손도 크반트도 알 수 없었다. 궁둥이가 그들에게 돈을 주겠다고 제안한다면야 틀림없는 공무원 매수 시도이겠지만 지금은 거꾸

로였다.

"그리고 6크로나 50외레로는 부족해. 디저트와인을 살 돈이 필요해."

크반트가 지갑을 꺼내어 10크로나 한 장을 더 뽑았다. 궁둥이가 냉큼 받았다.

"쉬스테메트*에 내려줘." 궁둥이가 요구했다.

"솔나에서는 안 돼. 그건 너무 위험해." 크반트가 말했다.

"그러면 식투나가탄으로 데려다줘. 거기 사람들은 날 알거든. 바사파르켄에 친구들도 있고. 공원 화장실 근처에."

"저 인간을 주류 판매점 앞에 내려줄 순 없어." 크리스티안손이 초조하게 말했다.

크반트는 남쪽으로 차를 달렸다. 마주보는 우체국과 텐스토페트 식당을 지나서 달라가탄으로 내려갔다.

"여기서 잠깐 들어갔다 나오자." 크반트가 말했다. "공원 안에서 놈을 내려주게."

"족발값은 안 줬잖아." 궁둥이가 말했다.

두 순경은 궁둥이를 때리진 않았다. 그러기에는 체격 차이가

---

* 정식 명칭이 '시스템 회사'라는 뜻의 쉬스템볼라게트(Systembolaget)인 쉬스테메트(Systemet)는 스웨덴 국영 주류 판매점 체인이다.

어느 끔찍한 남자

너무 분명했고, 그 때문이 아니라도 그들에게 사람을 때리는 버릇은 없었다. 적어도 이유가 있지 않고서는.

게다가 둘 다 일에 그다지 열성적이지 않았다. 크반트는 어쩌다 보고 들은 사건이 있으면 거의 빼놓지 않고 보고했지만 어째서인지 늘 아무것도 보지 않고 듣지 않는 편이었다. 크리스티안손은 좀더 노골적인 게으름뱅이였다. 처리가 복잡할 것 같거나 말썽의 소지가 있을 것 같은 일은 보고서도 대놓고 무시했다.

크반트는 이스트먼 병원 앞에서 꺾어서 공원으로 들어갔다. 헐벗은 나무들만 있는 공원은 적막했다. 크반트가 차를 세우고 말했다.

"칼레, 넌 여기서 내려. 나는 좀더 들어가서 최대한 조용히 이놈을 내려줄게. 뭔가 문제가 있으면 평소처럼 호루라기로 신호해."

순찰차에서는 평소처럼 축축한 발냄새와 오래된 토사물 냄새가 풍겼다. 하지만 지금은 궁둥이의 싸구려 술 냄새와 체취가 다른 냄새들을 압도했다.

크리스티안손은 고개를 끄덕이고 내렸다. 신문은 뒷좌석에 놔두고 내렸지만 족발은 여태 오른손에 들고 있었다.

차가 등뒤로 사라졌다. 크리스티안손은 도로 쪽으로 슬슬 걸어갔다. 언뜻 보기에 문제가 될 일은 없는 듯했다. 그런데도 어쩐지 불안했다. 크반트가 얼른 차를 갖고 돌아와서 함께 평화롭고 안전한 그들의 구역으로 물러나면 좋겠다 싶었다. 크리스티안손은 근무가 끝날 때까지 크반트가 자기 아내에 대해서 몸매가 얼마나 꽝이고 성질은 또 얼마나 사나운지 모르겠다고 늘어놓는 불평을 들어야 할 터였다. 하지만 익숙한 일이었다. 한편 크리스티안손 자신은 아내에게 불만이 없었고, 특히 이 축구 복권 문제에 관해서는 더욱더 없었고, 크반트에게 자기 아내 이야기를 하는 일도 별로 없었다.

크반트는 시간이 좀 걸리는 듯했다. 사람들에게 들킬 위험을 줄이려고 그럴 테지. 아니면 궁둥이가 가격을 두 배로 올렸을지도 모른다.

이스트먼 병원의 정면 출입구 앞에는 한가운데에 동그란 돌 분수인지 뭔지가 있는 작은 광장이 조성되어 있었다. 그 분수 건너편에 까만 폭스바겐이 한 대 서 있었는데, 어찌나 뻔뻔하게 주차 법규를 위반한 모습인지 크리스티안손처럼 태만한 경찰관도 절로 신경이 쓰였다.

크리스티안손은 딱히 어떻게 하겠다는 생각은 없었다. 그냥 기다림이 길어지니까 둥근 분수를 돌아서 어슬렁어슬렁 가본 것뿐이었다. 각종 금지의 천국인 스웨덴에서도 수도 한복판에 저렇게 대륙식으로 차를 대둔 차주가 대체 어떤 인간인가 살펴

어느 끔찍한 남자

보는 척이라도 할 수 있을 것이다. 주차된 차를 살펴본다고 해서 꼭 후속 조치를 취해야 한다는 법은 없으니까.

분수는 지름이 사 미터쯤 되었다. 크리스티안손이 분수 건너편까지 돌아간 순간, 길 건너편의 건물 고층 창문에서 유리가 햇빛을 반사했는지 번쩍 빛나는 것이 그의 눈에 들어왔다.

그러고는 일 초도 채 지나지 않아서 짧고 날카로운 총성이 울렸다. 동시에 무언가가 그의 오른 무릎 아래를 때렸다. 크리스티안손은 다리가 갑자기 사라진 느낌이었다. 그는 비틀비틀 뒷걸음질하다가 분수의 돌난간에 걸려서 뒤로 넘어졌다. 그리고 이 계절에 늘 그렇듯이 전나무 잔가지와 썩어가는 나뭇잎으로 뒤덮인 분수 바닥으로 쓰러졌다.

크리스티안손은 등을 대고 누운 채로 자신이 지르는 비명소리를 들었다.

총성이 몇 번 더 울리는 걸 어렴풋이 알았지만, 자신을 겨냥한 총알은 아닌 듯했다.

여태 한 손에 족발을 쥔 크리스티안손은 아까 본 섬광과 총성을 하나로 잇지 못했고, 그것과 자신의 정강뼈를 아작 낸 총알과의 관계도 깨닫지 못했다.

24.

군발드 라르손은 두 번째 총성을 들었을 때도 시계 초침을 바라보고 있었다. 총성은 그 뒤로도 최소 네 번 더 이어졌다.

스웨덴의 여느 시계처럼 군발드 라르손의 시계는 그리니치 표준시로부터 한 시간 이른 스웨덴 표준시에 맞춰져 있었고 일 년에 일 초도 어긋나지 않을 만큼 잘 관리되고 있었기 때문에, 군발드 라르손의 측정은 확실했다.

첫 총성은 정확히 12시 10분에 울렸다. 이어진 네 발 혹은 다섯 발은 이후 사 초 뒤로부터 이 초 내에, 즉 12시 10분 4초에서 6초 사이에 울렸다.

기특한 본능과 정확한 방향 및 거리 판단에 따라, 군발드 라르손과 콜베리는 이후 이 분간 함께 행동했다.

두 사람은 즉각 제일 가까운 차에 올라탔다. 군발드 라르손의 빨간 BMW였다.

군발드 라르손은 시동을 걸고 급가속하여 쌩 달렸다. 하지만 아까 왔던 길로, 즉 병원 본관을 끼고 도는 길로 가지는 않았다. 그 대신 오래된 보일러 건물을 끼고 도는 사잇길을 달려서 서로 마주보고 선 산부인과 건물과 이스트먼 병원 사이를 통과한 뒤 달라가탄으로 나갔다. 달라가탄에 닿자마자 왼쪽으로 180도 꺾어서 이스트먼 병원 앞의 판석 깔린 광장으로 들어갔고, 그곳에서 끽 급제동하여 차를 세웠다. 차는 분수와 병원 정면 출입구의 널찍한 돌계단 사이에 살짝 비딱하게 섰다.

군발드 라르손과 콜베리는 차문을 열고 내리기도 전에 웬 제복 경찰관 하나가 분수 바닥에 깔린 잔가지들 속에 누워 있는 것을 보았다. 그 경찰관이 다쳤지만 아직 살아 있다는 것도 보았고, 근처에 행인이 여러 명 있는 것도 보았다. 행인 중 세 명은 다쳤는지 죽었는지 몸을 피하려는 건지 몰라도 땅에 붙어 있었고, 나머지 사람들은 아마도 총성이 울렸을 때 서 있던 자리에서 움직이지 못한 채 서 있었다. 그때 바사파르켄 공원에서 나온 순찰차 한 대가 도로에 섰다. 운전대를 잡은 경찰관은 차가 채 멎기도 전에 운전석 문을 열고 내렸다.

군발드 라르손과 콜베리는 동시에 차에서 내렸다. 군발드 라르손은 왼쪽으로, 콜베리는 오른쪽으로.

군발드 라르손은 그다음에 울린 총성을 듣지 못했다. 하지만 자신의 중국산 가죽 털모자가 머리를 떠나서 계단에 휙 안착하는 것을 보았고, 동시에 꼭 뜨겁게 달궈진 부지깽이가 오른쪽 관자놀이에서 귀 바로 위까지 이마선을 따라 죽 긋는 듯한 느낌이 들었다. 몸을 곧게 펼 겨를도 없이 고개가 홱 꺾였다. 그다음에 또 한 번의 총성, 날카로운 호루라기 소리, 뭔가가 딱 갈라지는 소리, 어디선가 튕겨 나온 총알이 쌩 날아가는 소리가 들렸다. 그는 여덟 계단을 두 걸음 만에 성큼 오른 뒤, 각진 기둥 두 개로 세 개의 직사각형 통로처럼 나뉘어 있는 이스트먼 병원 현관의 맨 왼쪽 벽에 몸을 납작 붙였다. 총알이 두피를 얕게 스친 곳에서 피가 철철 흘렀다. 군발드 라르손의 염소가죽 재킷은 이미 더럽혀졌다. 영영.

콜베리도 군발드 라르손 못지않게 민첩하게 반응했다. 콜베리는 차 뒤에 웅크렸다가 잽싸게 뒷좌석에 도로 탔다. 그 즉시 총알이 두 발 더 날아와서 차 지붕을 뚫고 앞좌석에 박혔다. 군발드 라르손이 현관으로 올라가서 벽에 붙어 선 것이 보였다. 그는 다친 것 같았다. 콜베리는 자신도 어서 차에서 내려 단숨에 계단을 올라야 한다는 걸 알았다. 거의 본능적으로, 콜베리는 앞쪽 조수석 문을 발로 힘껏 차서 열면서 자신은 뒷좌석 왼

어느 끔찍한 남자

쪽으로 몸을 날렸다. 총알이 차의 오른쪽을 겨냥하고 세 발 날아왔지만, 콜베리는 벌써 왼쪽으로 내려서 계단에 달린 네 줄의 철제 손잡이 중 첫 번째 줄을 쥐고 몸을 휙 끌어올려서 계단에는 발도 대지 않고 현관으로 올라간 뒤였다. 콜베리는 머리와 오른쪽 어깨를 군발드 라르손의 배에 처박으면서 착지했다.

콜베리는 심호흡하고 가까스로 몸을 일으킨 뒤 군발드 라르손 옆의 벽에 납작 붙었다. 군발드 라르손은 툴툴 이상한 소리를 내고 있었다. 놀라서 혹은 숨이 가빠서 그런 것 같았다.

이후 몇 초, 대충 오 초에서 십 초쯤은 잠잠했다. 사격은 잠시 멎었다.

다친 경찰관은 여전히 분수에 누워 있었고, 그 파트너는 오른손에 권총을 들고 순찰차 옆에 서서 얼떨떨한 얼굴로 주변을 둘러보고 있었다. 남자는 콜베리와 군발드 라르손을 못 본 것 같았다. 상황을 파악하지도 못한 듯했다. 아무튼 그는 팔 미터쯤 떨어진 곳에 자신의 단짝이 다쳐서 누워 있는 걸 보았다. 그래서 그쪽으로 걸어가기 시작했다. 여전히 얼떨떨한 표정으로, 손에 공무용 권총을 쥔 채로.

"저 멍청이들이 왜 여기 있지?" 군발드 라르손이 중얼거렸다. 그러고는 외쳤다. "크반트! 거기 서! 숨어!"

어디로 숨으란 말이야, 콜베리는 생각했다.

숨을 데가 없는걸.

군발드 라르손도 두 번 외치진 않는 걸 보면 그 점을 깨달은 모양이었다. 잠깐 동안은 아무 일도 없었다. 금발의 경찰관이 몸을 곧게 펴고 막연히 현관 쪽을 보다가 다시 걷기 시작한 것 외에는. 그는 그늘에 숨은 두 수사관을 못 본 게 분명했다.

빨간 이층 버스 한 대가 달라가탄을 달려 내려갔다. 누군가가 도움을 요청하는 비명을 질렀다.

경찰관은 분수에 도달했다. 그는 난간에 한쪽 무릎을 꿇고서 부상한 파트너에게로 몸을 숙였다.

분수 안쪽에는 좁은 턱이 있었다. 여름에 아이들이 그곳에 앉아서 물장구를 치고 놀라고 만들어놓은 것일 터였다. 경찰관은 두 손을 자유롭게 하기 위해서 오른손에 들었던 총을 그 턱에 내려놓았다. 햇빛을 받은 가죽 재킷이 반짝거렸다. 그가 널찍한 등을 하늘로 향한 순간, 총알 두 발이 일 초도 안 되는 간격을 두고 날아와서 그를 맞혔다. 첫 번째 총알은 목덜미에, 두 번째 총알은 어깨뼈 사이에.

쿠르트 크반트는 자신의 파트너 위로 직각으로 엎어졌다. 찍소리도 내지 못했다. 크리스티안손은 첫 번째 총알이 크반트의 목덜미와 목젖을 깔끔하게 관통하여 목 앞쪽으로 나오는 것을 똑똑히 보았고, 잠시 후 자신의 골반을 덮친 크반트의 몸무게를

어느 끔찍한 남자

느꼈고, 곧 까무러쳤다. 통증 때문에, 두려움 때문에, 과다 출혈 때문에. 이제 두 사람은 잔가지들 위에 십자가 모양으로 포개져 있었다. 한 명은 의식이 없었고, 다른 한 명은 이미 죽었다.

"젠장, 젠장!" 군발드 라르손이 외쳤다.

콜베리는 비현실감에 사로잡혔다.

하루 종일 무슨 일이 일어날 것 같은 예감을 느꼈고, 이제 그 무슨 일이 벌어졌지만, 이 일은 콜베리가 살아서 움직이는 세상과는 전혀 다른 차원에서 벌어지는 일 같았다.

그때 또 다른 일이 벌어졌다. 판석이 깔린 광장으로 누군가 걸어 들어왔다. 이끼색 퀼트 재킷과 얼룩덜룩한 청바지를 입고 반사 테이프가 붙은 녹색의 고무 부츠를 신은 남자아이였다. 고불고불한 머리카락은 금색이었다. 다섯 살도 안 된 것 같았다. 아이는 머뭇거리면서도 천천히 분수로 다가갔다.

콜베리는 온몸에 전율이 일었다. 자동적으로 그의 몸은 현관을 박차고 나가서 아이를 덥석 안아들려는 태세를 취했다. 그 사실을 눈치챈 군발드 라르손은 눈앞의 참혹한 장면에서 시선을 떼지 않은 채 피투성이가 된 큼직한 손을 들어 콜베리의 가슴을 눌렀다.

"기다려." 군발드 라르손의 말이었다.

아이는 분수 옆에 서서 그 안에 포개진 두 몸을 내려다보았다. 그러더니 왼손 엄지를 입에 물고 오른손으로 왼쪽 귀를 덮고서 울음을 터뜨렸다.

아이는 고개를 살짝 기울이고 통통한 뺨에 눈물을 흘리면서 잠시 서 있었다. 그러다가 갑자기 몸을 돌려서 왔던 길로 뛰어갔다. 보도와 차도를 건너갔다. 죽음의 사각형 광장에서 벗어났다. 산 자들의 땅으로 돌아갔다.

아이를 겨냥한 총알은 날아오지 않았다.

군발드 라르손은 시계를 보았다.

12시 12분 27초였다.

"이 분 이십칠 초." 군발드 라르손이 혼잣말로 중얼거렸다.

콜베리는 문득 딴생각이 들었다. 군발드 라르손의 중얼거림에서 연상한 것이기는 해도 너무 생뚱맞은 생각이었다. 이 분 이십칠 초는 일반적으로 긴 시간이라고 말할 수 없겠지만 어떤 상황에서는 그 정도도 충분히 길다는 생각이었다. 예를 들어, 비에른 말름로스 같은 우수한 단거리 주자는 이론적으로 그동안 백 미터를 열네 번 주파할 수 있을 것이다. 엄청난 일이다.

이미 경찰관 두 명이 총에 맞았다. 한 명은 확실히 죽었고, 모르면 몰라도 다른 한 명도 마찬가지일 것이다.

군발드 라르손은 겨우 오 밀리미터 차이로 죽음을 면했고, 콜베리 자신은 오 센티미터 차이로 면했다.

어느 끔찍한 남자

이끼색 재킷을 입은 어린아이도.

이것도 엄청난 일이다.

콜베리는 자기 시계를 보았다.

시계는 벌써 12시 20분이 넘은 시각을 가리키고 있었다.

콜베리는 몇몇 측면에서는 완벽주의자이지만 또 다른 몇몇 측면에서는 무심해도 그렇게 무심할 수가 없었다.

그의 시계는 삼 년 전에 단돈 63크로나에 산 러시아제 엑삭타였다. 시계는 그동안 잘 돌아갔고, 규칙적으로 태엽을 감아주는 걸 잊지 않는다면 심지어 시간도 맞았다.

한편 군발드 라르손의 시계는 1500크로나짜리였다.

콜베리는 자신의 두 손을 들어서 잠시 쳐다본 뒤 동그랗게 모아 입에 붙이고 힘껏 외쳤다.

"모두 주목하십시오! 이곳은 위험합니다! 다들 피하십시오!"

심호흡을 한 번 하고 다시 외쳤다.

"주목하십시오! 경찰입니다! 이곳은 위험합니다! 피하십시오!"

군발드 라르손이 파란 눈에 묘한 기색을 띠고서 콜베리를 보았다.

다음 순간, 그 시선은 이스트먼 병원 출입문으로 향했다. 토요일이니 문은 잠겨 있을 터였다. 큰 석조 건물 전체가 비었을 터였다. 군발드 라르손은 문으로 살금살금 다가갔다. 그러고는 초인적인 힘으로 문을 걷어찼다.

불가능한 일이어야 하지만, 군발드 라르손은 해냈다. 콜베리는 군발드 라르손을 따라 건물로 들어갔다. 안쪽 유리문은 잠겨 있지 않았다. 하지만 군발드 라르손은 그것도 발로 찼다. 유리 파편이 후두두 떨어졌다.

두 사람은 전화기로 갔다.

군발드 라르손이 수화기를 들고 90000번에 걸어서 경찰 긴급 호출을 부탁했다.

"군발드 라르손이다. 달라가탄 34번지에 미친놈이 있다. 지금 그놈이 건물 지붕이나 최상층에서 자동 권총을 난사하고 있다. 이미 순경 두 명이 총을 맞고 이스트먼 병원 앞 분수 안에 쓰러져 죽었다. 시내 전 구역에 경보를 발령하라. 달라가탄과 베스트만나가탄을 노라반토리에트에서 칼베리스베겐까지 차단하고, 오덴가탄을 오덴플란에서 상트에릭스플란까지 차단하라. 또 베스트만나가탄에서 서쪽, 칼베리스베겐에서 남쪽에 있는 모든 교차로를 차단하라. 알아들었나? 상부에 알려야 하느냐고? 그래, 모두에게 알려. 그런데 잠깐. 그 주소로 경찰차를 보내진 말도록. 제복 경찰관도 보내지 말고. 대신 우리는 어디에 집결하느냐면……."

군발드 라르손이 수화기를 살짝 내리고 인상을 썼다.

"오덴플란." 콜베리가 말했다.

"그래." 군발드 라르손이 전화에 대고 말했다. "오덴플란이 좋겠군. 뭐? 나는 지금 이스트먼 병원 안이다. 하지만 몇 분 뒤에는 길을 건너가서 놈을 끌어내릴 거다."

군발드 라르손은 전화를 탕 끊고 가까운 세면실로 갔다. 수건을 물에 적셔서 얼굴의 피를 닦았다. 수건을 하나 더 꺼내어 머리에 묶었다. 급조한 붕대에 순식간에 피가 번졌다.

그다음 그는 염소가죽 재킷과 코트를 걸쳤다. 허리띠에 클립으로 차고 있던 권총을 꺼내어 둔한 표정으로 점검하고는 콜베리에게 물었다.

"자네는 무슨 총을 갖고 있나?"

콜베리가 고개를 저었다.

"아, 그렇지. 자네는 평화주의자인가 뭔가 그거지." 군발드 라르손이 말했다.

군발드 라르손의 모든 물건들이 그렇듯이, 그의 총은 다른 사람들의 총과는 달랐다. 그의 총은 스미스 앤드 웨슨의 38 마스터였다. 스웨덴 경찰의 지급품인 7.65밀리미터 발터 권총이 마음에 들지 않아서 스스로 산 물건이었다.

"그거 아나?" 군발드 라르손이 콜베리에게 말했다. "난 늘 자네를 멍청이라고 생각해왔어."

콜베리는 잠자코 끄덕였다. 그리고 물었다.

"길은 어떻게 건널 생각이야?"

25.

세겔토르프의 집은 좋다고는 말할 수 없었다. 양식으로 보아 최소 오십 년 전에 여름 별장으로 지어진 작은 목조건물이었다. 원래의 페인트가 닳아서 군데군데 칙칙한 재목이 드러나 있었지만, 그래도 한때는 그 집이 샛노랬고 가두리는 새하얬다는 걸 알 수 있었다. 집에 비해 널찍한 마당을 둘러싼 울타리는 비교적 최근에 적갈색으로 페인트칠된 듯했다. 현관 계단의 손잡이, 바깥문, 작은 베란다를 감싼 격자형 난간도 마찬가지였다.

집은 제법 떨어져 있는 도로를 굽어보고 서 있었다. 울타리의 문이 열려 있었기에, 뢴은 곧장 집 뒤쪽으로 이어진 가파른 자동차 진입로로 올라갔다.

마르틴 베크는 뢴이 차를 세우자마자 내려서 몇 차례 심호흡

하며 주위를 둘러보았다. 차를 타면 종종 그렇듯이 속이 메슥거
렸다.

방치된 마당에 잡초가 무성했다. 군데군데 풀이 자란 길을
끝까지 걸어가니 시멘트 받침대에 얹힌 오래되고 녹슨 해시계
가 있었다. 우거진 수풀에 둘러싸인 해시계는 애처롭고 생뚱맞
아 보였다.

뢴이 차문을 쾅 닫았다.

"슬슬 배가 고프네. 여기 일을 끝낸 다음에 뭘 먹을 짬이 날
까?" 뢴이 물었다.

마르틴 베크는 시계를 보았다. 뢴은 늘 이때쯤 점심을 먹었
다. 벌써 12시 10분이었다. 마르틴 베크 자신은 끼니를 꼬박꼬
박 챙기지 않았다. 일할 때는 별로 먹고 싶지 않았고, 걸렀다가
그냥 저녁을 먹는 편이 좋았다.

"응. 들어가지." 마르틴 베크가 대답했다.

두 사람은 집을 빙 돌아서 현관으로 간 뒤 계단을 올라서 문
을 두드렸다. 칠십 대 남자가 재깍 문을 열고 말했다.

"들어오십시오."

남자는 두 사람이 좁은 현관에서 코트를 벗어 거는 동안 묵묵
히 그들을 살폈다.

"들어오십시오." 남자는 한 번 더 이렇게 말하고 옆으로 비

켜서서 두 사람을 먼저 들여보냈다.

맞은편에 문이 두 개 있었다. 하나는 짧은 복도를 거쳐서 부엌으로 통했다. 그 복도에 위층인지 다락인지로 올라가는 계단이 있었다. 또 하나는 거실로 통했다. 실내는 좀 꿉꿉했고, 창턱에서 햇빛을 막고 있는 큰 양치류 화분들 때문에 좀 어두웠다.

"앉으십시오." 남자가 말했다. "아내가 커피를 갖고 올 겁니다."

거실은 시골풍 응접세트로 꽉 차 있었다. 곧은 등받이에 줄무늬 천이 대어진 소나무 소파와 안락의자 네 개가 아름다운 나뭇결이 드러난 소나무 상판을 얹은 큰 탁자를 둘러싸고 있었다. 마르틴 베크와 룀은 소파의 양끝에 앉았다. 거실 저편에 살짝 열린 문이 있었다. 문틈으로 금이 간 마호가니 침대 머리판 끄트머리, 그리고 문에 타원형 거울이 달린 구식 옷장이 엿보였다. 남자가 그 문을 닫고 돌아와서 탁자 맞은편 안락의자에 앉았다.

남자는 야위었고 허리가 굽었다. 얼굴과 벗어진 머리에 연갈색 검버섯이 점점이 나 있었다. 그리고 회색과 검정색이 섞인 체크무늬 플란넬 셔츠 위에 손으로 뜬 두꺼운 카디건을 입고 있었다.

"차 소리를 듣고 아내에게 시간을 잘 지키는 분들이라고 말하던 참이었습니다. 내가 전화로 길을 잘 알려드렸는지 모르겠다고 걱정했거든요."

"찾아오기 어렵지 않았습니다." 뢴이 말했다.

"그렇군요. 하기야 두 분은 경찰이니까 시내든 외곽이든 잘 아실 테죠. 오케도 경찰일 때 시내 지리를 훤하게 익혔습니다."

남자가 납작한 존 실버 담뱃갑을 꺼내어 둘에게 권했다. 마르틴 베크도 뢴도 고개를 저었다.

"오케 이야기를 하려고 오셨지요." 남자가 말했다. "전화로도 말씀드렸지만 그 애가 언제 갔는지 모릅니다. 애 엄마하고 나는 오케가 자고 갈 거라고 생각했는데 그냥 제 집으로 간 모양입니다. 오케는 여기서 종종 자고 갑니다. 게다가 오늘이 생일이니까, 우리는 그 애가 여기서 자고 아침상도 받을 거라고 생각했지요."

"아드님에게 차가 있습니까?" 뢴이 물었다.

"네, 폭스바겐이 있죠. 애 엄마가 커피를 갖고 왔네요."

남자는 아내가 부엌에서 들어오자 일어나서 맞았다. 여자는 쟁반을 들고 와서 탁자에 놓은 뒤 물 묻은 손을 치마에 닦고 두 손님과 악수했다.

"에릭손 부인입니다." 마르틴 베크와 뢴이 자기소개를 하자 여자가 말했다.

여자는 손님들에게 커피를 건넨 뒤 쟁반을 바닥에 내려놓고 남편 옆의 의자에 앉아서 두 손을 무릎에 포갰다. 나이는 남편과 비슷한 것 같았다. 꼬불꼬불 파마한 머리카락은 반백이었지만 동그란 얼굴은 주름이 거의 없었고 뺨의 발그레한 혈색도 화장이 아닌 듯했다. 여자는 제 손을 내려다보았다. 그러다 문득 소심한 눈길로 마르틴 베크를 훔쳐봤는데, 그걸 본 마르틴 베크는 여자가 겁난 것인지 낯을 가리는 것인지 궁금했다.

"부인, 아드님에 관해서 몇 가지 여쭤볼 게 있습니다." 마르틴 베크가 입을 열었다. "부군이 말씀하시기를 아드님이 어젯밤에 여기 왔었다죠. 몇 시에 떠났는지 아십니까?"

여자는 남편이 대신 대답하기를 바라는 것처럼 남편을 보았지만, 남자는 묵묵히 커피를 저었다.

"아뇨." 여자가 머뭇머뭇 대답했다. "모르겠어요. 우리가 침대에 든 뒤에 간 것 같아요."

"그게 언제였습니까?"

여자가 또 남편을 보았다.

"그게 언제였죠, 오토?"

"10시 30분, 아니면 11시였죠. 우리는 평소에 일찍 자지만 어제는 오케가 왔으니까…… 10시 30분쯤이었던 것 같습니다."

"아드님이 가는 소리를 듣지 못하셨군요?"

"네." 남자가 대답했다. "그런데 왜 물으십니까? 그 애에게 무슨 일이 생겼습니까?"

"아닙니다." 마르틴 베크가 말했다. "저희가 아는 한 그렇진 않습니다. 그냥 형식적인 조사입니다. 아드님이 요즘은 무슨 일을 합니까?"

여자가 다시 손으로 시선을 떨어뜨렸다. 남자가 대답했다.

"아직 엘리베이터 수리를 합니다. 그 일을 한 지 일 년 됐습니다."

"전에는요?"

"이것저것 했죠. 한동안 배관 일도 했고, 택시도 몰았고, 야간 경비도 섰죠. 이 엘리베이터 수리 회사 직전에는 트럭을 몰았고요. 트럭을 몰면서 엘리베이터 일을 배웠습니다."

"어젯밤에 왔을 때는 평소와 같았습니까? 무슨 이야기를 하던가요?" 마르틴 베크가 물었다.

남자는 즉시 대답하지 않았다. 여자는 쿠키를 하나 집어서 자기 접시에 잘게 부수기 시작했다.

"평소와 다르지 않았던 것 같은데요." 이윽고 남자가 대답했다. "말은 별로 안 했지만, 요즘은 늘 그렇습니다. 집세를 걱정하는 것 같더군요. 말린의 일도."

"말린?" 뢴이 말했다.

"우리 손녀요. 그 사람들이 애를 데려갔으니까요. 오케는 이제 집도 잃을 판이고."

"죄송합니다만, 제가 이해를 못 했습니다." 마르틴 베크가 말했다. "누가 아드님에게서 딸을 데려갔습니까? 아드님의 딸을 말씀하시는 거지요?"

"네, 말린요." 남자는 이렇게 말하면서 곁에 있는 아내의 팔을 토닥였다. "제 할머니 이름을 땄죠. 두 분이 아는 줄 알았습니다. 아동복지국이 오케에게서 말린을 데려갔습니다."

"왜요?" 마르틴 베크가 물었다.

"경찰이 오케의 아내를 죽인 건 왜입니까?"

"죄송하지만 대답해주십시오. 그들이 왜 아이를 데려갔죠?"

"시도는 예전부터 했죠. 하지만 오케에게 아이를 돌볼 능력이 없다는 걸 증명하는 서류라나 뭐라나 하는 걸 이제야 확보했답니다. 물론 우리가 아이를 여기로 데려오겠다고 제안했지만 우리는 너무 늙어서 안 된다더군요. 이 집도 별로고."

여자가 마르틴 베크를 보았다. 하지만 눈이 마주치자 얼른 커피잔으로 시선을 떨어뜨렸다. 그러고는 차분하지만 분한 목소리로 말했다.

"애가 낯선 사람들과 함께 사는 게 낫다는 듯이 말하더군요. 하지만 여기가 도시보다 더 나아요."

"전에도 종종 손녀를 봐주셨지요?"

"네, 자주 봐줬어요." 여자가 대답했다. "아이가 쓸 수 있는 다락방이 있거든요. 옛날에 오케가 쓰던 방."

"오케가 하던 일들은 아이를 하루 종일 볼 수 있는 일은 아니었죠." 남자가 말했다. "그 사람들은 그래서 오케가 불안정하다고 말하더군요. 무슨 뜻인지 모르겠습니다만, 아마 한 직장에 진득하게 다니지 못한다는 뜻이겠죠. 하지만 요즘은 그러기가 쉽지 않습니다. 실업률이 계속 높아지니까요. 그래도 오케가 말린에게 얼마나 잘했는데요."

"그게 언제였습니까?" 마르틴 베크가 물었다.

"말린 일요? 그 사람들이 그저께 데려갔습니다."

"어제 아드님은 그 일로 심란했겠군요?" 뢴이 물었다.

"말은 별로 안 했지만 그랬을 겁니다. 집세도 문제고. 하지만 우리는 쥐꼬리만한 연금으로 사는 처지라 도울 방법이 없어요."

"아드님이 집세가 밀렸답니까?"

"네. 곧 쫓겨날 거라고 하더군요. 요새처럼 이렇게 집세가 높아서야, 사람들이 다들 어디서 사는지."

"아드님은 어디 삽니까?"

"달라가탄에요. 새 건물입니다. 전에 살던 집이 헐리는 바람에 옮겼는데, 구할 수 있는 곳이 지금 그 집밖에 없었죠. 그리고

어느 끔찍한 남자

그때는 오케가 지금보다 돈을 더 잘 벌었으니까 괜찮다고 여겼을 겁니다. 하지만 그 문제는 크게 중요하지 않습니다. 말린 일이 문제죠."

"아동복지국 이야기를 더 듣고 싶습니다." 마르틴 베크가 말했다. "그들이 아버지에게서 아이를 무턱대고 데려가진 않거든요."

"그렇습니까?"

"최소한 그들은 그렇다고 주장합니다. 사전에 철저히 조사하고 결정한다고."

"그렇겠죠. 여기도 사람이 몇 명 와서 나와 아내와 이야기하고, 집을 살펴보고, 오케에 대해서 이것저것 물었습니다. 마리아가 죽은 뒤로 오케가 행복하지 않았던 건 사실이지만, 그건 당연한 일 아닙니까. 그런데 그들은 오케가 울적해하는 게 말린에게 나쁜 영향을 미칠 거라고 하더군요. 우울증이라나. 그 사람들은 늘 그렇게 거창한 표현을 쓰죠. 오케가 직업을 자주 바꾸고 이상한 시간대에 일하는 것도 나쁘다고 했습니다. 돈이 부족한 것도, 집세를 못 내는 것도. 또 같은 건물 주민 중에서 누군가가 아동복지국에 오케가 말린을 밤에 혼자 오래 놔둔다는 둥, 애가 제대로 먹지 못하는 것 같다는 둥 일렀다더군요."

"아동복지국이 또 누구를 만났는지 아십니까?"

"오케가 다녔던 직장의 사람들요. 오케와 함께 일했던 상사들을 다 만나려고 했던 것 같습니다."

"경찰서도?"

"그럼요. 아마도 그게 제일 중요했겠지요."

"그런데 경찰서의 상사가 아드님을 썩 좋게 평가하지 않았나 보군요." 마르틴 베크가 말했다.

"네. 아동복지국이 오케를 조사한 건 한 일 년 전부터였는데, 결국 오케가 말린을 데리고 있지 못하게 된 건 경찰서 상사가 써준 평가서라나 뭐라나 하는 글 때문이었다고 하더군요."

"평가서를 써준 사람이 누구인지 아십니까?"

"네, 뉘만 경감입니다. 오케의 아내가 유치장에서 손가락 하나 까딱하지 못하고 죽게 내버려뒀던 사람."

마르틴 베크와 뢴은 흘끔 눈길을 주고받았다.

에릭손 부인이 남편에게서 그들에게로 시선을 옮겼다. 그들이 남편의 말에 어떻게 반응할지 걱정되는 모양이었다. 이러니저러니 해도 그들의 동료를 책망하는 말이었으니까. 여자가 케이크 접시를 들어서 먼저 뢴에게 권했고, 뢴이 두툼한 스폰지 케이크 한 조각을 덜자 마르틴 베크에게도 권했지만 마르틴 베크는 사양했다.

"어제 아드님이 뉘만 경감 이야기를 했습니까?"

"아동복지국이 말린을 데려간 게 그 사람 때문이라고만 말했습니다. 오케는 원래 말이 많은 애는 아닙니다. 하지만 어제는 평소보다 더 조용했습니다. 안 그래, 말린?"

"맞아요." 여자가 자기 접시의 과자 부스러기를 집적거리면서 대답했다.

"어제 아드님이 여기 와서 뭘 했습니까?" 마르틴 베크가 물었다.

"우리랑 같이 저녁을 먹었습니다. 그다음에 함께 텔레비전을 봤죠. 그다음에 오케는 제 방으로 올라갔고, 우리는 잤습니다."

마르틴 베크는 아까 들어오다가 현관에 전화가 있는 것을 보았다.

"혹시 아드님이 저녁에 전화를 썼습니까?" 마르틴 베크가 물었다.

"이런 걸 왜 물으시죠? 오케가 무슨 짓이라도 저질렀나요?" 여자가 물었다.

"죄송하지만 그냥 대답해주시면 좋겠습니다. 아드님이 어제 전화를 썼습니까?"

맞은편의 부부는 한참 말이 없었다. 이윽고 남자가 말했다.

"어쩌면요. 정확히는 모릅니다. 오케는 아무때나 마음대로 전화를 쓸 수 있으니까요."

"아드님이 통화하는 소리를 듣진 못하신 거로군요."

"네. 우리가 텔레비전을 볼 때 오케가 잠시 문을 닫아두고 나갔던 것 같긴 합니다. 그냥 화장실에 가는 거라면 보통 문을 닫지 않아요. 그런데 전화는 현관에 있으니까, 텔레비전이 켜져 있을 때 조용히 통화하고 싶다면 문을 닫아야 하죠. 우리는 둘다 귀가 어두워서 소리를 꽤 크게 틀어둡니다."

"아드님이 전화를 쓴 게 몇 시였을까요?"

"잘 모르겠습니다. 하지만 우리가 영화를 보던 중간이었으니까, 대충 9시였겠군요. 그건 왜 물으십니까?"

마르틴 베크는 대답하지 않았다. 대신 뢴이 케이크를 꿀꺽 삼키고 갑자기 입을 열었다.

"아드님이 명사수였던 걸로 기억합니다. 경찰 내에서도 최고 였죠. 아드님이 아직도 총을 갖고 있습니까?"

여자가 살짝 달라진 눈빛으로 뢴을 보았고 남자도 당당하게 허리를 폈다. 지난 십 년 동안 부부가 남으로부터 아들의 칭찬을 들은 건 손에 꼽을 정도였을 게 분명했다.

"맞습니다." 남자가 말했다. "오케는 상을 많이 탔죠. 아쉽지만 트로피는 여기 없습니다. 오케가 달라가탄의 제 집에 보관하고 있어요. 총은……."

"다 팔아버려야 하는데." 여자가 불쑥 말했다. "그 비싼 물건들을. 형편이 쪼들리는데."

"아드님에게 무슨 총이 있는지 아십니까?"

뢴의 질문에 남자가 답했다.

"네. 나도 젊었을 때 사격을 많이 했습니다. 일단 오케에게는 요즘 민방위군이라나 의용대라나 하고 불리는 데서 훈련할 때 썼던 총이 있습니다. 오케는 야간에 거길 다녔는데 내 입으로 말하기 멋쩍지만 성적이 썩 좋았습니다."

"종류가 뭔지 아십니까?" 뢴이 집요하게 물었다.

"일단 그건 마우저 소총이고, 권총도 있습니다. 권총으로 예전에 금메달도 땄지요."

"권총은 종류가 뭡니까?"

"헤메를리 인터내셔널. 오케가 전에 보여준 적 있습니다. 또……."

남자가 망설였다.

"또?"

"그게…… 방금 말한 총들은 소지 허가증이 있는 게 확실하지만……."

"아드님을 불법 무기 소지로 체포할 생각은 전혀 없습니다. 또 뭐가 있습니까?" 마르틴 베크가 물었다.

"미제 자동소총. 존슨. 허가는 받았을 겁니다. 그걸로 대회에

출전했던 적이 있으니까요."

"괜찮게 갖추고 있군요." 마르틴 베크가 중얼거렸다.

"또 뭐가 있습니까?" 뢴이 물었다.

"의용대에서 썼던 오래된 카빈 소총. 그건 별것 아닙니다. 그거라면 아직 다락방에 있지만, 내경이 다 닳은데다가 애초에 카빈이란 별 볼 일 없는 물건이죠. 오케가 자기 물건을 여기 다 두진 않습니다."

"나머지는 달라가탄의 집에 있겠군요." 뢴이 말했다.

"그럴 겁니다." 남자가 대답했다. "여기 다락방도 아직 오케의 방이지만, 중요한 물건은 당연히 자기가 갖고 있습니다. 만약에 오케가 그 좋은 아파트에서 나와야 한다면 다른 집을 구할 때까지 언제든 여기로 돌아와서 지내면 됩니다. 다락방이 크진 않지만."

"저희가 그 방을 좀 봐도 되겠습니까?" 마르틴 베크가 물었다.

남자가 확신 없는 눈으로 그들을 보았다.

"네, 뭐. 괜찮을 것 같습니다. 하지만 별로 볼 게 없습니다."

여자가 벌떡 일어나서 치마에 묻은 쿠키 부스러기를 떨었다.

"세상에, 오늘 안 올라가봤어요. 엉망일 텐데."

"괜찮아." 남편이 아내에게 말했다. "내가 아침에 들여다봤어. 오케가 자고 있는지 보려고. 엉망은 아니야. 오케는 단정한

애니까."

남자는 시선을 옆으로 돌리고 낮게 말을 이었다.

"오케는 착한 앱니다. 오케가 힘들게 사는 건 그 애 탓이 아닙니다. 우리는 평생 뼈빠지게 일하면서 오케를 번듯하게 키우려고 애썼습니다. 하지만 오케도 우리도 인생이 어그러져버렸죠. 내가 젊었을 때는 그래도 믿음이 있었습니다. 모든 게 나아질 거라고 믿었습니다. 이제 우리는 늙어서 찬밥 신세가 되었고 세상도 다 틀렸지만. 만약에 사회가 이렇게 될 줄을 미리 알았다면 아예 자식을 안 낳았을 겁니다. 하지만 그들이 내내 우리를 속였죠."

"누가요?" 뢴이 물었다.

"정치인들, 정당 대표들, 우리가 우리 편이라고 생각했던 사람들. 하지만 죄다 도둑놈이었습니다."

"이제 방을 보여주시겠습니까." 마르틴 베크가 부탁했다.

"그럽시다."

남자는 앞장서서 복도로 나간 뒤 가파르고 삐걱거리는 나무 층계를 올라갔다. 층계 꼭대기에 다다르자 오른쪽에 문이 있었다. 남자가 문을 열고 말했다.

"이게 오케 방입니다. 물론 오케가 여기 살던 시절에는 방이 훨씬 더 멀끔했습니다. 오케가 결혼하면서 가구를 대부분 갖고 갔죠. 요즘은 여기서 자주 자진 않습니다."

설명을 멈춘 남자는 문을 계속 잡고 있었다. 마르틴 베크와 뢴은 그를 지나쳐서 작은 다락방으로 들어갔다. 경사진 지붕에 창문이 나 있었고, 바랜 꽃무늬 벽지가 발라져 있었다. 한쪽 벽에 똑같은 벽지가 발린 문이 있었는데, 선반장이나 창고 문인 듯했다. 회색 군용 담요가 깔린 폭 좁은 접이식 침대가 벽에 붙어 있었다. 길고 꾀죄죄한 술이 달린 연노란색 전등갓이 천장에서 늘어져 있었다.

침대 위 벽에는 유리가 금간 액자에 든 작은 사진이 걸려 있었다. 푸른 풀밭에 앉아 새끼 양을 껴안고 있는 금발 여자아이 사진이었다. 침대 발치에는 분홍색 유아용 플라스틱 변기가 있었다.

탁자 위에는 주간지가 한 부 펼쳐져 있고 볼펜이 놓여 있었다. 흰 바탕에 빨간 테두리의 평범한 행주가 나무의자 중 하나에 내던져져 있었다.

물건은 그것뿐이었다.

마르틴 베크는 행주를 집었다. 하도 자주 빨아서 얄따래진 리넨 천에 얼룩이 묻어 있었다. 그는 행주를 높이 들어서 빛에 비춰보았다. 노란 얼룩은 꼭 푸아그라에서 묻어나는 기름기 같았다. 얼룩의 형태로 보아, 누가 그 행주로 칼을 닦은 듯했다.

어느 끔찍한 남자

노란 기름이 묻은 부분은 천이 거의 투명했다. 마르틴 베크는 손가락으로 얼룩을 살짝 비빈 뒤 코에 대고 냄새를 맡아보았다. 그 얼룩이 어떤 물질이고 어디서 나온 것인지 알아차린 순간, 뢴이 말을 걸었다.

"마르틴, 이걸 좀 봐."

뢴은 탁자 옆에 서서 잡지를 가리키고 있었다. 마르틴 베크는 탁자로 몸을 숙였다. 그리고 보았다. 잡지 오른쪽 면에 실린 십자말풀이 위 여백에 볼펜으로 뭔가 적혀 있었다. 세 묶음으로 나뉜 아홉 개의 이름이었다.

이름들은 비뚤배뚤했고, 여러 번 덧칠되어 있었다. 마르틴 베크의 시선이 첫 번째 묶음에 가닿았다.

스티그 오스카르 뉘만 †

팔몬 하랄드 홀트 †

마르틴 베크 †

나머지 이름들 중에는 멜란데르, 경무관, 국가경찰청장의 이름이 있었다. 콜베리의 이름도.

마르틴 베크는 문가의 남자에게 몸을 돌렸다. 한 손을 손잡이에 얹고 선 남자는 의아한 눈으로 그들을 보았다.

"아드님이 사는 곳이 달라가탄 몇 번지입니까?" 마르틴 베크가 물었다.

"34번지입니다. 하지만…….."

"내려가서 부인과 함께 계십시오." 마르틴 베크가 남자의 말을 끊었다. "우리도 곧 내려가겠습니다."

남자는 천천히 계단을 내려갔다. 계단 밑에 다다른 뒤 뒤돌아서 어리둥절한 눈으로 마르틴 베크를 보았지만, 마르틴 베크는 거실로 가라는 뜻으로 손짓했다. 그다음 뢴에게 말했다.

"서에 전화해서, 스트룀그렌이 됐든 누가 됐든 있는 사람에게 말해. 여기 전화번호를 알려주고, 사밧스베리에 있는 콜베리에게 당장 연락해서 콜베리가 이리로 전화 걸도록 만들라고 해. 차에 지문 뜰 도구 있나?"

"응." 뢴이 대답했다.

"좋아. 하지만 전화부터 해."

뢴이 현관의 전화기를 쓰려고 내려갔다.

마르틴 베크는 좁은 다락방을 둘러보았다. 시계를 보았다. 12시 50분이었다. 뢴이 세 걸음 만에 훌쩍 계단을 올라오는 소리가 들렸다.

마르틴 베크는 뢴의 창백한 뺨과 부릅뜬 눈을 보고 깨달았다. 자신이 하루 종일 예감해온 참사가 벌어졌다는 사실을.

어느 끔찍한 남자

26.

  콜베리와 군발드 라르손은 여태 이스트먼 병원 안에 있었다. 갑자기 일제히 사이렌이 울리기 시작했다. 처음에는 쿵스홀름 쪽에서 상트에릭스브론 다리를 건너오는 듯한 차 한 대의 사이렌만 들렸지만, 곧 여러 방향에서 오는 듯한 많은 차들이 합창에 가세했다. 사방에서 좁혀오는 사이렌 소리로 귀가 먹먹했다. 하지만 그 소리는 그 이상 다가오진 않았다.

  두 사람은 태풍의 눈 속에 있는 셈이었다. 여름밤에 풀밭으로 나가면 내가 선 곳만 제외하고 사방에서 풀벌레가 우는 것과 비슷하군, 콜베리는 이렇게 생각했다.

  콜베리는 방금 달라가탄을 내다보고서 상황이 더 나빠지진 않았다는 걸 확인한 참이었다. 오히려 나아졌다. 두 순경은 여전히 둥근 분수 안에 누워 있었지만 그 밖에는 죽거나 다친 사람이 없었다. 아까 있던 사람들은 다 사라졌다. 땅에 붙어 있던 사람들도. 그들도 다친 건 아닌 모양이었다.

군발드 라르손은 어떻게 길을 건널 작정이냐는 콜베리의 질문에 아직 답하지 않았다. 무슨 생각을 하는지 아랫입술을 잘근잘근 씹으면서 콜베리의 등뒤 벽에 주르르 걸린 치과 의사용 흰 가운들을 바라볼 뿐이었다.

두 사람이 택할 수 있는 선택지는 명확했다.

판석이 깔린 광장을 곧장 가로질러서 길을 건너든가, 아니면 바사파르켄 공원 쪽으로 난 창문으로 빠져나가서 빙 둘러가든가.

어느 쪽도 썩 끌리지 않았다. 전자는 자살 같았고, 후자는 시간이 너무 많이 걸릴 터였다.

콜베리는 커튼을 움직이지 않으려고 애쓰면서 다시 한번 조심스레 내다보았다.

그러고는 거대한 지구본에서 스칸디나비아가 있는 지점에 웬 아이가 무릎을 꿇고 있는 모습을 새긴 조각상, 그리고 십자가처럼 포개진 두 경찰관이라는 초현실적 장식을 거느린 분수를 턱짓으로 가리키며 물었다.

"저 두 사람을 알았나?"

어느 끔찍한 남자

"응. 솔나의 순찰조야. 크리스티안손과 크반트." 군발드 라르손이 대답했다.

잠시 침묵하던 군발드 라르손이 이어 말했다.

"저 바보들은 여기서 뭘 하고 있었던 거지?"

콜베리가 그보다 더 흥미로운 질문을 던졌다.

"대체 누가 왜 저 친구들을 쐈지?"

"그럼 그 인간이 우리는 왜 쐈지?"

이것도 좋은 질문이었다.

그 누군가는 이 일에 대단히 공들인 게 분명했다. 그는 자동 소총으로 두 제복 순경을 쓰러뜨렸고, 콜베리와 군발드 라르손도 쓰러뜨리려고 최선을 다했다. 하지만 그는 아무나 닥치는 대로 쏠 생각은 없는 듯했다. 처음에는 사정거리 내에 표적이 될 만한 다른 사람들이 많았는데도.

왜지?

단박에 떠오르는 대답이 하나 있었다. 총을 쏜 사람이 콜베리와 군발드 라르손을 알아보았다는 것. 그는 두 사람을 알았고, 두 사람을 진심으로 죽이고 싶어 했다.

그 사람이 크리스티안손과 크반트도 알아보았을까? 꼭 그렇진 않겠지만, 그들은 어차피 제복 때문에 정체가 쉽게 파악되었을 것이다. 어떤 정체가?

"경찰을 싫어하는 인간인 것 같군." 콜베리가 중얼거렸다.

"으음." 군발드 라르손이 말했다.

군발드 라르손은 무게를 가늠하듯이 권총을 손바닥에 들고 재면서 콜베리에게 물었다.

"그 새끼가 지붕 위에 있는지 건물 안에 있는지 봤나?"

"아니. 볼 틈이 없었어."

그때 밖에서 무슨 일이 벌어졌다. 몹시 평범한 일이지만 그래도 놀라운 일이었다.

남쪽에서 구급차 한 대가 왔다. 차는 분수를 지나서 섰다가 조금 후진해서 다시 섰다. 차에서 흰 가운을 입은 두 사람이 내려서 뒷문을 열고 들것을 두 개 꺼냈다. 그들은 침착했다. 전혀 초조하지 않은 듯했다. 그중 한 명이 길 건너편 구 층 건물을 올려다보았다. 그래도 아무 일 없었다.

콜베리가 얼굴을 찡그렸다.

"그래, 저게 우리의 기회야." 군발드 라르손이 대뜸 말했다.

"괜찮은 기회로군." 콜베리가 말했다.

그렇게 말해놓고도 사실 콜베리는 썩 내키지 않았지만, 군발드 라르손은 벌써 염소가죽 재킷과 코트를 벗고 벽에 걸린 흰 가운들을 힘차게 뒤적이고 있었다.

"이걸 입어봐야지. 꽤 커 보이네." 군발드 라르손이 말했다.

어느 끔찍한 남자

"사이즈가 세 가지뿐인가 봐." 콜베리가 말했다.

군발드 라르손은 고개를 끄덕끄덕한 뒤 총을 허리띠에 차고 꾸물꾸물 가운을 입었다. 가운은 어깨가 너무 꽉 끼었다.

콜베리는 고개를 설레설레한 뒤 그나마 제일 커 보이는 가운을 내려서 입었다. 가운은 너무 꽉 끼었다. 배가.

콜베리는 자신들이 무성영화에서 튀어나온 코미디 듀오처럼 보일 거라는 생각이 강하게 들었다.

"어쩌면 통할지도 몰라." 군발드 라르손이 말했다.

"어쩌면." 콜베리가 말했다.

"준비됐나?"

"됐어."

두 사람은 건물 현관 계단을 내려가서 돌 광장을 가로질렀다. 막 크반트를 들어서 첫 번째 들것에 눕힌 두 구급대원을 지나쳤다.

콜베리는 죽은 남자의 얼굴을 흘끔 보았다. 아는 얼굴이었다. 뜨문뜨문 몇 번 본 얼굴이었다. 언젠가 뭔가 주목할 만한 일을 한 친구였는데. 뭐였지? 위험한 성범죄자를 체포한 거였나? 대충 그런 일이었다.

군발드 라르손은 벌써 도로를 반쯤 건넜다. 몸에 안 맞는 가운을 입고 머리에 흰 수건을 두른 모습이 정말이지 요상했다.

두 구급대원이 깜짝 놀라서 군발드 라르손을 쳐다보았다.

총성이 울렸다.

콜베리는 뛰어서 길을 건넜다.

하지만 콜베리를 겨냥한 총알이 아니었다. 흑백 경찰차 한 대가 사이렌을 울리면서 오덴가탄을 동쪽으로 달리고 있었다. 총성은 차가 식투나가탄 교차로를 지났을 때 울렸고, 이후 곧바로 연사하는 소리가 이어졌다. 군발드 라르손은 인도로 몇 발짝 나가서 상황을 살폈다. 경찰차는 처음에는 속도를 높였지만 이내 휘청이며 미끄러졌다. 차가 오덴가탄과 달라가탄 교차로를 지나서 시야에서 사라진 뒤에 총성이 멎었다. 잠시 후, 금속과 금속이 충돌하면서 내는 불길한 소리가 울렸다.

"바보들." 군발드 라르손이 말했다.

군발드 라르손은 건물 현관에 선 콜베리에게 돌아갔다. 흰 가운을 찢어서 총을 꺼냈다.

"놈은 지붕에 있어. 확실해. 가보지."

"맞아, 지금은 지붕에 있어." 콜베리가 말했다.

"무슨 말이야?"

"아까는 지붕에 있었던 것 같지 않아."

"가보지." 군발드 라르손이 다시 말했다.

건물은 층계가 두 군데에 있었다. 그들이 있는 곳은 북쪽 층

계였다. 그들은 일단 그곳으로 올라가보기로 했다. 그런데 엘리베이터는 작동하지 않았고, 계단에는 초조해하는 주민 몇 명이 서 있었다.

찢어진 가운, 피에 젖은 붕대, 손에 든 권총. 군발드 라르손의 모습은 주민들의 걱정을 달래는 데 도움이 되지 않았다. 콜베리는 재킷 주머니에 신분증이 있었지만, 재킷이 길 건너 건물에 있었다. 군발드 라르손은 지금 신분증 따위를 갖고 있는지 아닌지 모르겠지만 갖고 있더라도 굳이 꺼내어 사람들에게 보여주려고 하진 않았다.

"비켜요." 군발드 라르손이 무뚝뚝하게 말했다.

"1층에 계속 모여 계십시오." 콜베리가 말했다.

주민은 여자 셋, 아이 하나, 늙은 남자 하나였다. 그들을 진정시키기는 쉽지 않았다. 그들도 밖에서 벌어진 일을 창문으로 내다보았을 것이다.

"그냥 침착하게 계십시오. 위험하지 않습니다."

콜베리는 자신이 한 말을 곱씹어보고는 싱겁게 웃었다.

"맞아요, 이제 경찰이 왔으니까." 군발드 라르손이 어깨 너머로 말했다.

엘리베이터는 약 육 층 높이에 멈춰 있었다. 한 층 위의 승강기 통 문이 열려 있기에 두 사람은 그리로 안을 내려다보았다.

엘리베이터는 못 쓰게 된 듯했다. 누군가가 고의로 못 쓰게 만든 거였다. 그 누군가는 틀림없이 지붕 위의 남자일 것이다. 그렇다면 지붕 위의 남자는 총을 잘 쏘고, 군발드 라르손과 콜베리를 알고, 또 엘리베이터를 조작할 줄 아는 사람이다.

어떤 상황에서도 소득은 있지, 콜베리는 생각했다.

한 층 더 올라가니 철문이 막아섰다. 닫힌 철문은 잠겨 있었다. 안쪽에서 빗장으로든 뭘로든 더 막혀 있을 게 분명했다. 어떻게 막혀 있는지는 알 수 없었다.

그들이 한눈에 알 수 있는 사실은 평범한 방법으로는 이 문을 열 수 없다는 점이었다.

군발드 라르손이 숱진 금발 눈썹을 찌푸렸다.

"두들겨봐야 소용없어. 안 열려." 콜베리가 말했다.

"아래층 집으로 들어가면 어때. 창문으로 나가서 올라가는 거야." 군발드 라르손이 제안했다.

"밧줄이나 사다리 없이?"

"그렇군. 안 되겠군."

군발드 라르손은 잠시 생각하다가 물었다.

"그런데 자네는 총도 없이 지붕에 올라가서 뭘 하려고?"

콜베리는 대답하지 않았다.

"저쪽 층계도 마찬가지겠지." 군발드 라르손이 부루퉁하게 말했다.

다른 쪽 층계도 마찬가지였다. 다른 점이라면 퇴임한 대령이라는 웬 늙수그레한 남자가 주민 몇 명을 자신의 지휘하에 접수하고 다스리고 있다는 것뿐이었다.

"민간인들을 지하실에 대피시킬까 생각하던 중이었소."

남자가 말했다.

"훌륭하시군. 우리도 그럴 생각인데, 대령." 군발드 라르손이 말했다.

그 밖에는 우울하게도 북쪽 층계의 재현이었다. 닫힌 철문, 열린 승강기 통, 망가진 엘리베이터. 어디로든 갈 수 있는 가능성, 없음.

군발드 라르손은 총으로 턱을 긁으면서 생각에 빠졌다.

콜베리는 그 총을 불안하게 바라보았다. 좋은 총이었다. 반들반들 잘 관리되고 홈이 파인 호두나무 손잡이가 달린 총. 안전장치가 걸려 있었다. 군발드 라르손이 지닌 탐탁지 못한 특징은 한두 가지가 아니겠지만, 콜베리가 알기로 쓸데없이 총을 쏴대는 버릇은 그중 하나가 아니었다.

"사람을 쏴본 적 있나?" 콜베리가 갑자기 물었다.

"아니. 왜 묻나?"

"글쎄."

"이제 어쩌지?"

"오덴플란으로 가야 할 것 같은데." 콜베리가 말했다.

"그런가."

"상황을 제대로 아는 사람은 우리뿐이야. 우리는 최소한 무슨 일이 벌어졌는지는 알잖아."

군발드 라르손은 제안이 마음에 들지 않는 기색을 역력히 드러내면서 왼쪽 콧구멍에서 코털을 홱 뽑아서 멍하니 살펴보았다.

"놈을 지붕에서 끌어내리고 싶은데."

"하지만 못 올라가잖아."

"못 올라가지."

두 사람은 1층으로 내려갔다. 그들이 건물을 떠나려는데 총성이 네 번 울렸다.

"뭘 쏘는 거지?" 콜베리가 말했다.

"순찰차. 놈은 사격 연습중이야." 군발드 라르손이 대답했다.

콜베리는 빈 순찰차를 보았다. 지붕의 섬광등과 탐조등이 둘 다 산산조각 나 있었다.

두 사람은 건물 외벽에 찰싹 붙어서 움직였다. 모서리를 왼쪽으로 감싸고 돌아서 옵세르바토리에가탄 거리에 들어섰다. 길에는 아무도 없었다.

군발드 라르손과 콜베리는 모서리를 돌자마자 흰 가운을 벗어서 길에 냅다 버렸다.

위에서 헬리콥터 소리가 들렸지만 모습이 보이진 않았다.

아까보다 바람이 셌다. 현혹하는 햇살에도 불구하고 추웠다.

"맨 위층에 사는 사람들 이름은 받아놨나?" 군발드 라르손이 물었다.

콜베리가 끄덕였다.

"꼭대기 층에는 두 가구가 있는 모양인데, 한 집은 빈 것 같아."

"나머지 한 집은?"

"에릭손이라는 사람이 살아. 딸하고 둘이 산다는 것 같은데."

"그렇군."

요약하자면 이랬다. 지붕 위의 남자는 총을 잘 쏘고, 자동화기를 갖고 있고, 콜베리와 군발드 라르손을 알고, 경찰을 싫어하고, 엘리베이터를 조작할 줄 알고, 또 이름이 에릭손일지도 모르는 사람이다.

두 사람은 재빨리 걸었다.

사이렌이 멀리서도 가까이에서도 울렸다.

"밖에서 접근해야 할지도 모르겠어." 콜베리가 말했다.

군발드 라르손은 믿음이 안 가는 모양이었다.

"글쎄." 군발드 라르손이 말했다.

달라가탄 인근에 사람이 그림자 하나 얼씬하지 않았다면, 오덴플란에는 많아도 너무 많았다. 삼각형 광장에 흑백 경찰차와 제복 경찰관이 말 그대로 흘러넘쳤고, 대규모 동원에 구경꾼도 당연히 잔뜩 몰렸다. 황급하게 내려진 통행 차단령으로 도로는 아수라장이었다. 스톡홀름 중심가 전역에서 그 여파가 나타났지만 이곳이 가장 심했다. 오덴가탄은 발할라베겐까지 차가 꽉 막혔고, 혼잡한 광장 안에 끼어서 꼼짝달싹 못하는 버스도 스무 대쯤 되었으며, 소동이 시작되기 전부터 광장에 서 있던 빈 택시들도 혼란을 가중했다. 택시 기사들은 한 명도 남김없이 차를 버리고 나와서 경찰과 군중에 섞여 있었다.

모두가 무슨 일인지 궁금해했다.

사방에서 계속 사람이 몰려들었다. 특히 지하철에서 나오는 사람들이 많았다. 오토바이 경찰관 한 무리, 소방차 두 대, 교통 감시용 헬리콥터 한 대도 있었다. 여기저기 모여 선 제복 경찰관들은 당황스러운 상황에서도 어떻게든 공간을 확보하려고 애썼다.

죽은 뉘만이 직접 지휘했어도 이보다는 나았겠군, 콜베리는 군발드 라르손과 함께 아마도 작전 본부인 듯한 지하철 출입구 쪽으로 사람들을 헤치고 나아가면서 속으로 생각했다.

어느 끔찍한 남자

그곳에 가니 과연 이야기해볼 만한 사람이 있었다. 5구역의 한손이었다. 노르만 한손 경위는 아돌프프레드리크 구역을 제 손바닥처럼 훤히 아는 고참이었다.

"자네가 통솔하나?" 콜베리가 물었다.

"그럴 리가."

한손이 놀라서 주위를 둘러보았다.

"그럼 누구지?"

"후보가 몇 명 있는 것 같지만, 아무튼 방금 말름이 도착했어. 저기 밴에 있어."

그들은 인파를 헤치고 밴으로 갔다.

말름은 날씬하고, 우아하고, 기분 좋은 미소와 곱슬머리를 지닌 오십 대 남자였다. 그가 유르고르덴에서 승마를 하는 것으로 그 몸매를 유지한다는 소문이 있었다. 말름의 경력은 정치적으로 의문의 소지가 없었다. 서류로 보면 자격 조건이 훌륭했다. 하지만 경찰관으로서 말름의 능력에 대해서는 의문의 소지가 많았다. 어떤 사람들은 능력의 존재 자체를 의심했다.

"몰골이 말이 아니군, 라르손." 말름이 말했다.

"베크는 어딨습니까?" 콜베리가 물었다.

"연락이 안 되는데. 그리고 어차피 이건 전문가들이 맡을 사건이야."

"어떤 전문가들?"

"당연히 행정경찰이지." 말름이 짜증을 냈다. "그런데 그쪽 경무관은 스톡홀름에 없고, 수도 행정경찰 책임자는 휴가중이야. 하지만 국가경찰청장하고는 연락이 됐어. 그런데 청장은 지금 스톡순드에 있기 때문에……."

"잘됐네." 군발드 라르손이 말했다.

"무슨 뜻인가?" 말름이 물었다.

"여기 없어서 다행이라고요." 군발드 라르손이 대수롭지 않게 대꾸했다.

"뭐? 나 원 참. 아무튼 그래서 내가 지휘를 맡았네. 자네들은 방금 현장에서 돌아왔다지. 상황이 어떤가?"

"웬 미친놈이 지붕에서 소총으로 경찰관들을 쏘고 있습니다." 군발드 라르손이 대답했다.

말름은 뒷말을 기다리는 표정으로 군발드 라르손을 보았다. 하지만 군발드 라르손의 입에서는 아무 말도 더 나오지 않았다.

군발드 라르손은 그 대신 체온을 유지하기 위해서 두 팔을 들어 몸통을 두드리기 시작했다. 콜베리가 대신 말했다.

"놈은 몸을 잘 숨기고 있습니다. 주변 건물은 다 그보다 낮고요. 게다가 놈은 그 건물 꼭대기 층의 집안에 들어가 있을 때도 있습니다. 우리도 놈의 모습을 직접 보진 못했습니다. 놈을 잡

어느 끔찍한 남자

기가 어려울지도 모릅니다."

"아, 방법은 많지." 말름이 거만하게 말했다. "자원이 많은 쪽은 우리니까."

"오덴가탄에서 총에 맞은 경찰차는 어떻게 됐나?" 콜베리가 한손에게 물었다.

"별로야." 한손이 퉁명하게 대답했다. "두 사람이 다쳤어. 한쪽은 팔, 다른 쪽은 다리를. 내가 제안을 하나 해도 될까?"

"뭐지?" 군발드 라르손이 물었다.

"여기 말고 다른 곳으로 옮기자는 거야. 통제선 안으로. 예를 들어, 토르스가탄에 있는 가스 회사 부지 같은 곳으로."

"예전에 가스 저장소가 있던 곳." 콜베리가 말했다.

"그래. 그 건물은 이미 헐렸어. 거기 교차로를 지을 거라나."

콜베리는 한숨을 쉬었다. 옛 가스 저장소는 독특한 양식의 벽돌 건축물이었다. 선견지명이 있는 몇몇 시민들이 건물을 보존하자는 캠페인을 벌였지만, 물론 실패했다. 세상에 교차로보다 더 중요한 게 어딨다고?

콜베리는 고개를 흔들어 생각을 떨쳤다. 나는 왜 늘 이렇게 엉뚱한 생각에 빠지지? 나도 분명히 머리가 좀 돌았어.

"거기에 헬리콥터가 내릴 수 있나?" 말름이 물었다.

"네."

말름이 이번에는 군발드 라르손을 보았다.

"거기는…… 사정거리 밖인가?"

"네. 놈에게 박격포가 있다면 또 모르겠지만."

말름은 잠시 입을 닫았다가, 곧 부하들을 둘러보면서 크고 낭랑한 목소리로 지시 사항을 알렸다.

"제군. 내가 하나 제안하지. 지금부터 모두 개인적으로 이동하여 토르스가탄의 가스 회사 부지에서 재집결한다. 재집결 시각은 지금부터……."

말름이 자기 시계를 보고 덧붙였다.

"십 분 뒤다."

27.

마르틴 베크와 뢴이 토르스가탄에 도착한 때는 오후 1시 30분이었다. 이 무렵에는 작전 본부가 아주 잘 조직된 듯 보였다.

말름은 사밧스베리 병원 부지의 서쪽 출입구에 있는 옛 관리소에 자리잡았다. 말름의 곁에는 상당한 물리적 자원뿐 아니라 지금까지 이 드라마에서 중요한 역할을 해온 경찰관들이 대부분 모여 있었다. 홀트마저 있었다. 마르틴 베크는 곧장 홀트에게 다가갔다.

"찾고 있었습니다."

"그래요? 왜?"

"그 문제는 이제 중요하지 않습니다. 다만 오케 에릭손이 어젯밤에 뉘만의 집에 전화해서 당신 이름을 댔다는 걸 말해주고 싶었습니다."

"오케 에릭손?"

"네."

"오케 레인홀드 에릭손?"

"네."

"그가 스티그 뉘만을 죽였습니까?"

"그런 것 같습니다."

"그럼 지금 저기 올라가 있는 사람이?"

"아마도."

홀트는 더이상 말이 없었다. 얼굴도 무표정했다. 하지만 두 툼하고 시뻘건 주먹을 어찌나 꽉 쥐었던지 손가락 관절이 살갗 밑에서 새하얗게 드러났다.

경찰이 알기로, 지붕 위의 남자는 한 시간 전에 버려진 순찰 차에 사격 연습을 한 뒤로 움직임이 없었다.

경찰은 이제 쌍안경으로 문제의 건물을 관찰했지만 남자가 살아 있는지조차 확실히 알 수 없었다. 그리고 경찰은 아직까지 총을 한 발도 쏘지 않았다.

"포위망은 점점 좁혀지고 있지."

말름이 흡족하게 말했다. 하도 구닥다리 같은 표현이라서 주 변 사람들은 속으로 비웃을 힘조차 없었다. 그리고 이번만큼은 그 표현이 상황을 꽤 정확하게 묘사하고 있다는 점이 얄궂었다.

경찰은 문제의 건물이 있는 블록 전체에 속속들이 침투해 있었다. 경찰관들은 대부분 무전기를 갖고 있어서 서로 연락할 수 있었고, 관리소 마당에 세워진 작전 본부 차량과도 연락할 수 있었다. 가까운 건물 옥상마다 최루 가스 전문가가 올라가 있었고, 전략적으로 중요하다고 여겨지는 지점마다 사격수가 대기했다.

"그런 지점은 둘뿐이야. 본니에르 빌딩 지붕, 그리고 구스타프바사 교회 첨탑. 목사가 자기 첨탑에 저격수가 올라가는 걸 허락할까?"

군발드 라르손의 말을 귀담아듣는 사람은 아무도 없었다.

작전 계획이 확정되었다. 경찰은 우선 지붕 위의 남자에게 투항할 기회를 줄 것이다. 그게 통하지 않으면, 곧 남자를 무력으로 제압하거나 총으로 쏠 것이다. 경찰관들의 목숨을 더이상 위태롭게 할 수 없었다. 따라서 결정적인 공격은 밖에서 접근해서 벌이기로 했다.

옵세르바토리에가탄과 오덴가탄에는 상황에 따라 즉각 동원할 수 있도록 소방국 사다리차가 서 있었다. 기계를 조작할 사람이 필요하기에 소방관이 몇 명은 있었지만, 나머지는 소방복을 입은 경찰관들이었다.

마르틴 베크와 뢴이 중요한 정보를 몇 가지 제공했다. 이를테면 에릭손이, 물론 아직까지는 지붕 위의 남자가 에릭손이라면 하는 가정을 붙여야 하는 상황이었지만, 미국제 존슨 자동소총과 평범한 군용 반자동소총을 갖고 있으며 아마 둘 다에 망원 조준기가 딸려 있을 것이라는 정보였다. 남자가 헤메를리 사격용 권총을 갖고 있다는 정보도.

"존슨 자동소총이라. 맙소사. 그건 무게가 칠 킬로그램도 안 나가고 다루기 엄청 쉬운데다가 기관총만큼 훌륭한 물건이잖아. 반동이 짧고 일 분에 160발이나 연사할 수 있다고."

군발드 라르손의 말을 듣는 사람은 뢴뿐이었다. 뢴이 동의하는 뜻으로 툴툴거렸다.

"맞아, 맞아."

그러고는 뢴은 하품을 했다. 세상에 본능을 이길 수 있는 사람은 없었다.

"마우저 소총으로는 600미터 떨어진 곳에 있는 명함 위의 이 한 마리도 맞힐 수 있을걸. 시야가 좋고 운이 따른다면 1000미터 떨어진 곳의 사람도 맞힐 수 있어."

몸을 숙여서 스톡홀름 지도를 살펴보던 콜베리가 끄덕였다.

"놈이 그냥 재미로 저지를 수 있는 일이 얼마나 될지 상상해보라고." 군발드 라르손이 계속 말했다.

어느 끔찍한 남자

군발드 라르손은 그냥 재미로 사정거리를 계산해보았다. 에릭손이 꼭꼭 틀어박힌 지붕에서 오덴가탄과 헬싱에가탄 교차로까지는 150미터, 사밧스베리 병원 본관까지는 250미터, 구스타프바사 교회까지는 300미터, 본니에르 빌딩까지는 500미터, 회토리에트 광장의 제일 가까운 고층 건물까지는 1000미터, 시청까지는 1100미터였다.

말름이 거만하게 짜증을 내면서 군발드 라르손의 계산을 물리쳤다.

"그래, 그래. 하지만 그런 건 지금 생각하지 말게."

지금 이 순간에 최루탄과 헬리콥터, 물대포와 무전기에 대해서 생각하지 않는 사람은 마르틴 베크뿐이었다.

마르틴 베크는 구석에 조용히 서 있었다. 원래 폐소공포증이 있고 사람들이 많은 곳을 싫어하긴 하지만 그 때문만은 아니었다. 마르틴 베크는 오케 에릭손을 생각했다. 그 남자를 지금의 부조리하고 절박한 형편으로 몰고 간 상황을 생각했다. 에릭손이 완전히 분별을 잃어서 누구하고도 소통이나 접촉이 불가능한 상태일 가능성도 있었지만, 확실히 알 수는 없었다. 그리고 누군가는 이 사태를 책임져야 했다. 뉘만은 아니었다. 뉘만은 인간으로서의 도리를 몰랐거니와 그런 것이 있다는 사실조차 몰랐던 인간이니까. 말름도 아니었다. 말름은 에릭손을 지붕 위의 위험인물로 여길 뿐이니까. 지금 경찰이 무슨 수를 써서든 에릭손을 무력화해야 한다는 점 외에는 에릭손과 경찰 사이에 아무 관계가 없다고 생각하니까.

게다가 마르틴 베크는 점점 더 어떤 감정에 사로잡혔다. 죄 책감이었다. 자신이 이 죄책감을 해소하는 데 적극적으로 나서 야 할지도 모른다는 생각이 들었다.

십 분 뒤, 지붕 위의 남자가 오덴가탄과 토르스가탄 교차로 에 선 경찰관을 겨냥하여 총을 쐈다. 발사 지점으로 보이는 창 문으로부터 500미터나 떨어진 곳이었다. 하지만 놀라운 점은 거리 자체가 아니라 남자가 공원에 빽빽하게 선 헐벗은 나뭇가 지들을 깨끗이 헤치고 쐈다는 점이었다.

총알은 명중했다. 경찰관의 어깨에 맞았다. 경찰관은 방탄조 끼를 입고 있었기 때문에 부상이 심하지 않았다. 적어도 목숨이 위험하진 않았다.

에릭손은 딱 그 한 발만 쐈다. 자신의 힘을 과시하는 것일 수 도 있고 순수하게 반사적인 행동일 수도 있었다. 제 눈에 경찰 관이 띄기만 하면 죄다 쏴버리겠다는 결심을 보여주는 행동이 었다.

"그가 인질로 딸을 데리고 있을 가능성이 있나?"

콜베리의 갑작스러운 질문에 뢴이 고개를 저었다.

어느 끔찍한 남자

아이는 안전한 곳, 위험하지 않은 곳에 있었다.

제 아빠로부터 안전한 곳? 애초에 아이가 아빠와 함께 있으면 위험했나?

잠시 후 공격 준비가 완료되었다.

말름은 체포 작전이지만 불가피한 상황에서는 사살 작전이 될 수도 있는 작전을 직접 수행할 경찰 특공대원을 만나보았다. 상황으로 보아 아무래도 후자일 터였다. 지붕 위의 남자가 선선히 항복할 거라고 진지하게 믿는 사람은 아무도 없었다. 물론 가능성은 배제할 수 없었다. 과거의 범죄 역사에서 지금과 유사한 사건들은 필사적인 무법자(에릭손 같은 타입의 범인을 보편적으로 이르는 표현이다)가 갑자기 모든 상황에 염증을 느껴서 자신보다 더 우월한 무력의 소유자에게 투항하는 결말로 끝난 경우가 많았다.

작금의 끔찍한 사태에 종지부를 찍을 전문가(이 또한 구닥다리 중의 구닥다리 표현이지만 지금으로서는 이보다 더 적절한 표현이 없는 것 같았다)는 육탄전과 기습 공격 훈련을 철저히 받은 두 젊은 경찰관이었다.

마르틴 베크도 가서 그들을 만나보았다.

그중 한 명은 렌 악셀손이라는 붉은 머리카락의 청년으로, 든든한 자신감이 깃든 미소가 퍽 호감이 갔다. 다른 한 명은 금

발 청년으로, 악셀손보다는 좀더 엄숙하지만 역시 믿음이 갔
다. 둘 다 자원자였는데 그들이 소속된 특공대에서는 아무리 까
다로운 임무라도 신속하게 해낼 것은 물론이거니와 반드시 자
발적으로 해낼 것을 당연시했다.

청년들은 둘 다 똑똑하고 쾌활해 보였다. 그들의 자신감은
주변에도 전염되었다. 성품 좋고 믿음직하며 최고의 훈련을 받
은 이들이었다. 이처럼 유능하고, 용감하고, 평균보다 훨씬 영
리한 인재는 특공대에도 많지 않았다. 둘 다 그간의 이론과 실
습 교육을 통해서 자신이 할 일을 잘 파악하고 있었다. 작전이
정말 순조롭고 수월하게 풀릴지도 모른다는 느낌까지 들었다.
청년들은 자신의 특수한 임무를 숙지하고 있을뿐더러 자신이
그 일을 해낼 수 있다고 진심으로 믿었다. 심지어 악셀손은 자
신이 견습생이었을 때 마르틴 베크에게 말을 붙여보려고 접근
했다가 민망해졌던 일화를 들려주면서 웃기까지 했다. 마르틴
베크는 그 일을 전혀 기억하지 못했지만 혹시 모르니까 따라 웃
었다. 비록 어정쩡한 웃음이었지만.

두 청년은 장비도 잘 갖추고 있었다. 방탄조끼는 당연하고
방탄 복부 보호대도 찼다. 플렉시 글라스 바이저가 달린 강철
헬멧과 방독면을 썼고, 주 무기로는 스웨덴에서 흔히 크피스트
라고 불리는 가볍고 효율적인 기관단총을 들었다. 만일의 사태

어느 끔찍한 남자

에 대비해 최루탄도 찼다. 청년들은 온갖 훈련을 다 받은 몸이었으니 만에 하나 육탄전을 벌이게 되더라도 오케 에릭손 같은 상대쯤이야 가뿐하게 제압할 수 있을 터였다.

공격 계획은 더없이 간단했다. 먼저 최루 가스를 총유탄과 수류탄으로 비처럼 퍼부어서 지붕 위의 남자를 무력화한 다음 헬리콥터 두 대가 저공비행하여 두 특공대원을 남자의 양옆에 내리기로 했다. 이미 최루 가스에 당한 남자가 양쪽에서 협공해 오는 상대들을 이길 확률은 미미했다.

계획에 반대하는 사람은 군발드 라르손뿐인 듯했다. 하지만 그런 그도 건물 안에서부터 에릭손에게 접근하는 편이 더 나아 보인다고 말했을 뿐, 자기 주장을 더 관철할 수는 없었고 번거롭게 관철할 마음도 없었다.

말름이 말했다.

"내가 말한 방식으로 가지. 위험 부담이 있는 계획이나 영웅적인 단독 행위는 더이상 안 돼. 이 친구들은 이런 상황에 대비한 훈련을 해왔어. 이 친구들의 작전 성공률은 구십 퍼센트이고, 둘 중 한 명이라도 무사히 목적을 달성할 확률은 백 퍼센트에 육박해. 그러니까 아마추어적인 반대 의견은 더이상 내지 말도록. 알겠나?"

"알겠습니다. 하일 히틀러!" 군발드 라르손이 외쳤다.

말름이 뜨거운 쇠꼬챙이에 찔린 사람처럼 펄쩍 뛰었다.

"내 잊지 않겠어. 두고 보라고." 말름이 말했다.

군발드 라르손의 목소리가 들리는 거리에 있던 사람들은 일제히 나무라는 눈으로 그를 보았다. 바로 옆에 서 있던 뢴도.

"군발드, 그런 소리는 하지 말아야지." 뢴이 나지막이 말했다.

"자네 생각이고." 군발드 라르손은 예사롭게 대꾸했다.

이렇게 해서, 최종 작전이 차분하게 체계적으로 개시되었다. 확성기 트럭이 사밧스베리 병원 부지를 가로질러 가서 문제의 지붕이 겨우 보이는 지점에 섰다. 정말로 겨우 보이는 지점에. 확성기 나팔이 포위된 건물 쪽을 향했다. 곧 확성기에서 말름의 목소리가 박력 있게 터져 나왔다. 말름을 아는 사람이라면 누구나 예상한 내용 그대로였다.

"아아, 아아. 내 말 들리나! 나는 말름 국장이다. 에릭손, 나는 당신을 모르고, 당신도 나를 모른다. 하지만 내가 전문가로서 확실하게 말할 수 있는바, 상황은 이미 종료됐다. 당신은 포위되었고 우리에게는 무한한 자원이 있다. 하지만 우리는 불필요한 무력을 쓰고 싶지 않다. 게다가 아직도 위험 지역 내에 무고한 여성들, 아이들, 민간인들이 많이 있으니 더 그렇다. 에릭손, 당신은 이미 충분히, 아니 그 이상으로 많이 문제를 일으켰다. 이제 내가 딱 십 분을 주겠다. 그 안에 당신의 자유의지로 투항하기를 바란다. 신사답게 투항하라. 당신 자신을 위해서라도 연민을 발휘하여, 우리가 연민에서 내놓은 이 제안을 받아들이기를 당부한다."

말은 그럴싸했다.

대답은 없었다. 총성조차 울리지 않았다.

"놈이 이런 상황까지 예상하고 행동한 게 아닌가 싶군."

말름이 마르틴 베크에게 말했다. 정말이지 빈약한 설득이었다.

정확히 십 분 후, 헬리콥터가 떴다.

두 대의 헬리콥터는 처음에는 큰 원을 그리면서 높이 떴다가, 꼭대기 층에 작은 발코니가 딸린 집이 두 세대 있는 문제의 지붕으로 서로 다른 방향에서 다가갔다.

그와 동시에, 사방에서 건물을 향해 최루탄이 쏟아졌다. 몇 개는 창문을 깨고 들어가서 안에서 터졌지만, 대부분은 지붕 위나 발코니 안에 떨어졌다.

사태를 가장 잘 조망할 수 있는 위치에 있는 사람은 군발드 라르손이었다. 그는 본니에르 빌딩 옥상으로 올라가서 난간 뒤에 엎드려 있었다. 최루탄이 속속 터지고 문제의 지붕으로부터 매캐한 연기가 퍼져 나오자, 그는 일어나서 쌍안경을 눈에 댔다.

헬리콥터들은 협공 작전을 흠 잡을 데 없이 수행했다. 남쪽에서 다가간 헬리콥터가 북쪽에서 다가오는 헬리콥터보다 약간 더 일찍 도착했지만, 그것도 계획대로였다.

이제 첫 번째 헬리콥터는 남쪽 지붕 위에 떠 있었다. 조종사가 헬리콥터의 둥근 플렉시 글라스 덮개를 열고 밧줄에 매달린 특공대원을 내리기 시작했다. 붉은 머리카락의 악셀손이었다. 방탄복 차림의 악셀손은 용감무쌍해 보였다. 그의 두 손에는 기관단총이 단단히 들려 있었고 허리에는 최루탄이 달려 있었다.

지붕에서 오십 센티미터 지점까지 내려갔을 때, 악셀손이 헬멧의 바이저를 올리고 방독면을 썼다. 그는 기관단총을 오른팔 오금에 단단히 끼운 자세로 지붕에 점점 더 가까이 다가갔다.

계획대로라면 이제 에릭손이, 만약 그가 에릭손이라면 말이지만, 연기 속에서 굴러 나와서 무기를 버릴 차례였다.

붉은 머리카락의 호감 가는 청년 악셀손이 지붕에서 이십 센티미터 지점까지 내려갔을 때, 총알이 한 발 날아왔다. 방탄복은 다 좋지만 얼굴을 보호해주진 못한다.

거리가 꽤 있는데도 군발드 라르손은 그 장면을 세세히 보았다. 악셀손의 몸이 움찔한 뒤 축 늘어지는 것도, 악셀손의 두 눈 사이에 총알구멍이 뚫린 것도.

이제 죽은 경찰관을 대롱대롱 매단 헬리콥터가 얼른 수직으로 상승했다. 헬리콥터는 그곳에서 몇 초 머물다가 곧 움직여서 건물 지붕과 병원 부지 위를 날아왔다. 악셀손의 기관단총은 여전히 그의 몸에 걸려 있었고, 팔다리는 힘없이 나부꼈다.

악셀손은 방독면을 끝까지 다 쓰지도 못했다.

이때 군발드 라르손은 지붕 위의 남자를 처음으로 언뜻 목격했다. 전신 작업복 같은 것을 입은 키 큰 사람의 실루엣이 굴뚝에서 멀지 않은 곳에서 잽싸게 자세를 바꿨다. 남자가 무슨 무기를 갖고 있는지는 보이지 않았지만 방독면을 쓰고 있는 건 똑똑히 보였다.

북쪽에서 다가간 두 번째 헬리콥터도 계획대로 협공을 수행하고 있었다. 헬리콥터는 벌써 플렉시 글라스 덮개를 열고 두 번째 특공대원을 내릴 차비를 갖춘 채 지붕에서 몇 미터 위에 떠 있었다.

그 순간 연속 사격이 터졌다. 지붕 위의 남자는 존슨 자동소총으로 바꿔서 일 분도 안 되는 시간 동안 백여 발을 난사했다. 군발드 라르손의 눈에 총알은 보이지 않았다. 하지만 목표물과의 거리가 워낙 가까우니 거의 모든 총알이 명중했을 터였다.

헬리콥터는 휙 날아서 바사파르켄 공원 쪽으로 피했다. 하지만 이내 비틀비틀하다가 고도를 잃었다. 헬리콥터는 이스트먼 병원 지붕을 몇십 센티미터 차이로 지나치고 요란한 소리를 내면서 동체를 바로 세우려고 애썼지만 결국 옆으로 미끄러지면서 우레 같은 소리와 함께 공원 한복판에 떨어졌다. 추락한 헬리콥터는 산탄총에 맞은 까마귀처럼 꼼짝 않고 누워 있었다.

죽은 경찰관을 착륙 장치 사이에 대롱대롱 매단 첫 번째 헬리콥터는 벌써 이륙 지점으로 돌아왔다. 헬리콥터가 가스 회사 부지에 내리자 악셀손의 몸이 땅에 부딪혀 통통 튕기면서 몇 미터 끌려갔다.

헬리콥터의 날개가 멎었다.

그다음 순간 무력한 복수의 시도가 펼쳐졌다. 각양각색 수백 정의 총이 달라가탄의 건물을 향해 총알을 중구난방 뿜어냈다. 명확한 표적을 겨냥한 총알은 거의 없었고, 소기의 목적을 일부라도 달성한 총알은 전혀 없었다.

경찰이 헛수고에 불과한 일제사격을 벌인 것은 용기를 되찾기 위해서인 듯했다. 총알들은 가망 없는 각도와 턱없는 거리에서 날아갔다.

본니에르 빌딩이나 구스타프바사 교회에서 발사된 총알은 하나도 없었다.

몇 분 뒤, 일제사격이 차츰 잦아들다가 멈췄다.

개중 한 발이라도 오케 에릭손을, 만약 지붕 위의 남자가 에릭손이라면 말이지만, 맞혔을지도 모른다는 생각은 허황된 소리였다.

28.

 작전 본부로 쓰이는 노란 나무 집은 까만 금속 지붕, 현관에
딸린 작은 베란다, 높은 후드가 달린 굴뚝을 갖춘 아주 예쁜 집
이었다.

 공수 작전이 실패로 돌아간 지 이십 분이 흐른 뒤에도 그곳에
모인 사람들은 충격에서 헤어나지 못했다.

 "놈이 헬리콥터를 격추시켰어." 말름이 도무지 못 믿겠다는
듯이 말했다. 벌써 열 번쯤 한 소리였다.

 "아하, 이제야 그 결론에 도달하셨습니까." 조망 장소에서
돌아온 군발드 라르손이 말했다.

 "군대의 협조를 구해야겠어." 말름이 말했다.

 "그건 좀……." 콜베리였다.

"아니, 그게 우리의 유일한 기회야." 말름이 말했다.

체면을 크게 잃지 않고 남에게 책임을 떠넘길 유일한 기회란 거겠지, 콜베리는 생각했다. 군대가 온들 뭘 할 수 있겠는가?

"군대가 온들 뭘 할 수 있겠습니까?" 마르틴 베크가 말했다.

"건물을 날려버려." 군발드 라르손이 말했다. "대포로 일대를 다 날려. 아니면……."

마르틴 베크가 군발드 라르손을 보았다.

"아니면?"

"낙하산병을 불러. 사람을 쓸 필요도 없을지 몰라. 경찰견을 열 마리쯤 투입하는 건 어때."

"빈정댈 때가 아니야." 마르틴 베크가 말했다.

군발드 라르손은 대답하지 않았다. 대신 갑자기 뢴이 입을 열었다. 이유는 모르겠지만 뢴은 하필이면 이 순간에 수첩을 들여다볼 마음이 든 모양이었다.

"오늘이 마침 에릭손의 서른여섯 번째 생일이네."

"생일 축하 한번 요란하군." 군발드 라르손이었다. "그런데 있어봐, 경찰 오케스트라를 소집해서 길에서 〈생일 축하합니다〉 노래를 연주해주면 어때. 그러면 놈이 기분이 좋아질지도 몰라. 그다음에 독을 넣은 프린세스토르타*에 초를 서른여섯 개 꽂아서 하늘에서 내려보내는 거야."

어느 끔찍한 남자

"그만해, 군발드." 마르틴 베크가 말했다.

"아직 소방국도 활용하지 않았어." 말름이 말했다.

"그렇죠." 콜베리였다. "하지만 에릭손의 아내를 죽인 게 소방국은 아니니까요. 에릭손은 시력이 엄청나게 좋으니까, 소방관 사이에 소방관으로 위장한 경찰관이 있다는 사실을 알아차리는 순간……."

콜베리가 말을 멈췄다.

"에릭손의 아내와 이 일이 무슨 상관이지?" 말름이 물었다.

"엄청나게 상관있죠." 콜베리가 말했다.

"아, 그 오래된 사연, 흥." 말름이 말했다. "하지만 자네 말을 들으니 떠오르는 생각이 있군. 놈의 가족을 불러서 설득해보라고 하면 어떨까. 여자친구라든가."

"에릭손은 여자친구가 없습니다." 뢴이었다.

"말이 그렇다는 거지. 딸도 좋고, 부모도 좋고."

콜베리는 설레설레 고개를 저었다. 말름이 경찰 업무에 대한 지식을 영화로 쌓았다는 가설이 점점 더 확실한 사실이 되고 있었다.

---

* '공주 케이크'라는 뜻의 프린세스토르타(Prinsesstårta)는 스폰지 케이크 위에 바닐라 크림과 휘핑크림을 얹고 초록색 마지팬으로 덮은 케이크로, 실제로 공주들이 즐겨 먹었다고 해서 1950년대부터 스웨덴에서 인기를 끌었다.

말름이 일어나서 차들이 있는 마당으로 나갔다.

콜베리는 마르틴 베크를 유심히 보았다. 하지만 마르틴 베크는 눈을 마주쳐주지 않았다. 옛 관리소 벽에 기대선 그는 어쩐지 슬퍼 보였고 멀어 보였다.

물론 낙관적으로 볼 상황이 아니긴 했다.

벌써 세 명이 죽었다. 뉘만, 크반트, 악셀손. 그리고 헬리콥터가 추락함으로써 부상자가 일곱 명으로 늘었다. 무시무시한 숫자였다. 이스트먼 병원 앞에서 자기 목숨을 지키려고 애쓸 때만 해도 다른 감정을 느낄 여유가 없었던 콜베리도 이제는 두려웠다. 무모한 사태가 장기화해서 경찰관들이 더 희생될까 봐 두려운 것도 있었지만, 그보다도 에릭손이 경찰관만 쏜다는 원칙을 갑자기 저버릴까 봐 두려웠다. 그때는 재앙의 범위가 훨씬 넓어질 것이다. 에릭손의 사정거리 안에는 사람이 많았다. 주로 사밧스베리 병원 단지에, 혹은 오덴가탄의 건물 안에 있는 사람들이었다. 정말로 그렇게 되면 어쩌겠는가? 엄청나게 다급한 상황에서는 방법이 하나뿐이었다. 누군가가 지붕으로 들이닥치는 방법. 하지만 그러면 희생이 얼마나 따르겠는가?

콜베리는 마르틴 베크가 무슨 생각을 하는지 궁금했다. 마르틴 베크의 심중을 모르는 상황에 익숙하지 않은 콜베리인지라 지금 그렇다는 사실이 짜증스러웠다. 하지만 그것도 잠시, 말름

어느 끔찍한 남자

이 현관에 나타나자 마르틴 베크가 말름에게 말했다.

"이건 한 사람이 해야 하는 일입니다."

"누가?"

"제가."

"그런 건 허락할 수 없네." 말름이 당장 대꾸했다.

"양해만 하신다면, 제가 스스로 내린 결정이라고 하겠습니다."

"잠깐." 콜베리가 끼어들었다. "무슨 근거에서 그런 결론을 내린 거야? 기술적 고려? 도덕적 판단?"

마르틴 베크는 콜베리를 보았다. 하지만 말은 없었다.

콜베리에게는 그걸로 충분했다. 둘 다라는 뜻이었다.

그리고 마르틴 베크가 결정했다면, 콜베리는 반대할 사람이 아니었다. 그러기에는 두 사람이 서로를 너무 잘 알았고 너무 오래 알았다.

"계획은 있나?" 군발드 라르손이 물었다.

"아래층 집으로 들어가서 안마당 쪽 창문으로 나가는 거야. 북쪽 발코니 바로 밑에 있는 창. 거기서 사다리로 올라가는 거지."

"그래, 그러면 될지도 모르겠군." 군발드 라르손이 말했다.

"에릭손이 어디 있으면 좋겠나?" 콜베리가 물었다.

"도로 쪽에. 위쪽 지붕에 올라가 있으면 더 좋고. 꼭대기 층 북쪽 집 지붕 말이야."

콜베리가 이마를 찌푸리면서 왼손 엄지를 윗입술에 댔다.

군발드 라르손이 말했다.

"놈이 순순히 거길 올라가진 않을 텐데. 거기 있으면 노출되니까. 명사수가 쏜다면."

"잠깐." 콜베리였다. "내가 그 건물의 구조를 제대로 파악한 거라면, 꼭대기 층의 두 집은 건물의 실제 지붕 위에 무슨 상자처럼 얹혀 있어. 도로로부터 약간 들어간 지점에 있지. 그리고 꼭대기 층 집들의 지붕과 건물의 지붕 사이에는 안쪽으로 경사진 유리 천장이 설치되어 있어. 천장 밑에 공간이 있는 거지."

마르틴 베크가 콜베리를 보았다.

"맞아, 그랬어." 콜베리가 계속 말했다. "그리고 내가 판단하기에, 놈은 오덴가탄의 경찰차를 쏠 때 바로 그 공간에 엎드려 있었어."

"하지만 그때는 놈이 총에 맞을 위험이 없었잖아." 군발드 라르손이 반박했다. "반면에 지금은 본니에르 빌딩이나 교회 탑에 올라간 저격수가 있다면…… 아니야, 본니에르 빌딩에서는 못 맞히겠군."

"그리고 놈은 교회 탑은 염두에 두지 않는 것 같아. 어차피 실제로도 거기에는 아무도 없지만." 콜베리가 말했다.

"없지. 멍청하기는." 군발드 라르손이었다.

어느 끔찍한 남자

"좋아. 우리가 놈을 위쪽 지붕으로 유인하려면, 최소한 그냥 지붕에라도 올라가게 하려면, 놈의 주의를 끌 만한 짓을 벌여야 해."

콜베리가 잠시 입을 다물고 다시 이맛살을 찌푸렸다. 모두 조용했다.

"건물은 양옆 건물들보다 도로에서 약간 더 안쪽으로 들어가 있어." 콜베리가 말했다. "삼 미터쯤. 그러니까 만약 우리가 바로 밑에서, 건물들이 만나는 모서리에서, 건물에 최대한 바싹 붙어서 무슨 일을 벌이면, 놈은 무슨 일인가 살펴보려고 위층 지붕으로 올라갈 거야. 그냥 난간 너머로 몸을 내밀어서 확인할 배짱은 없을 테니까. 우리는 소방차를 써서……."

"소방관은 끌어들이고 싶지 않아." 마르틴 베크가 말했다.

"소방복을 입은 경찰관들이 있으니까 그 친구들을 쓰면 돼. 그리고 그 친구들이 벽에 바싹 붙어 있는 한, 놈은 그들을 해칠 수 없어."

"놈에게 수류탄이 있다면 가능하겠지." 군발드 라르손이 비관적으로 말했다.

"그 친구들이 뭘 하는데?" 마르틴 베크가 물었다.

"소리를 내는 거야." 콜베리가 대답했다. "그거면 충분해. 그 부분은 내가 알아서 할게. 반면에 자네는 죽은듯 조용히 움직여야 해."

마르틴 베크는 끄덕였다.

"그래, 그거야 잘 알겠지." 콜베리였다.

말름이 실눈으로 마르틴 베크를 보았다.

"자네가 자진한 거라고 여겨도 되나?" 이윽고 말름이 물었다.

"네."

"감탄했다고 말해야 하겠지만, 솔직히 말하자면 난 이해가 안 된다네."

마르틴 베크는 대답하지 않았다.

십오 분 뒤, 마르틴 베크는 달라가탄의 건물로 갔다. 가벼운 금속제 조립식 사다리를 옆구리에 끼고 벽에 최대한 찰싹 붙어서 걸었다.

동시에 소방차 한 대가 사이렌을 왱왱 울리면서 옵세르바토리에가탄에서 달라가탄으로 꺾어들었다.

마르틴 베크는 코트 주머니에 소형 단파수신기를 갖고 있었다. 어깨띠에는 7.65밀리미터 발터 권총을 차고 있었다. 보일러실을 통해서 건물에 잠입해 있던 사복 순경들 중 한 명과 마주친 그는 손짓으로 순경을 물린 뒤 천천히 계단을 걸어 올라갔다.

계단을 다 올라간 그는 콜베리가 재주 좋게 마련해준 만능열쇠로 대문을 열고 들어갔다. 현관에서 코트와 재킷을 벗어서 걸

어느 끔찍한 남자

었다.

세련되고 쾌적하게 꾸며진 집을 무심결에 둘러보면서 어떤 사람이 살고 있을까 잠시 생각했다.

그동안 내내 소방차 사이렌이 귀청을 떨어뜨릴 듯 울리고 있었다.

마르틴 베크는 침착하고 느긋했다. 먼저 안쪽의 창문을 열고 방향을 확인했다. 예상대로 북쪽 발코니 바로 밑이었다. 사다리를 조립한 뒤, 창문으로 사다리를 내보내어 3.5미터 위의 발코니 난간에 단단히 걸었다.

그다음 창에서 내려와서 집안으로 돌아갔다. 단파수신기를 켰다. 금세 뢴과 연결되었다.

그로부터 남서쪽으로 500미터 떨어져 있고 지상으로부터 이십 층 위인 본니에르 빌딩 옥상에서, 에이나르 뢴은 사밧스베리 병원 단지 너머로 달라가탄의 건물을 지켜보고 있었다. 찬바람에 눈이 시리고 눈물이 고였지만, 그래도 자신이 주시해야 하는 꼭대기 층 북쪽 집 지붕이 꽤 잘 보였다.

"아직이다." 뢴이 무전기에 대고 말했다. "아직 아무 일도 없다."

소방차가 계속 왱왱거렸다. 그때, 지붕에서도 유리 천장으로 햇살이 비쳐들어 좁은 띠 모양을 이룬 공간에 웬 그림자가 슥 미끄러져 드는 모습이 보였다. 뢴은 얼른 무전기를 입에 댔다.

"지금이다." 신호를 주는 뢴의 목소리는 약간 흥분되어 있었다. "지금 그가 올라왔다. 이쪽으로. 엎드려 있다."

그로부터 이십오 초 뒤, 느닷없이 사이렌이 멎었다. 500미터 떨어진 뢴이 보기에 지붕에 큰 변화는 없는 듯했지만, 곧 예의 그림자가 다시 슥 멀어지는 듯하더니 누군가가 일어서는 모습이 어렴풋이 보였다. 뢴이 외쳤다.

"마르틴! 들어와!"

이번에는 정말로 흥분된 목소리였다. 하지만 대답은 없었다.

만약 뢴이 명사수였다면, 아쉽게도 아니었지만, 그리고 만약 뢴에게 망원 조준기가 달린 소총이 있었다면, 아쉽게도 없었지만, 뢴이 지금 지붕 위의 저 실루엣을 맞힐 수도 있었다. 만약 뢴에게 방아쇠를 당길 담력이 있었다면 말이지만. 그리고 뢴은 자신이 방아쇠를 당길 수 없었을 것이라고 생각했다. 지금 그가 본 사람은 마르틴 베크일 수도 있으니까.

에이나르 뢴에게, 소방차의 퓨즈가 나가서 사이렌의 울부짖음이 멎은 것은 그다지 큰일이 아니었다.

마르틴 베크에게, 그것은 큰일이었다.

마르틴 베크는 뢴의 신호를 받자마자 수신기를 내려놓고 창으로 갔다. 몸을 비틀어 창을 빠져나가서 사다리를 타고 위의 발코니로 잽싸게 올라갔다. 발코니에 오르니 눈앞에 꼭대기 층 집의 창 없는 벽과 좁고 녹슨 철제 사다리가 있었다.

그를 보호해주던 사이렌이 뚝 끊겼을 때, 마르틴 베크는 오른손에 총을 들고 그 두 번째 사다리를 오르던 중이었다.

천지를 울리던 소리가 사라지니 사위가 완벽하게 고요하게 느껴졌다.

마르틴 베크의 총이 사다리 오른쪽 기둥에 부딪혀서 가볍게 땅 울렸다.

그는 지붕으로 몸을 끌어올렸다. 머리와 어깨는 벌써 모서리를 넘어갔다.

그곳에 오케 에릭손이 있었다. 마르틴 베크로부터 이 미터 떨어진 곳에, 오케 에릭손이 두 다리를 넓게 벌리고 사격용 권총을 마르틴 베크의 가슴에 정조준한 채 지붕 위에 서 있었다.

마르틴 베크도 발터 권총을 들고 있었다. 하지만 한창 움직이던 중이었기에 마르틴 베크의 총은 비스듬히 위쪽을 향하고 있었다.

그 짧은 순간에 그는 무슨 생각을 했을까?

너무 늦었다고 생각했다.

예상보다 더 쉽게 에릭손을 알아볼 수 있다고 생각했다. 에릭손의 금발 콧수염과 뒤로 빗어 넘긴 머리카락을. 방독면은 목 뒤쪽으로 돌아가 있었다.

그 짧은 순간에 마르틴 베크가 본 것은 그게 다였다. 그리고 시퍼런 사각형 총신에 큼직한 손잡이가 달린 헤메를리 권총의 기이한 생김새. 총은 작고 까만 죽음의 눈으로 그를 응시하고 있었다.

그 표현을 어디선가 읽었던 게 기억났다.

하지만 주로 든 생각은 너무 늦었다는 거였다.

에릭손이 총을 쐈다. 수백분의 일 초밖에 안 될 그 짧은 순간, 마르틴 베크는 상대의 푸른 눈동자를 보았다.

총구에서 번득이는 섬광을 보았다.

총알은 마르틴 베크의 가슴 정중앙에 박혔다. 커다란 쇠망치처럼 그를 때렸다.

29.

작은 발코니는 깊이가 약 이 미터에 길이가 약 삼 미터였다. 안쪽 벽에는 좁고 녹슨 철제 사다리가 나사로 단단히 고정되어 있었다. 까만 철판이 덮인 지붕으로 올라가는 사다리였다. 발코니의 양옆 좁은 벽에는 닫힌 문이 있었다. 안마당에 면한 면에는 두껍고 불투명하고 높은 유리 난간이 있었고, 유리판 위쪽에 발코니의 양옆 벽을 잇는 쇠막대가 한 줄 있었다. 발코니 바닥에는 반들반들한 타일이 깔려 있었다. 그리고 그 위에 카펫을 털 때 쓰는 이동식 걸이가 서 있었다.

마르틴 베크는 아연도금 쇠파이프를 얼기설기 엮어서 만든 바로 그 물건 위에 누워 있었다. 고개가 뒤로 젖혀져 있었고, 목은 카펫 걸이의 받침대를 이루는 굵은 봉에 얹혀 있었다.

그는 서서히 의식을 찾았다. 눈을 뜨니 파란 하늘이 보였다. 눈앞이 핑핑 돌았다. 다시 눈을 감았다.

가슴에 받았던 엄청난 충격이 생생하게 기억났다. 아니, 지금도 느껴지는 것 같았다. 자신이 추락한 것도 기억났다. 하지만 바닥에 떨어진 기억은 없었다. 건물 1층까지 추락하여 땅에 떨어진 걸까? 사람이 그렇게 높은 곳에서 추락하고도 살 수 있나?

고개를 들어 주변을 둘러보려고 했다. 하지만 근육에 힘을 주자마자 찌르는 듯한 통증이 엄습하여 잠시 까무러쳤다. 다시 깬 뒤에는 고개를 움직이는 것은 포기하고 반쯤 감긴 눈꺼풀 아래로 최대한 둘러보려고 애썼다. 녹슨 사다리와 까만 지붕 가장자리가 보였다. 그제야 자신이 기껏해야 이 미터쯤 떨어졌다는 것을 알았다.

다시 눈을 감았다. 팔다리를 하나씩 움직이려고 해보았다. 하지만 어디든 힘을 주면 너무 아팠다. 자신이 가슴에 최소한 한 발을 맞았다는 것을 깨달았다. 그런데도 살아 있다는 것이 좀 놀라웠다. 하지만 소설에서 이런 상황에 처한 사람이 곧잘 느낀다는 아찔한 희열 따위는 들지 않았다. 이상하지만, 그렇다고 해서 두렵지도 않았다.

자신이 총에 맞은 뒤 시간이 얼마나 흘렀는지 궁금했다. 의식을 잃은 뒤에 총을 더 맞았는지도 궁금했다. 남자는 아직 지붕 위에 있을까? 총성은 들리지 않았다.

마르틴 베크는 남자의 얼굴을 보았다. 그것은 아이의 얼굴이 자 노인의 얼굴이었다. 어떻게 그럴 수 있지? 그 눈은 공포, 혹은 증오, 혹은 절박함 탓에 광기에 사로잡힌 눈이었다. 아니면 그냥 완벽하게 공허한 눈이었다.

마르틴 베크는 어째서인지 자신이 남자를 이해한다고 생각했다. 자신에게도 일말의 책임이 있다고 생각했다. 자신이 그를 도와야 한다고 생각했다. 하지만 지붕 위의 남자는 이미 누구도 도울 수 없는 상태였다. 남자는 지난 스물네 시간 중 어느 시점엔가 이미 돌아올 수 없는 경계를 건너서 광기의 세계로, 복수와 폭력과 증오만이 존재하는 세계로 넘어갔다.

이제 나는 여기 누워서 죽어가겠지, 마르틴 베크는 생각했다. 내가 죽음으로써 무슨 죄를 속죄할 수 있지?

그런 건 없었다.

마르틴 베크는 문득 자신의 생각이 무섭게 느껴졌다. 자신이 발코니에 꼼짝 않고 누워 있은 지 한참 된 것 같았다. 지붕 위의 남자는 살해되거나 체포되었을까? 상황이 종료되었지만 사람들이 나를 잊은 걸까? 나는 이렇게 혼자 작은 발코니에서 죽는 걸까?

그는 소리치려고 해보았다. 하지만 목에서는 꾸륵거리는 소리가 날 뿐이었고 입에서 피맛이 났다.

가만히 누워서, 그는 지금 들리는 이 웅웅 소리가 어디서 나는 걸까 궁금하게 여겼다. 사방에서 들리는 그 소리는 꼭 거센 바람이 숲을 흔드는 소리, 혹은 큰 파도가 해변에 밀려드는 소리 같았다. 아니면 근처의 에어컨이 돌아가는 소리일까?

마르틴 베크는 자신이 차츰 고요한 어둠 속으로 가라앉는 것을 느꼈다. 그 속에서는 웅웅거리는 소음이 잦아들었다. 그는 구태여 저항하지 않았다. 하지만 소음은 곧 돌아왔고, 그러자 피처럼 붉은 눈꺼풀 안쪽에서 형광 섬광이 어른거렸다. 그다음은 다시 어둠 속으로 가라앉을 차례였다. 그제서야 그는 소음이 자기 안에서 나는 것이라는 사실을 깨달았다.

높은 너울에 실려서 나른하게 흔들리는 것처럼 의식이 나갔다가 돌아왔다가 또 나갔다가 돌아왔다가 했다. 여러 장면들과 생각의 파편들이 머릿속을 스쳤지만 그에게는 이제 그걸 붙잡을 힘이 없었다. 점점 더 커지는 소음 속에서 무슨 소리인지 사람 목소리인지가 아련히 들려왔다. 하지만 이제 그는 그 무엇에도 신경쓰지 않았다.

천둥 같은 소음을 내는 어둠의 승강기 통 속으로, 마르틴 베크는 한없이 추락했다.

30.

콜베리가 손가락으로 단파수신기를 초조하게 두드렸다.

"무슨 일이지?"

수신기가 짧게 지직거렸다. 하지만 그뿐이었다.

"무슨 일이냐고?" 콜베리가 다시 말했다.

군발드 라르손이 성큼성큼 걸어왔다.

"소방차? 합선됐대."

"소방차가 아니라 마르틴이 어떻게 됐느냐고. 이봐, 이봐? 응답하라."

수신기가 아까보다 길게 지직거렸다. 이내 뢴의 목소리가 희미하고 불분명하게 들려왔다.

"어떻게 된 거지?" 그 목소리가 물었다.

"나도 몰라." 콜베리가 외쳤다. "자네는 뭐가 보이나?"

"지금은 아무것도 안 보여."

"좀 전에는?"

"정확히는 모르겠어. 내가 에릭손을 본 것 같았거든. 그가 지붕 가장자리로 나왔단 말이야. 그래서 마르틴에게 신호를 줬는데……"

"그런데?" 콜베리가 성급하게 끼어들었다. "빨리 말해."

"그런데 사이렌이 멎었고, 곧 에릭손이 일어섰어. 내 생각엔 그래. 에릭손이 내 쪽으로 등을 돌리고 일어섰어."

"마르틴은 봤어?"

"아니, 못 봤어."

"지금은?"

"아무것도 안 보여. 아무도 없어." 뢴이 대답했다.

"젠장!" 콜베리가 부르짖으면서 무전기를 든 손을 떨어뜨렸다. 군발드 라르손이 불만스럽게 툴툴거렸다.

콜베리와 군발드 라르손은 옵세르바토리에가탄에 서 있었다. 달라가탄과의 교차점에서 가깝고 문제의 건물로부터 백 미터도 떨어지지 않은 지점이었다. 말름도 그곳에 있었고, 말름이 대동한 다른 사람들도 많이 있었다.

한 소방관이 다가왔다.

어느 끔찍한 남자

"사다리차를 저기 계속 놔둘까요?"

말름이 콜베리와 군발드 라르손을 보았다. 말름은 이제 열정적으로 지시할 마음이 가신 듯했다. 콜베리가 대답했다.

"아뇨. 뒤로 물려요. 필요 이상으로 노출될 필요는 없으니까."

"음." 군발드 라르손이 말했다. "베크가 해내지 못한 것 같지?"

"그래. 그런 것 같아." 콜베리가 낮게 대답했다.

"잠깐, 이것 좀 들어봐." 누가 말했다.

노르만 한손이었다. 한손이 무전기에 대고 뭐라 뭐라 말하더니 콜베리에게 전했다.

"내가 교회 탑에도 사람을 올려두었거든. 그 친구가 베크를 본 것 같대."

"그래? 어디서?"

"안마당에 면한 북쪽 발코니에 누워 있대."

한손이 진지하게 콜베리를 보며 덧붙였다.

"다친 것 같대."

"다쳐? 몸은 움직인다나?"

"지금은 아니래. 하지만 몇 분 전에는 움직이는 걸 본 것 같다는군."

정확한 관찰일 것이다. 뢴은 본니에르 빌딩에 있으니까 문제의 건물 뒤편은 볼 수 없다. 하지만 교회는 건물보다 북쪽에 있고 게다가 본니에르 빌딩보다 이백 미터가 더 가까웠다.

"마르틴을 데려와야 해." 콜베리가 나지막이 말했다.

"이 소동을 끝내야 해." 군발드 라르손이 침울하게 말했다.

몇 초 뒤에 군발드 라르손이 또 말했다.

"그건 그렇고, 혼자 거길 올라간 건 실수였어. 완전히 실수였어."

"앞에서는 입 다물고 뒤에서 욕하라. 이 말이 무슨 뜻인지 아나, 라르손?" 콜베리가 말했다.

군발드 라르손이 콜베리를 한참 보았다. 그러더니 평소와 달리 엄숙하게 말했다.

"여기는 모스크바도 베이징도 아니야. 택시 기사가 고리키를 읽는 나라, 경찰관이 레닌의 말을 인용하는 나라가 아니라고. 여기는 정신 나간 나라의 정신 나간 도시야. 그리고 저 지붕에는 웬 망할 놈의 미치광이가 올라가 있어. 이제 그만 놈을 끌어내려야 해."

"동의해." 콜베리가 대꾸했다. "하지만 그 대목에서 레닌은 아니지."

"나도 알아."

"대체 무슨 소리들인가?" 말름이 신경질적으로 물었다.

두 사람은 말름에게 눈길도 주지 않았다.

"좋아." 군발드 라르손이 말했다. "자네는 자네 친구 베크를 데리러 가고, 나는 딴 놈을 처리하지."

콜베리가 끄덕였다. 그러고는 당장 소방관들에게로 걸어가다 말고 잠시 멈춰서 말했다.

"자네가 저 지붕에서 살아 돌아올 확률을 내가 어떻게 보는지 아나? 자네 방식대로 했을 때?"

"대충."

그렇게 대꾸한 군발드 라르손은 주변에 선 사람들을 둘러보면서 우렁차게 외쳤다.

"지금부터 나는 건물 안쪽에서 옥상 문을 날리고 지붕으로 나갈 생각이다. 도와줄 사람이 한 명 필요하다. 많아야 두 명."

젊은 경찰관 네다섯 명과 소방관 한 명이 손을 들었다. 군발드 라르손의 등뒤에서도 누가 이렇게 말했다. "날 데려가십시오."

"똑똑히 해둘 것이 있다." 군발드 라르손이 마저 말했다. "의무감에서 나서는 인간, 영웅적인 행동으로 사람들을 감동시키겠다고 생각하는 인간은 필요 없다. 죽을 확률은 여러분의 예상보다 더 높다."

"무슨 소린가? 그러면 어떤 사람을 원하는 건가?" 말름이 어리둥절한 얼굴로 물었다.

"내가 원하는 사람은 총에 맞을 가능성을 진심으로 반기는 사람이다. 그게 재미있겠다고 생각하는 사람이다."

"나를 데려가십시오."

군발드 라르손이 뒤돌아서서, 그렇게 말한 남자를 보았다.

"아, 당신이로군. 홀트. 그래, 당신은 가고 싶겠지."

"여기, 여기요. 저도 가고 싶습니다." 이렇게 말한 것은 보도에 선 사람들 중 한 명이었다.

금발에 날씬한 삼십 대 남자는 청바지와 가죽 재킷을 입고 있었다.

"당신은 누굽니까?"

"볼린이라고 합니다."

"경찰관이기는 합니까?"

"아니요, 건설 노동자예요."

"여긴 어떻게 들어왔습니까?"

"여기 살아요."

군발드 라르손은 생각에 잠긴 채로 남자를 뜯어보았다.

"좋습니다." 군발드 라르손이 결정했다. "이 사람에게 총을 줘요."

노르만 한손이 간편하게도 코트 주머니에 넣어둔 공무용 권총을 얼른 꺼내려고 했지만, 볼린이 거절했다.

"제 총을 써도 될까요? 가져오는 데 일 분밖에 안 걸립니다."

군발드 라르손이 끄덕였다. 남자가 떠났다.

"이건 불법이야. 이건…… 옳지 않아." 말름이 말했다.

"맞습니다." 군발드 라르손이 대꾸했다. "끝장나게 글러먹었죠. 애초에 총을 가진 일반인이 있다는 것부터가."

볼린은 일 분도 안 되어 자기 총을 가지고 돌아왔다. 총신이 길고 탄창에 열 발이 들어가는 22구경 콜트 헌츠먼이었다.

"자, 갑시다." 군발드 라르손이 말했다.

그러고는 잠시 멈춰서 콜베리를 보았다. 콜베리는 벌써 밧줄 꾸러미를 들고 건물을 돌아가고 있었다.

"콜베리가 먼저 올라가서 베크를 데리고 내려온 다음에 갑시다. 한손, 사람을 보내서 양쪽 문에 폭약을 설치해줘."

한손이 끄덕이고 떠났다.

잠시 후 준비가 끝났다.

"좋아." 군발드 라르손이 말했다.

건물 모서리를 돌아가는 군발드 라르손을 다른 두 사람이 뒤따랐다. 현관에 도착했을 때 군발드 라르손이 말했다.

"두 사람은 남쪽 계단을 맡습니다. 나는 북쪽을 맡습니다. 퓨즈에 불을 붙인 뒤 잽싸게 도망쳐서 최소한 한 층 밑으로 내려가도록. 두 층 아래까지 내려가면 더 좋습니다. 할 수 있겠습니까, 훌트?"

"네."

"좋아요. 하나 더. 둘 중 한 명이 저 위에서 놈을 죽인다면, 누가 되었든 나중에 이 일로 조사받을 겁니다."

"정당방위라도?" 훌트가 물었다.

"물론. 정당방위라도. 이제 시계를 맞춥시다."

렌나르트 콜베리는 대문 손잡이를 돌려보았다. 잠겨 있었다. 하지만 콜베리는 손에 든 만능열쇠로 금세 문을 열었다. 현관에 들어서니 마르틴 베크의 코트가 걸려 있었고, 탁자에 단파수신기가 놓여 있었다. 집안으로 들어서자마자 열린 창문과 그 바깥에 걸린 조립식 사다리의 아랫부분이 보였다. 사다리는 약해 보였고, 콜베리는 마지막으로 그런 사다리를 오른 때 이후로 몸무게가 적잖이 늘었지만, 그런 사다리는 자신보다 더 무거운 사람도 견디도록 만들어졌다는 것을 알기에 주저 없이 창턱으로 올라갔다.

두 밧줄 꾸리가 거치적거리거나 사다리에 걸리지 않도록 양어깨에 걸어서 가슴 앞에서 교차시킨 뒤, 콜베리는 천천히 조심조심 사다리를 타고 발코니로 올라갔다.

뢴이 쌍안경으로 본 장면을 전해 듣고 나서, 콜베리는 어쩌면 최악의 사태가 벌어졌을 수도 있다고 마음속으로 계속 되뇌었다. 그래서 마음의 준비가 된 줄 알았다. 하지만 막상 발코니 난간으로 몸을 끌어올려서 불과 일 미터 앞에 피투성이로 늘어져 있는 마르틴 베크를 본 순간, 콜베리는 저도 모르게 헉 숨을 마셨다.

콜베리는 난간을 넘어갔다. 핏기 없고 노랗고 뒤로 꺾인 마르틴 베크의 얼굴 위로 몸을 수그렸다.

"마르틴." 콜베리가 잠긴 목소리로 속삭였다. "마르틴, 맙소사⋯⋯."

그렇게 말하면서 살펴보니, 팽팽하게 당겨진 마르틴 베크의 목에서 동맥이 뛰고 있었다. 콜베리는 살며시 손가락을 대어 맥박을 확인했다. 맥이 뛰고는 있었지만 아주 느렸다.

콜베리는 친구의 몸을 확인했다. 마르틴 베크는 아마도 가슴 정중앙에 딱 한 발만 맞은 듯했다.

셔츠 단추 사이에 난 총알구멍은 놀랍도록 작았다. 콜베리는 피에 흥건히 젖은 셔츠를 찢어 열었다. 상처가 타원형인 것으로 보아 총알은 비스듬히 박혀서 오른쪽 가슴을 뚫고 들어갔다. 총알이 등으로 빠져나왔는지 아직 몸에 박혀 있는지는 알 수 없었다.

콜베리는 카펫 걸이 밑의 바닥을 보았다. 피가 고여 있었다.

아주 많은 양은 아니었다. 상처에서 나던 피는 거의 멎었다.

콜베리는 두 밧줄 꾸러미를 머리 위로 벗어서 하나는 카펫 걸이의 맨 위쪽 가로대에 걸어두고 다른 하나는 손에 들었다. 잠시 동작을 멈추고 귀를 기울였다. 지붕에서는 아무 소리도 나지 않았다. 콜베리는 손에 든 밧줄을 풀어서 한쪽 끝을 조심조심 마르틴 베크의 겨드랑이 밑으로 통과시켰다. 신속하고 조용하게 줄을 두른 뒤, 줄이 마르틴 베크의 몸을 잘 묶고 있고 매듭이 제대로 지어졌는지 확인했다. 그다음 마르틴 베크의 주머니를 더듬어서 깨끗한 손수건을 꺼내고, 자신의 바지 주머니에서 그보다 덜 깨끗한 손수건을 꺼냈다.

이어 콜베리는 자신의 캐시미어 스카프를 풀었다. 그것을 마르틴 베크의 가슴에 두르고 단단히 묶은 뒤, 접은 손수건 두 장을 스카프 매듭과 상처 사이에 끼웠다.

지붕에서는 여전히 아무 소리도 나지 않았다.

이제 어려운 대목이 남았다.

콜베리는 발코니 유리 난간으로 몸을 내밀어서 아래를 본 뒤, 사다리가 아랫집의 열린 창문 바로 옆에 오도록 위치를 조정했다. 카펫 걸이를 옆으로 살살 밀어두고, 마르틴 베크의 몸에 두른 밧줄의 반대쪽 끝을 사다리가 있던 지점의 난간 위 철봉에 두어 번 감은 뒤, 그 끝을 자기 허리에 묶었다.

콜베리는 자기 몸으로 마르틴 베크의 몸무게를 지탱할 수 있도록 밧줄을 팽팽하게 유지하면서 그를 살살 들어 난간으로 넘겼다. 콜베리가 손을 떼어 마르틴 베크의 몸이 난간 너머에 대롱대롱 매달리자, 콜베리는 매달린 남자의 몸무게를 왼손으로만 지탱하면서 오른손으로는 자기 허리의 매듭을 풀기 시작했다. 매듭을 다 푼 뒤에는 천천히 마르틴 베크를 내렸다. 두 손으로 밧줄을 단단히 쥐고, 난간을 내다보지는 않은 채 감으로만 밧줄을 얼마나 더 풀어야 할지 어림짐작했다.

자신의 계산에 따르면 마르틴 베크가 열린 창 앞에 대롱거리고 있어야 할 때, 콜베리는 난간을 내다보았다. 그러고는 밧줄을 몇십 센티미터 더 풀고, 그 끝을 난간 꼭대기의 철봉에 단단히 묶었다.

콜베리는 카펫 걸이에 걸려 있는 나머지 밧줄 꾸리를 도로 어깨에 걸쳤다. 재빨리 조립식 사다리를 내려가서 아랫집 창문으로 들어갔다.

죽은 듯 축 늘어진 마르틴 베크의 몸은 창턱에서 오십 센티미터 아래에 있었다. 고개가 앞으로 꺾이고 몸도 앞으로 살짝 기울어진 자세로 매달려 있었다.

콜베리는 발을 단단히 딛고서 창밖으로 상체를 내밀었다. 두 손으로 밧줄을 쥐고 끌어당겼다. 그러다가 한 손으로만 밧줄을 쥐고 다른 손으로는 마르틴 베크의 겨드랑이 밑을 두른 밧줄을 붙잡아 당겨 올렸고, 마지막으로 두 손을 모두 겨드랑이에 끼워서 마르틴 베크를 창문 안으로 끌어들였다.

마르틴 베크의 몸에서 밧줄을 풀고 그를 바닥에 눕힌 뒤, 콜베리는 다시 한번 조립식 사다리를 올라가서 난간에 묶인 매듭을 풀고 밧줄을 아래로 떨어뜨렸다. 다시 아랫집 창문으로 돌아와서 사다리를 살짝 들어 안으로 들였다.

그다음 콜베리는 마르틴 베크를 업고 계단으로 내려갔다.

군발드 라르손은 일에 관한 한 생애 최악의 실수가 되었을 만한 상황에 직면하기 육 초 전에야 그 사실을 깨달았다. 그는 철문 앞에 서서 자신이 불붙여야 하는 퓨즈를 보고 있었다. 그런데 성냥이 없었다. 군발드 라르손은 담배를 피우지 않기에 라이터는 가지고 다니지 않았다. 가끔 리슈나 파르크 같은 레스토랑에서 식사할 때 레스토랑 로고가 찍힌 성냥을 두어 갑 주머니에 담아오곤 했지만, 마지막으로 그런 곳에서 외식한 이래 코트를 수없이 갈아입은 터였다.

흔한 표현처럼 그는 입이 딱 벌어졌다. 당혹감에 계속 입을 벌린 채, 권총을 뽑아 안전장치를 풀고 총구를 퓨즈 끝에 댔다. 튕긴 총알이 부적절한 장소에, 이를테면 자신의 배 같은 곳에

박히지 않도록 총신을 철문에 비스듬한 각도로 겨눈 뒤, 방아쇠를 당겼다. 총알이 계단통에서 마구 되튕기면서 말벌처럼 쌩 날았다. 좌우간 퓨즈에 불이 붙기는 했다. 파란 불꽃이 명랑하게 날름거리면서 타들어갔다. 군발드 라르손은 계단을 달려 내려갔다. 그가 한 층 반 내려왔을 때 남쪽 층계의 폭탄이 터져서 건물 전체가 흔들렸다. 그로부터 사 초 뒤에 그의 폭탄도 터졌다.

군발드 라르손은 훌트보다 빨랐고 아마 볼린보다도 빨랐기에, 계단을 도로 달려 올라가면서 뒤처진 일이 초를 만회했다. 철문은 사라지고 없었다. 원래 서 있던 층계참 바닥에 납작 누워 있었다. 그리고 반 층 위에 보강 유리로 된 문이 있었다.

군발드 라르손은 유리문을 발로 차서 넘어뜨리고 나갔다. 그랬더니 바로 지붕 위였다. 정확히 말하자면, 꼭대기 층의 두 집 사이에 있는 굴뚝 바로 옆이었다.

군발드 라르손의 눈에 에릭손이 들어왔다. 에릭손은 말로만 들었던 존슨 자동소총을 들고 꼭대기 층 집 지붕 위에 버티고 서 있었다. 하지만 군발드 라르손을 보고 있지는 않았다. 첫 번째 폭발에 정신이 완전히 빼앗긴 듯 건물 남쪽 지붕을 주시하고 있었다.

군발드 라르손은 길가 쪽에 설치된 난간에 한 발을 올리고 몸을 끌어올려서 꼭대기 층 집 지붕으로 올라갔다. 에릭손이 고개를 돌려서 군발드 라르손을 보았다.

두 사람의 거리는 겨우 사 미터였다. 결과는 뻔했다. 군발드 라르손은 이미 방아쇠에 손가락을 얹고 남자를 조준하고 있었다.

에릭손은 신경쓰지 않는 듯했다. 그저 천천히 몸을 틀면서 총구를 군발드 라르손에게로 돌릴 뿐이었다. 하지만 군발드 라르손은 총을 쏘지 않았다.

군발드 라르손은 에릭손의 가슴을 겨냥한 총을 들고서 꼼짝하지 않고 서 있었다. 에릭손의 소총이 계속 돌아갔다.

그 순간, 볼린이 쐈다. 실로 명사수다운 한 발이었다. 볼린은 군발드 라르손 때문에 시야가 거의 막혔을 텐데도 한 치의 오차 없이 정확하게 에릭손의 왼쪽 어깨를 맞혔다. 이십 미터 넘게 떨어진 곳에서.

소총이 떨거덕하고 금속 지붕에 떨어졌다. 에릭손이 반쯤 튼 몸으로 두 손 두 발을 바닥에 대고 엎드렸다.

그때 난데없이 훌트가 그 곁에 나타났다. 훌트는 권총의 납작한 면으로 에릭손의 뒤통수를 갈겼다. 퍽 하고 섬뜩한 소리가 났다.

지붕 위의 남자는 머리에서 피를 흘리며 의식을 잃고 늘어졌다.

훌트가 숨을 헐떡거리면서 또 한 번 총을 치켜들었다.

어느 끔찍한 남자

"그만." 군발드 라르손이 말했다. "충분해."

군발드 라르손은 자기 총을 허리에 꽂고, 머리의 붕대를 가다듬고, 셔츠에 묻은 끈적한 검댕을 오른손 검지로 탁 튕겼다.

볼린도 지붕으로 올라와서 둘러보면서 말했다.

"세상에, 대체 왜 안 쐈습니까? 이해가 안 되는……."

"이해 안 해도 됩니다." 군발드 라르손이 볼린의 말을 끊었다. "그건 그렇고, 그 총은 허가증이 있습니까?"

볼린이 고개를 저었다.

"그러면 골치 좀 앓겠군요." 군발드 라르손이 말했다. "자, 남자를 아래로 옮깁시다."

김명남

KAIST 화학과를 졸업하고 서울대 환경대학원에서 환경 정책을 공부했다. 인터넷 서점 알라딘 편집팀장을 지냈고, 지금은 전문 번역가로 활동하고 있다. 옮긴 책으로는 『문학은 어떻게 내 삶을 구했는가』, 『우리 본성의 선한 천사』, 『블러디 머더—추리 소설에서 범죄 소설로의 역사』, 『우리는 언젠가 죽는다』, 『소름』, '마르틴 베크' 시리즈 등이 있다.

어느 끔찍한 남자 — 마르틴 베크 시리즈 7

1판 1쇄 2019년 9월 20일
1판 2쇄 2024년 8월 7일

지은이 마이 셰발 · 페르 발뢰
옮긴이 김명남
펴낸이 김소영

책임편집 이송 ㅣ **편집** 임지호
표지디자인 이경란 ㅣ **본문조판** 이원경 ㅣ **표지이미지** Getty Image
저작권 박지영 형소진 최은진 오서영
마케팅 정민호 서지화 한민아 이민경 안남영 왕지경 정경주 김수인 김혜원 김하연 김예진
브랜딩 함유지 함근아 박민재 김희숙 이송이 박다솔 조다현 정승민 배진성
제작 강신은 김동욱 이순호 ㅣ **제작처** 상지사

펴낸곳 (주)문학동네
출판등록 1993년 10월 22일 제2003-000045호

주소 10881 경기도 파주시 회동길 210
문의 031-955-2637(편집) 031-955-2696(마케팅) 031-955-8855(팩스)
전자우편 elixir@munhak.com ㅣ **홈페이지** www.elmys.co.kr
인스타그램 @elixir_mystery ㅣ **X(트위터)** @elixir_mystery

ISBN 978-89-546-5764-8 04850
    978-89-546-4440-2 (세트)

엘릭시르는 출판그룹 문학동네의 장르문학 브랜드입니다.

잘못된 책은 구입하신 서점에서 교환해드립니다.
기타 교환 문의: 031-955-2661, 3580